思享家

分享思考的快乐

爱情十九谭

米琴 作品

湖南文艺出版社
HUNAN LITERATURE AND ART PUBLISHING HOUSE
博集天卷
CS-BOOKY

前言
Introduction

已经拥有爱情的人，希望自己的爱情更美好；尚未体验到爱情的人，希望获得美好的爱情。然而，爱情观念的偏差、肤浅的通俗爱情文学的误导、不健康的婚恋文化的影响，等等，都会妨碍一个人得到美好的爱情。相反，不朽的文学经典则能让我们得到深刻的启示，能给我们提供正面的帮助。

“问世间，情是何物，直教生死相许。”这是生于十二世纪的中国词人元好问的诗句，至今仍常被人们引用。自古以来，世界上的文学作品对爱情的关注就从未停止过。文艺复兴之后的欧洲文学，对爱情的描写更有了实质性的突破。比如莎士比亚笔下的罗密欧和朱丽叶的形象，就与以往的生死恋人有了明显的区别。十九世纪的小说，更是对爱情作了多方面的深入探讨。比如：《简·爱》强调精神吸引和精

神平等在爱情中的作用;《恋爱中的女人》说明对男女关系有较高追求，才能获得较美满的爱情;《还乡》揭示出品德高尚的人，也会因某种人性缺陷而伤害自己所爱的人;《安娜·卡列尼娜》体现了爱情和婚姻的内在联系，以及婚后爱情需要怎样苦心经营……中国文学中的爱情描写，到了《红楼梦》也产生了飞跃，特别是在情与欲的关系以及三角恋的描写上，都有意义重大的突破。这些经典作品至今还拥有大量读者，并一再被改编成影视作品，最近的例子就是英国刚刚推出电影《简·爱》的第十九个版本。在中国，出版界这些年不断推出《经典爱情名著系列》《外国爱情名著选》《世界经典爱情小说》《世界爱情经典名著》之类的文学选集。都说明了文学经典的持久生命力和影响力。

爱情成为文学的永恒主题，是因为爱情是人类的永恒话题。对爱情的渴求是出于人的天性，爱情生活是人的精神生活的重要组成部分。可是当前，在影视作品中爱情泛滥的同时，社会上却有很多人不屑于承认有爱情了，有人甚至把宝马车看得比爱情还重要了。商业大潮和物质主义的冲击，产生了种种精神危机，爱情危机自然也是不可避免的，菲茨杰拉德的《了不起的盖茨比》，就好像是对这种危机的生动写照。

我在和美国大学生交流思想时，发现很多年轻人都对爱情失去了信心，很少有人相信永久爱情。我想，中国的年轻人是否也对爱情不感兴趣了呢？使我感到欣慰的是，在中文互联网上，我看到很多关于

爱情问题的热烈讨论。讨论的话题包括各个方面：什么是爱情，爱情和道德的关系，爱情和婚姻的关系，爱情和友情的区别，“一见钟情”和“日久生情”哪个更好……这说明，中国有不少年轻人仍然对爱情感兴趣，并且对爱情问题进行着认真的思考，有一些人还把自己的情感困惑拿到网上讨论。看到这种种对爱情的讨论，我便想到：为何不参考一下经典文学作品给我们的启示呢？

除了当代商业社会中的一些负面影响外，影响人们获得美好爱情的还有传统文化中的某些负面因素。譬如，长期一夫多妻制对中国传统文化的影响，在进行中西古典文学比较时，我们就能看出中国古代的一夫多妻制，以及贬低男女之情的观念，对人们获得美好爱情所造成的负面影响，这些影响至今还存在。

我希望我写的这本书能使每个读者获益，也衷心祝愿每个读者都能享受到幸福、美好的爱情生活。

米　琴

2011 年 5 月于北京

目录
Contents

01 理想的爱情

本文品读的是夏洛蒂·勃朗特的代表作《简·爱》，依据的是小说英文原著。文中引文出自黄源深翻译的中文译本（译林出版社 1994 版）。关于雪莱的爱情观点参考的是 Richard Holmes 的专著：*Shelley on Love*（University of California Press，1980）。

夏洛蒂·勃朗特（1816—1855），英国著名女作家，主要小说作品有《简·爱》（1847）、《雪莉》（1849）和《维莱特》（1853）。其中《简·爱》影响最大，迄今为止仅电影就有十九个版本，其中最新的是 2011 年 3 月拍摄的，可见其影响力经久不衰。小说讲述孤女简·爱从小受到舅母的虐待，后被送到一所条件恶劣的慈善学校。毕业后，她谋到一个家庭教师的职位，并渐渐和雇主罗切斯特发生恋情。就在他们举行婚礼时，有人揭发罗有一个患精神病的妻子。简毅然出走，后被牧师圣·约翰聘为教会学校教师。约翰要简做他的妻子，一起去国外传教。可简对罗深感怀念，决定回去看他。其时，罗的家已遭火灾，妻子被烧死，他也变成残疾。简毫不犹豫地和罗结婚，两人过上了幸福的生活。

"对我们来说，在一起既像独处时一样自由，又像相聚时一样欢乐。我想我们整天交谈着，相互交谈不过是一种听得见、更活跃的思索罢了。他同我推心置腹，我同他无话不谈。我们的性格完全投合，结果彼此心心相印。"

很多人向往浪漫爱情，但很少有人说得清什么是浪漫爱情。有些人羡慕电影中常出现的浪漫场景：男人嘴里叼着玫瑰向女人求爱，烛光晚餐后二人相拥起舞，海边追逐后激情做爱……有些人追求神秘感、刺激感和不同寻常的爱情体验。其实，这些都没触及爱情的任何实质性内容，我们不妨看看著名的浪漫主义诗人和作家是怎么描述理想爱情的。

英国著名浪漫主义诗人雪莱的诗，特别是《西风颂》在中国很出名，但他的爱情观点在中国鲜为人知。雪莱认为：爱是一种独特的感情或激情——古希腊人体验的爱只不过是被高雅化或贵族化了的性

爱，爱实际上不只是对感官交流的渴望，更是对一个人的所有自然本性的交流的渴望。

早在文艺复兴时期，西方的很多爱情诗就表达出诗人想在肉体和精神两方面，与恋人结合的激情渴望，而十九世纪浪漫主义时期的雪莱，则进一步把爱情理想化。他说的人的“自然本性”包括智力、想象力、敏感度等多方面。《简·爱》中关于简·爱和罗切斯特的恋爱描写，正体现了这种恋人想在多方面都达到高度契合的理想。

勃朗特深受浪漫主义文学的影响，比如在爱情观方面，《简·爱》一书与雪莱的观点极为接近。首先，小说揭示出，理想爱情不能建立在外貌的互相吸引上。小说中的女主人公简·爱不是美女，男主人公罗切斯特也不是俊男。他们的长相都很普通，甚至还有缺陷。书中安排了一名追求罗切斯特的贵族小姐英格拉姆和简·爱进行对比。英格拉姆非常漂亮，属于雪莱曾嗤之以鼻的那种有外表美，却肤浅、空虚、感情冷淡、智力不高的低级人种。而简·爱正好相反，具有雪莱称为的“真正美的精髓”，即道德和智力上的魅力。她也具有雪莱特别欣赏的下列品质：感觉敏锐、富于想象力和有高度理解力。小说把一对相貌平平的男女之间的恋情表现得异常动人，这在古今中外的文学作品中几乎都是绝无仅有的。

简·爱和罗切斯特的爱情不是始于性吸引而是精神吸引。罗切斯特最初就是被简的精神力量和独立态度吸引，他在简的每一瞥中都看到一种穿透力。他后来对简说：你的头脑是我的珍宝，这说明他多么

重视智力和精神美，但这绝不是指他对简没有性欲。他很清楚地说，他渴望简的灵魂和肉体，他还对简表达说：我想要的不只是你的脆弱躯体，还有你的含有意志、能量、美德和纯洁的精神。所以，他的爱既包括精神爱又包括性爱，但首先吸引他的是精神方面的东西。在他和简第一次邂逅时，他们就有过身体接触：简搀扶摔伤的罗切斯特走向他的马。罗切斯特后来回忆说："我一压那娇柔的肩膀，某种新的东西，新鲜的活力和意识，就悄悄地流进了我的躯体。"这说明身体接触给他的感受主要也是精神上的刺激，而并非引起肉欲之类。

罗切斯特自称是"一个精神享乐主义者"。他一开始对简的感受是后者给他带来"喜悦"，也就是一种精神享受。罗曾对简说："你的目光中透出一种青春的甜蜜思索，心甘情愿的翅膀载着青春的心灵，追逐着希望的踪影，不断登高，飞向理想的天国。"这说明，他对简的目光的感受完全超越了肤浅的肉体认知。简的眼光并未首先激发他的性欲，而是激发了他的丰富想象力，从而引起一种使其精神升华的艺术感受。当然，他在爱上简以后也绝对有想把简搂在怀里的欲望，正像他自己对简说的："我真诚地伸出手时，清新、光明、幸福的表情便浮现在你年轻而充满渴望的脸上，我便总是犹疑不定，免得自己当场就把你拉进怀抱。"这说明，他对简产生了性冲动。由于他对简的爱始于精神吸引，他的爱不仅经得起考验，而且还有不断发展的空间。

罗切斯特在选择配偶时也曾犯过以貌取人的错误，结果是得到了

沉痛的经验教训。他和第一个妻子结婚就是为她的美丽外表所诱惑，结果婚后发现她的个性与他格格不入，她的趣味使他感到厌恶，她的“气质平庸、低下、狭隘，完全不可能向更高处引导，向更广处发展”，最后他的婚姻酿成难以解脱的悲剧。他后来告诉简：“对那些光靠容貌吸引我的女人，一旦我发现她们既没有灵魂也没有良心，一旦她们向我展示乏味、浅薄，也许还有愚蠢、粗俗和暴躁，我便成了真正的魔鬼。但是，对眼明口快的、对心灵如火的、对既柔顺而又稳重、既驯服而又坚强、可弯而不可折的性格，我会永远温柔和真诚。”后一句话里的赞词当然都是用来形容简的了，这说明，他看中的主要是简的心灵和个性。

简·爱之所以爱上罗切斯特也是同理。书中安排了一个美男子和罗切斯特对照。那就是罗的妻弟梅森。所有来罗家做客的女性都认为俊美的梅森富有魅力。可简觉得他那张椭圆形的、光滑的脸上没显示出任何力量，他那鹰钩鼻和樱桃色小嘴缺乏坚定感，他那扁平的前额没有思想，他那缺乏感情的棕色眼睛没有控制力。她认为，梅森和罗切斯特之间的区别，就像是一只驯顺的绵羊和守护它的有粗糙外表和锐利眼睛的猎狗之间的区别那么大。她在爱上罗后对后者外貌的描绘是这样的：“我主人那没有血色、橄榄色的脸、方方的大额角、宽阔乌黑的眉毛、深沉的眼睛、粗线条的五官、显得坚毅而严厉的嘴巴—— 一切都透出活力、决断和意志——按常理并不漂亮，但对我来说远胜于漂亮。它们充溢着一种情趣和影响力，足以左右我，使我

的感情脱离我的控制，而受制于他。”由此可看出，对简来说，男性的魅力主要来自其精神力量和坚强个性。

简最初见到罗切斯特时感到他的脸不英俊，身材也不属于高大健美的那种，但她很快就爱上罗切斯特，是因为她感到罗在智慧、精神上和她对等。她感到罗是她的“艺术和灵魂的唯一的合格评判者”。可见，罗切斯特对她的吸引主要是精神上的。当然，简对罗切斯特的爱也并非纯精神、无性欲的。从前面那段她对罗切斯特的外貌的描述可以看出，罗切斯特在她眼里是十分性感的男子。她后来把向她求婚的圣·约翰和罗切斯特作对比时，就感到前者缺乏情感和性感。书中还安排了一对姐妹——乔吉亚和伊丽莎来与简作对比。前者是感性“动物”，后者是无欲无求的“尼姑”，而简和她们二人毫无共同之处。简也不像她的好朋友彭丝那样想做天使一样的人。她只想做一个自然人，享受世俗爱，但她认为，理想爱包括高度的精神享受和激情，这正是雪莱所崇尚的“成为心灵和头脑的迫切要求”的爱。

雪莱所说的那种“对一个人的所有自然本性的交流的渴望”，在简和罗切斯特的恋爱过程中也体现出来了。简和罗认识后的第一次谈话就显示出双方在智力水平、知识水平、艺术修养、想象力等方面的对等，因此他们很容易互相理解。罗发现他问简思路严密的问题，简应对如流。他看出，她觉得和他之间有引起共鸣的地方，很快他就感到对她可以无话不谈。他们第二次谈话时，罗就像遇到知己一样对简谈及自己与青少年时期相比所发生的变化，第三次谈话时罗就向简吐

露了自己的隐秘，谈到自己的私生活，也就是他曾包养一个法国歌女的那段荒唐经历。罗后来说简是和他相配的人，是和他相像的人。简也觉得罗与她意气相投，有共同志趣。她觉得自己明白罗表情和动作中的含义。反过来，罗切斯特也能看透她没有表露的思想。他觉得她的头脑和心灵里、血液和神经中，有着某种使她和他彼此心灵沟通的东西。这表明，他们之间在心与脑的各个方面都达到了高度的契合。

简和罗切斯特的家庭背景、年龄、社会阅历都有很大差别，但那些都不妨碍他们互感“相配”和“相投”。在浪漫主义者的理想爱情中，上述那些差别都不是考虑的因素。

简和罗切斯特的爱充满激情，而且越爱越深，很快达到最高境界，也就是互感灵肉合一，你中有我，我中有你。正如罗向简表示的“你身上每一丁点皮肉如同我自己身上的一样”。也正如简说的，她爱他“深到无法用语言表达”。罗说，如果简变成疯女人他还会爱她。后来罗眼瞎臂残，简仍爱他。可见他们的感情已达到极致。但是在二人真正结合也就是结婚之前，还经历了一番曲折。

简和罗切斯特的恋情遭受曲折的过程，向我们揭示出一个人，特别是女性，怎样才能真正实现其理想的爱情。小说告诉我们，光是有理想的恋人和深厚的感情还不够，恋人的理想结合必须建立在互相完全平等和信任的基础上。

简和罗切斯特的初次见面被安排在乡间小路上偶然邂逅，而不是主人和被雇佣的家庭教师的见面这样，他们就成了地位平等的两个陌

生人。罗从马上摔下来受了伤，简还成了帮助他的人。此后简还多次帮助过罗，甚至救过他的命。因此他们的关系始于一种友谊，他们的爱情也建立在友谊上。简虽然有被雇的意识，但她在精神上感到和罗是平等的。罗也从一开始就声明不把她当下人，在有危难时还把简当亲密朋友一样求她帮忙。但是在罗假装和英格拉姆亲近的那一情节中，罗和简的关系失去了平衡。简受到一伙贵夫人、小姐的嘲笑和鄙视，而罗也没在宾客前表现出他对简的爱，而是故意假装和英格拉姆亲近。简那时已经深深地爱上了罗切斯特，看到罗切斯特与英格拉姆亲近时，感情上受到伤害，因此变得软弱，甚至对自己的外貌和地位产生了自卑感。当简听说罗要和英格拉姆结婚时，她还幻想罗在婚后继续让她留在府上，使她“不至于完全脱离他的阳光的普照”。这时，简和罗两人的地位已处于不平衡状态了。

不过，简很快克服了自己的软弱，找回了平衡。她决定离开罗府。在罗假意说要和英格拉姆结婚，后来又强迫她留下来的时候，她发出了那著名的宣言：“难道就因为我一贫如洗、默默无闻、长相平庸、个子瘦小，就没有灵魂，没有心肠了？——你不是想错了吧？——我的心灵跟你一样丰富，我的心胸跟你一样充实！要是上帝赐予我一点姿色和充足的财富，我会使你同我现在一样难分难舍，我不是根据习俗、常规，甚至也不是我的血肉之躯同你说话，而是我的灵魂同你的灵魂在对话，就仿佛我们两人穿过坟墓，站在上帝脚下，彼此平等，本来就如此！”虽然简感到在精神上和罗平等，但从上面那段话可以

看出，她在心里还是觉得她的外貌和财产的欠缺使她处于劣势。这感觉其实都是罗一手造成的。

罗切斯特故意让简的感情受折磨，完全是一种男人企图控制女人所使用的手段。虽然他后来向简解释说，他假意向英格拉姆小姐求婚是为了刺激简对他的爱。但是在当时，他实际上使简的感情受到伤害，使他后来对她的求婚好像是一种喜出望外的恩赐，也使他在二人关系中处于主导地位。

在简同意做罗切斯特的新娘后，罗切斯特马上就把她当成自己的财产。他对简说："我得让你属于我，完全属于我。"他也马上露出一个富有男人宠爱一个依附于他的女人时常会有的态度。他想做的第一件事就是要用绫罗绸缎、珠宝首饰装裹简。这让简联想到罗以前包养歌女的情景，甚至还从他的微笑里看到一个苏丹王对待因他的金银珠宝而变华丽的女奴可能会有的态度。简说，她绝不能忍受罗切斯特把她打扮成玩偶一样。她说，她会继续当阿黛尔勒的家庭教师，挣自己的食宿。她要求罗什么都不必给她，除了他的尊重。

罗切斯特的态度使简意识到，双方经济的不平等会造成地位的不平等和心理的不平衡，因此她很希望自己"有那么一点儿独立财产"。这也说明恋爱和结婚的不同。在恋爱的时候，双方能以两个平等朋友的身份进行，但结婚以后就牵扯到经济问题。如果一方在经济上处于极弱势的话，两人的关系就很可能会因失去平衡而导致不平等。

在简同意嫁给罗后，二人的一系列对话都显示出他们之间的分

歧，比如罗解释他和英格拉姆的关系说："我假意向英格拉姆小姐求婚，因为我希望使你发疯似的同我相爱，就像我那么爱你一样，我明白，嫉妒是为达到目的所能召唤的最好同盟军。"简对他的解释嗤之以鼻："这种想法可耻透顶，难道你一点也不想想英格拉姆小姐的感情吗？"她认为罗工于心计，有违人性准则。简也不喜欢罗称她为"天使"。她希望她在他眼里是一个自然的人，并且还像以前一样是亲密朋友。罗切斯特视简为天使，视自己的疯妻子为魔鬼，这一点也体现了受到女权主义批判的一种男人对待女人的传统，即男人把女人或妖魔化，或理想化。简坚决反对罗称她是美人和把她理想化。

总之，我们可以看出，在简和罗切斯特的婚礼出现状况之前，简已经有不好的感觉了，罗的做法、态度已经不符合她所追求的理想的爱情关系了。可是那时她深陷爱中，还不可能采取任何行动，正如她自己所总结的，"我的未婚夫正成为我的整个世界，不仅是整个世界，而且几乎成了我进入天堂的希望。他把我和一切宗教观念隔开，犹如日食把人类和太阳隔开一样。在那些日子里，我把上帝的造物当做了偶像，并因为他而看不见上帝了。"这就是说，当一个女性堕入情网，被爱冲昏头脑时，往往会因为感情而放弃原则和真理。

由于梅森出现在婚礼上，揭发出罗切斯特有妻子的事实，因此婚礼未能进行到底。罗这才向简道出真情，并引她去看了自己那位被关在阁楼上的疯妻子。罗切斯特希望简能随他远走高飞，可是简感到"永远也回不到他那儿去了，因为信念已被扼杀，信任感已被摧毁"！

如果先前她有不好的感觉，和罗有分歧还能容忍的话，罗对她隐瞒真相、实际等于欺骗她这一点，她是无论如何都不可能容忍的。因为“信任感已被摧毁”，简甚至怀疑罗对她是否是真情，还是只是忽冷忽热的激情。虽然她仍爱罗，并原谅了罗对她的欺骗，但是罗苦苦哀求也不能改变她离开的决心。她毅然出走。

罗切斯特的疯妻子这一形象，被一些现代评论家解释为是象征女性对男权的愤怒，或象征罗切斯特的道德缺陷。不过从追求理想爱情的角度看，疯妻子提供了一个使简地位逆转的机会。先前在罗假意亲近英格拉姆时，简的感情备受折磨，显得可怜兮兮。现在反过来是罗切斯特显得可怜了。两人的关系又得到了平衡。最后，当简在外面闯荡了一番又回到罗身边时，她已经不是昔日罗眼里的那个“小红雀”了。她已经有了叔叔馈赠的遗产，还有了人生阅历。罗反倒因为火灾濒临破产，还又瞎又残。现在好像罗处于劣势了。不过这只是为显示简对罗的爱如何始终如一，不管后者遭到怎样的不幸。他们结婚后，罗又恢复了视力和一部分家产。他们二人就又完全平等了。作者也没什么太多可说的了，只能总结他们的婚姻是多么美满：“如今我结婚已经十年了。我明白一心跟世上我最喜爱的人生活，为他而生活是怎么回事。我认为自己无比幸福，幸福得难以言传，因为我完全是丈夫的生命，他也完全是我的生命。没有女人比我跟丈夫更为亲近了，比我更绝对的是他的骨中之骨、肉中之肉了。我与爱德华相处，永远不知疲倦，他同我相处也是如此，就像我们对搏动在各自的胸腔里的心

跳不会厌倦一样。结果，我们始终待在一起。对我们来说，在一起既像独处时一样自由，又像相聚时一样欢乐。我想我们整天交谈着，相互交谈不过是一种听得见、更活跃的思索罢了。他同我推心置腹，我同他无话不谈。我们的性格完全投合，结果彼此心心相印。”

这段话可以看做简·爱对于“最理想爱情”的定义。她既然追求恋人之间“推心置腹、心心相印”，那么当初自然不能容忍罗切斯特对她隐瞒有妻子这件事了。理想的爱情关系是互相信任、互相尊重、互相需要和互相认识到对方的弱点。简坚持这几项原则，终于得到了她想要的理想爱情。

简·爱和罗切斯特的爱情故事揭示出，理想爱情不能建立在外貌或肉体吸引的基础上，而是应当建立在精神吸引的基础上。始于精神吸引的爱情不仅根植于更深的土壤，而且还有无限的拓展空间。这个爱情故事还告诉读者：一个人，特别是女性，一定要保持自己的独立性和平等地位才能实现理想的爱情。

浪漫主义者崇尚激情和精神享受，简·爱和罗切斯特的故事所表现的理想爱情正体现了这两个特点。至于男女互相平等、互相尊重等，则是女作家的独特追求和见地了。

爱情的奇迹

本文品读了莎士比亚最有名剧作之一《罗密欧与朱丽叶》。威廉·莎士比亚（1564—1616），英国最杰出的戏剧家，也是欧洲文艺复兴时期最伟大的作家。他共写有37部戏剧、154首十四行诗、2首长诗及其他诗歌。最著名剧作有《罗密欧与朱丽叶》（1595）、《哈姆雷特》（1601）、《麦克白》（1602）、《李尔王》（1606）、《奥赛罗》（1604）等等。《罗密欧与朱丽叶》讲述了罗密欧与朱丽叶热恋，可双方家族是世仇，家族成员们常互相殴斗。在朱丽叶的表兄向罗密欧挑起的殴斗中，表兄身亡，当局罚罗密欧流放外地。随后，朱丽叶父亲逼迫她嫁给早就爱慕她的贵族青年帕里斯。曾帮助罗密欧和朱丽叶秘密结婚的修道士给朱丽叶假死药让她装死，又通知罗密欧到墓地去接朱丽叶。可罗密欧在未接到修道士的信之前就听说了朱丽叶的“死”讯，赶到墓地在她身旁自杀。朱丽叶醒来，看到罗密欧尸体后也毅然自杀。两家族从此和好。此剧的魅力经久不衰，数次被改编成电影、芭蕾舞和歌剧等。

莎剧中的男女主人公的爱不仅深，还强大到能把男女主人公从普通人升华到英雄的地位。这就是莎剧中爱情所创造的令人震撼的奇迹，也就是说，爱情能使人达到某种对自身的超越。

男女之爱有不同的层次。“两情相悦”是一个层次，“情投意合”则高了一个层次，“如胶似漆”又高了一个层次，而“生死相依”似乎就到了最高层次了。其实，在“生死相依”这一层次里，还能分出不同层次。有令人同情可怜的那种，还有令人赞叹感佩的那种。罗密欧与朱丽叶故事的演变就展现出这种不同。现代人很少有生死相依类的爱情了，甚至有的人已不再相信爱情。可人们还是爱看爱情故事，《罗密欧与朱丽叶》的当代电影版本还是吸引了大量观众。大概每个人的内心都有对爱情的一份渴求，也暗暗希望爱情能在自己的生活和生命中创造奇迹。

莎士比亚创作的剧作《罗密欧与朱丽叶》已成为不朽的爱情经典。罗密欧与朱丽叶这两个名字，分别成了男女情人的代名词。特别是那些生死依恋的情人更是常被冠上此二者之名。比如，梁山伯与祝英台就被称做中国的罗密欧与朱丽叶。实际上，在莎翁创作此剧之前，罗密欧与朱丽叶的故事早就存在了。在那些不同版本的罗密欧与朱丽叶的故事中，爱情或是没创造任何奇迹，或是创造了让仇敌和解的奇迹。莎剧的效果和那些故事很不相同。在莎剧中，爱情不仅创造了让仇敌和解的奇迹，还创造了另一种令人感到更震撼的奇迹。

在中国古典文学的爱情故事中，也有爱情创造奇迹的现象。最常见的奇迹是情人死而复生，其中最著名的例子是汤显祖的剧本《牡丹亭》。因情致死的杜丽娘最终死而复生，和心上人柳梦梅终成眷属。不少中国古代爱情文学的作者相信爱情的力量能强大到感动上天和鬼神的地步，以至发生死而复生一类的奇迹。汤显祖在《牡丹亭》题词中写道："情不知所起，一往而深。生者可以死，死可以生。生而不可与死，死而不可复生者，皆非情之至也。"可见汤显祖就相信情深到极处就能使情人死而复生。

为情还魂的情节在西方文学、戏曲中也存在，比如十八世纪意大利歌剧《奥菲欧与尤丽狄茜》中的女主角也为情死，而后又复生。但这类情节不像中国古典文学中那么常见。在西方古典文学中，比较多见的是情人服药假死而后又复生的情节。这个情节最早出现在公元三世纪一位希腊罗曼作家（Xenophon of Ephesus，汉译为"以弗所人色

诺芬”）的作品（*Ephesiaca*，汉译名《以弗所传奇》）中。故事讲述了一位妻子与丈夫分开后因各种不幸落到强盗手中，被一个贵族青年所救。后来青年爱上了她，为了避免和他结婚，那女子服下毒药自杀。因为她服的量不够，那药只起到安眠药的作用。在墓中她醒过来后被别人救出，又经历了更多的冒险。这个情节的效果和为情还魂的情节类似，显示出那位妻子因为爱丈夫而寻死，故有因巧合而复生的奇迹。

到了文艺复兴时期，这一情节在爱情故事中演变成悲剧结局。十五世纪一位意大利作家（Masuccio）的小说集中有一个故事讲马里欧特和吉阿娜查的恋情。这个故事的中心情节已和莎剧十分接近。这对恋人在修道士的帮助下偷偷结婚，后来马里欧特因和别人发生口角误杀人而逃往外地，吉阿娜查的父亲为她选了一个丈夫。她从修道士那儿得到假死药，并在服药之前送信给马里欧特。可是信使遭遇不测，信未送到马里欧特手中。马里欧特听说吉阿娜查已死，就赶回来想死在她的墓中，可是他未及打开棺墓就被捕处死了。早已从墓中逃出的吉阿娜查知道心上人的死讯后，不久也郁郁而终。这故事没显示出爱情能创造奇迹。相反，那一对本可以因假死药而最终团圆的情人因为命运的捉弄而丧生，令人可怜可叹。不过这对有情人之所以从一开始就不敢公开恋爱，完全是因为社会和家庭的制约。悲剧的结局让人更痛恨不符合人性的社会制度和道德传统。如果有情人终成眷属，对社会批判的力度就大大减低了。文学戏剧中那些死而复生的幻想也反映

出当时人们对改变社会和传统没有信心，而只能寄托于发生奇迹。

1530 年，意大利作家波特（Luigi da Porto）发表了类似上述情节的《两个最新发现的高尚情人的故事》。故事中男主人公的名字叫罗密欧，女主人公的名字叫朱丽叶。男主人公在得知女主人公“死”讯后赶回来服毒自杀，他把女主人公抱在怀中等待死亡。女主人公醒过来后，发现她的爱人已服毒。他们一起哀叹自己的不幸命运，随后女主人公也自杀了。两个互为仇敌的家庭最后和解，一起厚葬那对恋人。爱情最终创造了让仇敌和解的奇迹。在这个故事中，两个不能成眷属的情人先后为失去心上人而自杀，他们生不能同床，死也要同穴，就像中国的梁山伯与祝英台一样，令人感到无限同情和惋惜。

1553 年，意大利作家班戴洛（Bandello）又出版了小说《朱丽叶和罗密欧》。情节与波特的基本相同。这篇小说后被译成法文。英国诗人布鲁克又根据法文译本，用叙事诗体写了英文版本的《罗密欧与朱丽叶的悲剧史》。在布鲁克的叙事诗里，罗密欧在朱丽叶醒来之前就死了。布鲁克详细描写了朱丽叶看到罗密欧的尸体后如何痛苦万分，让读者对罗密欧的愚蠢轻率备感痛恨。布鲁克解释说，这故事结尾揭示出情人因为完全投身于失去控制的激情而给自己带来的毁灭。他似乎是要表现激情爱的毁灭性的一面。

莎翁的剧本《罗密欧与朱丽叶》基本上是根据布鲁克的叙事诗改编的。可是，莎翁笔下罗密欧的形象和布鲁克的全然不同。在布鲁克的诗里，罗密欧对朱丽叶的“死”感到万分遗憾。他痛哭流涕，吻了

朱丽叶一千次。在他吞下毒药后，他说他和朱丽叶的死是生活的可怜牺牲品。他还求上帝饶恕他的罪。

在莎翁的剧本里，罗密欧的表现大不一样。他没有直接表达他对朱丽叶“死”的悲痛。他看到朱丽叶的“尸体”后首先感到震惊：啊，她还是那么美。他感叹死亡对她的美无能为力，所以他对朱丽叶说：“你没有被战胜！”对罗密欧来说，朱丽叶是永恒的，永远不会灭亡。这体现出他已经超越了一般生死恋中的情人的境界。他在自杀时也没有任何自我怜悯的感觉，相反他表现得心情非常轻松愉快。他说很多时候，男人在死的关头都感到愉快。随后他举杯说了句“为爱情”，就把毒药一饮而尽。那情形就像平时人们说祝酒词后把酒一饮而尽一样。他死得何等潇洒，一点儿不令人觉得可怜，而是令人感到震撼。

莎翁还独出心裁、别有用意地增加了在朱丽叶“死”后帕里斯的出场，和罗密欧的出场形成鲜明对比。帕里斯是朱丽叶父母为她选择的丈夫，帕里斯也爱朱丽叶。他得知朱丽叶死讯后也很悲伤，特持鲜花来为朱丽叶扫墓。同时，罗密欧特地赶回来与朱丽叶死在一起。两人对朱丽叶的感情强度之差别让人一目了然。帕里斯像普通情人一样把朱丽叶比做一朵甜美的花儿，而对于罗密欧来说，那整个墓室都因朱丽叶而充满光辉。这说明，朱丽叶在罗密欧心中的地位比在帕里斯心中高多了。在朱丽叶墓前，一个伤感的普通情人帕里斯和一个激情满怀、不顾一切的情人罗密欧相遇。前者不理解后者，拔剑向他刺来，罗密欧也很有可能在自杀之前先被帕里斯杀死，可是两人打斗的结果

是帕里斯惨败。帕里斯受致命伤后，要求罗密欧把他和朱丽叶合葬。这体现出他也深爱着朱丽叶，也有生不能同床死也要同穴的意愿。可是和罗密欧的表现相比，帕里斯的爱就有点儿让人觉得可怜了。罗密欧在听到朱丽叶“死”讯后马上就决定自杀，好与朱丽叶永远在一起。

莎剧中的朱丽叶也和前面那些故事中的女主角不同。当朱丽叶醒来看到罗密欧的尸体时，她既没对计划失败深表遗憾，也没哀叹自己的不幸命运。她也没像布鲁克的朱丽叶那样伏尸痛哭，她的第一个念头就是与罗密欧同死。所以，她埋怨罗密欧没给她留一点儿毒药。当她看到小刀时欣喜万分，毫不犹豫地往自己心口上捅了一刀。她死得很痛快、很英勇，所以一点儿也不让人觉得可怜和悲惨，而是让人赞叹。

这对情人的死也不令人感到特别意外或是受命运捉弄，因为他们两人从一开始就是“生死恋”。朱丽叶第一次见到罗密欧之后就对她的奶妈说，如果罗密欧和别人结婚，坟墓就是她的婚床。罗密欧得知朱丽叶家族是他自己家族的宿敌之后，第一个念头就想到死：“我的生命是欠我敌人的债。”由此可看出，从一开始，他们就打定主意，不能结合就死。罗密欧闯祸之后，他宁愿杀了自己也不愿离开朱丽叶。朱丽叶为了逃婚服假死药时，放了一把刀在身边，如果那药不起作用的话，她就准备以死拒婚。在布鲁克的诗里，当朱丽叶喝假死药时，她有些犹豫，怕那药有什么问题，她一点儿没想到药不起作用的话就要自杀。所以，后来她的死显得好像是出于意外而令人惋惜。

在莎剧里，这对情人在最后殉情之前，已经好几次下决心要为所

爱的人而死了。他们时刻准备着为爱献身，就像视死如归、义无反顾地奔赴战场的勇士。他们最后的死不令人感到意外，也不令人产生怜悯，而是产生一种崇高的感情。在布鲁克的诗中以及在其他类似故事中，男女主人公双双殉情当然也表现出他们的爱之深。而莎翁的男女主人公的爱不仅深，还强大到能把男女主人公从普通人升华到英雄的地位。这就是莎剧中爱情所创造的令人震撼的奇迹，也就是说，爱情能使人达到某种对自身的超越。

在原来的故事中，爱情最终创造了使仇恨化解的奇迹。这一点也被莎翁进一步深化了。在他的剧本里，两家的世仇被表现得更激烈、更凶险和更难以解决，而且危害面也更广，几乎成了整个社会的问题。两大家族之间的殴斗和两个情人的爱情紧密交织在一起，世仇从头至尾时刻威胁着爱情。比如在罗密欧第一次见到朱丽叶忍不住赞叹她的美貌时，朱丽叶的表兄就扬言要杀死罗密欧，到最后一刻在朱丽叶墓前，帕里斯又举剑向罗密欧挑战。莎剧表现出，在一个充满仇恨的血淋淋的环境中爱情是多么难以生存。所以悲剧的结局并非命运捉弄，而是某种必然。两个青年人之间闪耀的人性光辉的爱，和暴力的、非人性的环境形成鲜明对照。在这种险恶的环境中，两个年轻人宁愿选择死也不向环境屈服，他们就像是一对逆流而上的勇士。他们早已作好为爱牺牲的准备，并没寄希望于任何奇迹，而他们的爱最终创造了让世仇化解的奇迹，他们的死带来了整个社会的和平。

纵观罗密欧与朱丽叶故事在西方的演变，不论人物的塑造、结尾

的细节、悲剧的效果有怎样不同，还没见有把悲剧结局变成大团圆的。有趣的是，类似的故事在中国就成了大团圆结局。那就是九世纪作家薛调的《无双传》。女主人公刘无双和她的情人王仙客在一次动乱中失散，一别就是三年。失散后无双被强征进宫，社会安定后，王仙客打听到她的下落，可没办法救她出来。他对无双的深情感动了一位侠客古生。古生答应帮忙。几天后，王仙客听说无双死了，悲痛大哭。同夜，古生把无双的“尸体”带来交给王仙客，告诉他，两天后无双就会醒过来。原来古生从一个道士那儿得到一种特殊的安眠药，他设法把药交给无双并让她假装自杀。王仙客携无双的“尸体”回到老家，等无双醒来后，他们过上了幸福生活。作者在结尾评论说：无双在动乱中失去自由，可是王仙客对她的爱始终不渝，最终通过古生创造的奇迹又得到了她。作者通过这个故事想告诉大家，情人们只要忠于爱情，总会如愿以偿。这个故事和中国古典文学中很多情人死后复生的故事相同，都表现了爱能为情人创造奇迹的主题。不过这个故事更接近现实，奇迹不是给死人还魂，而是借用假死药装死。

从“罗密欧与朱丽叶”这一故事的演变，以及通过种种不同的罗密欧、朱丽叶形象之比较，我们可以看到爱情的不同层次。与自己的情人生死相依，按一般人来看，已经是至极之爱了，可莎剧向我们揭示，还有比那更深、更强的爱，也就是能使情人达到自我升华和超越的爱。

03 婚姻与爱情

本文品读的是《安娜·卡列尼娜》，参考的版本是企鹅出版社2000年出版的曾获翻译大奖的英译本，以及由草婴译的中译本。列夫·托尔斯泰（1828—1919），俄国最伟大的文学家和思想家之一，代表作有长篇小说《战争与和平》（1869）、《安娜 · 卡列尼娜》（1877）、《复活》（1899）和中篇小说《伊万·伊里奇之死》（1886）。《安娜·卡列尼娜》被世界上许多著名作家誉为最伟大的小说。小说以两对贵族青年的恋爱为情节主线，展现了俄国社会广阔的生活画面。小说涉及爱情、家庭、社会、道德等等问题，引发评论界永无休止的讨论。

婚姻不一定能保障两个相爱的人永远不变心，但没有婚姻保障的爱情却可能导致恋爱双方的不平衡状态，从而使恋人间出现矛盾和感情裂痕。

当今离婚率日益攀升，在主张只同居不结婚的人日益增多的情况下，探讨婚姻和爱情的关系就变得日益重要了。爱情和婚姻是两回事，还是二者有内在必然联系？婚姻对爱情的影响到底是积极的还是消极的？“同居”和“结婚”这两种结合形式对爱情会造成什么样的不同影响？以婚姻为目的的爱情和不以婚姻为目的的爱情有什么区别和不同结果？……

严格说起来，只有两种情况，爱情会受到婚姻的影响，一是婚外恋，一是婚内恋。托尔斯泰的《安娜·卡列尼娜》恰恰就表现了这两种恋情。安娜是有夫之妇，她和渥伦斯基的恋情是婚外恋。列文和凯蒂在结婚前几乎没有什么恋爱过程，小说主要描写了他们结婚后的感

情关系，也就是婚内恋。

说到爱情和婚姻的关系，这两对男女主人公正好代表两种对立观念。对安娜来说，爱情和婚姻是两回事，她和渥伦斯基的恋情是不以婚姻为目的的爱情，而对列文来说，爱情和婚姻有内在联系，是不可分割的，列文和凯蒂之间的爱恰恰是以婚姻为目的的爱情。

列文对凯蒂的爱十分强烈，觉得没有她就活不下去。他把她的爱看得高于一切，认为没有她的爱就没有生活。在他第一次向凯蒂求婚时，他感到凯蒂的决定简直就关系到他的生死。可那时凯蒂正迷恋渥伦斯基，她对列文虽然有好感也有亲切感，但主要是一种友情。凯蒂拒绝列文的求婚曾对列文造成严重的感情伤害，可列文后来还是一如既往地爱她。这说明列文对凯蒂的爱很深，可他的爱并不是超越社会的单纯爱，他的爱是和家庭概念连在一起的，他不能想象没有婚姻的爱情。“他首先想象他想要的家庭生活，然后才想象能给他那种生活的女人。”（第 1 部第 28 章）也就是说，他爱一个女人时并不单纯因为她是他喜欢的女人，也因为她是他理想中的好妻子和好母亲。所以说，列文的爱从一开始就是以婚姻为目的的爱。

渥伦斯基和列文大不相同。他从不把恋爱和家庭联系在一起，他对凯蒂有柔情，也频献殷勤，但并没要娶她的意思。他那时根本就不喜欢家庭生活，也丝毫不想结婚。凯蒂的爱使他有享受感，也使他自我感觉更好，但并没征服他。渥伦斯基对安娜的爱的强烈程度，可以和列文对凯蒂的爱相比。不过，渥伦斯基和安娜之间的爱属于一见钟

情，马上擦出火花的那种。他们在车站第一次相遇时就都忍不住回头再看对方一眼，紧接着在舞会上，渥伦斯基一下子就被安娜彻底征服了，他对凯蒂的兴趣一落千丈。渥伦斯基和安娜的恋情从一开始就是超越社会的，也就是不和建立家庭发生联系，也不顾及他人感受和大众舆论。在舞会上一起跳舞时，他们感觉好像不是在人群中，而是他们二人独自在一起。随后渥伦斯基紧追安娜不舍，他感到和安娜在一起成为他生命的唯一目的。每次一见到安娜，他的灵魂就开始升腾并充满幸福感，他已经不再是那个在情场上潇洒自在、收放自如的公子哥儿了。

渥伦斯基对安娜的爱从一开始就不含有导致婚姻的主观愿望。他觉得安娜是个值得尊敬的又给了他爱的女人，因此她应当得到和一个合法妻子一样或更多的尊重。他宁可砍掉自己的手也绝不能对她有丝毫侮辱或不尊重，可他没考虑怎么让安娜成为自己的合法妻子。他根本没考虑过他们二人爱情的后果或归宿，他都没想到安娜会怀孕。安娜告知他她已怀孕后，他随口叫安娜和丈夫离婚，可事后马上又反悔了，感到自己还没准备好和安娜结合在一起过日子。这就是为何在安娜告诉他，她已向丈夫摊牌后，他没像安娜期盼的那样立刻提出让安娜和他一起出走。

安娜对渥伦斯基的爱也不含有导致婚姻的主观愿望。已有丈夫的安娜并没刻意追求什么婚外情，她对渥伦斯基产生的爱，也是基于一种不期而遇的强烈吸引。在和渥伦斯基认识之前，安娜是社会上地位

极高，又得到普遍称赞的贵妇人。她和卡列宁的婚姻是姑母撮合的，没有爱情作基础，就连她的嫂嫂杜丽都觉得她的家庭生活有点儿假。卡列宁是个好人，也是个智者、成功者，可安娜一回到他身边，眼睛里的光就消失了。而她一见到渥伦斯基就充满生气和喜悦，她形容自己得到渥伦斯基的爱像是饥饿的人得到食物。可见她在八年的婚姻生活中感情上一直没得到满足，而她又是一个感情特别丰富、生命力特别旺盛的女人，在遇到渥伦斯基之前，她把全部感情都投入自己的儿子身上。

安娜与渥伦斯基相遇之后也发生了深刻的变化。似乎渥伦斯基点燃了她的真实感情，她开始厌恶社交圈的做作。渥伦斯基的追随成了她生活的全部，对丈夫、儿子以及凯蒂的深深歉意和内心恐惧都没能阻挡她的激情。安娜在遇见渥伦斯基之后开始对她丈夫产生生理反感，并且意识到她丈夫不懂爱情为何物。她以前还把他当知心朋友，告诉他每一件使她高兴或难过的事，可在爱上渥伦斯基后，她的内心世界就向他关闭了，而她丈夫也看出了她的变化。这对夫妻的关系完全改变了。

如果恋爱双方都是单身，那种不期而遇的、不以婚姻为目的的爱情可以是很美好、很单纯的，可是破坏婚姻、与婚姻对抗的爱情就不那么单纯美好了。安娜和渥伦斯基的情爱，并不是肤浅的偷情取乐或瞬间的感官愉悦，而是特别强烈的激情，他们自己除了这种爱什么都忘了，好像没有了彼此的爱就没有了一切。这好像是达到了一种爱的

极致，可这爱又掺杂着痛苦，因为他们都明白这种关系是不道德的，也明白自己毁了对方的生活。渥伦斯基为了安娜拒绝了一个重要任职，她母亲对此大为不满，而安娜则生活在对丈夫的谎言和欺骗当中。渥伦斯基的爱和他在社会上的事业发生了矛盾，而安娜对渥伦斯基的爱则和她对儿子的爱发生了矛盾。安娜和渥伦斯基第一次发生关系之后，两人就都被罪恶感和羞耻感所笼罩，安娜更是内心充满矛盾，连做梦都梦到卡列宁和渥伦斯基两人皆是她的丈夫。这些矛盾和痛苦反过来也会影响到两人的感情。

受婚姻束缚的安娜和行动自由的渥伦斯基之间的关系也很难达到平衡。安娜和渥伦斯基不在一起时，总是对渥伦斯基的爱缺乏安全感。渥伦斯基奉命陪一个放荡的外国王子游玩了几天，就让安娜对他起了疑心。安娜的嫉妒心越来越重，让渥伦斯基感到恐怖，甚至感到不幸福，但他觉得和安娜是不可能断绝的，这说明他还是个有责任心的人。

就在渥伦斯基对安娜的感情已开始冷却，卡列宁对安娜的憎恨越来越强的时刻，安娜在分娩濒临死亡时却以其非凡的品质改变了一切。本来卡列宁听说安娜还没死挺失望的，可见他对背叛自己的妻子有多憎恨。可在安娜用极温柔的眼光向他表示悔过，又请求他的宽恕后，他不仅原谅了她，甚至还对她产生了从未有过的爱意。安娜唤起了他的同情心和美好人性，他不仅原谅了渥伦斯基，甚至还喜欢上安娜和后者生的女孩。渥伦斯基感到安娜把卡列宁升华到了一个无比崇

高伟大的高度，他了解了安娜的灵魂，感到前所未有地爱她，他感到失去安娜就等于生命的意义和爱都一起失去了。此时，渥伦斯基对安娜的爱又升华到一个新的高度。

在此事发生之前，卡列宁对安娜和渥伦斯基的婚外恋的痛恨，主要是考虑到自己的名誉、地位会受到影响。在安娜向他宣布自己的恋情之后，他首先强调的是对外要维持原状，不能丧失体面。在此之后，托尔斯泰让我们体会到妻子的婚外恋对丈夫造成的严重感情伤害。卡列宁本以为他原谅了妻子后，两人可以重新开始，可他看到妻子恢复健康后对他表现出恐惧和生理厌恶。安娜精神沮丧、委靡不振，得知渥伦斯基企图自杀后认为她毁了他，更感到绝望，只求速死。卡列宁感到安娜和渥伦斯基无法分开，在安娜哥哥斯契潘的劝说下，他同意离婚，但是已经开始爱妻子和妻子与别人生的孩子后又被妻子抛弃令他感情上无法接受。安娜离开后，卡列宁感到自己被彻底摧毁，甚至觉得自己简直都不再属于人类了。作者也描写了安娜的儿子对母亲的极度思念，他每次外出散步都要寻找母亲的身影。

小说让我们体会到，婚外恋由于涉及对别人特别是亲人的感情伤害，而很难达到完美。安娜没有马上接受丈夫提出的离婚，原因之一也是想惩罚自己，使自己处于不名誉的地位。

然而，尽管有巨大的障碍，但依然存在的爱情又显示出强大的生命力和吸引力。渥伦斯基本来已接受了一个在外地的职务正要去上任，得知卡列宁同意离婚的消息后，不顾一切飞奔到安娜身边。安娜

也激动不已，简直不敢相信自己和渥伦斯基从此可以像夫妻一样在一起生活了。此时，他们俩的唯一愿望就是两个人能永远在一起。他们犯的最大错误就是忽视了离婚手续，好像他们觉得只要两人能生活在一起，有没有离婚和结婚的手续都无所谓了。安娜说她不想离婚，对她来说离不离都一样，她只关心卡列宁打算怎么处理儿子。渥伦斯基更是奇怪在他们终于团聚的这一幸福时刻，安娜怎么会想到离婚和儿子的事。此时，他们要的只是夫妻之实而不在乎夫妻之名，也不在乎周围人怎么看他们。这似乎正体现出那种毫无功利色彩的、纯爱情的最高境界，可是这也种下了今后二人感情危机的祸根。

爱情和婚姻的关系，实际上包含着爱情和社会的关系。如果两个相爱的人生活在二人世界的世外桃源，有没有合法结婚手续应该都没有关系，而生活在关系错综复杂的社会中就不同了。

最初在远离本土社会的意大利，渥伦斯基和安娜度过了最幸福美满的一段时光。他们很少和俄国上流社会人接触，所接触的都是一些表面上表示能理解他们的人。所以他们等于生活在一个世外桃源。可回到彼得堡后，他们马上就感受到处境的艰难。安娜的女友告诉她，她必须离婚，重新结婚才会被社会接受。我们可以想象，即使在男女同居司空见惯的今天，一个没离婚的女人和另一个单身男人住在一起，在社交场合出双入对，也是很难为社会所接受的。虽然渥伦斯基认为他和安娜的关系与夫妻无异，安娜离婚后他一定会娶她，可是在安娜没办离婚手续之前，他还是不愿和她一起出现在社交场合。安娜

去歌剧院看演出的举动在渥伦斯基看来是对整个社交界的挑战，他气愤安娜把他置于十分难堪的地位。

在此我们看到安娜和渥伦斯基的不同。安娜属于超凡脱俗一类，而渥伦斯基只是俗人一个。安娜实际上在内心深处有种对整个社会和传统婚恋观念挑战的冲动，产生这种冲动的原因至少有三个：其一是安娜经历了无爱婚姻，这使她感到婚姻的形式并不重要，有爱情的感情生活更重要；其二是很多贵族都有欺骗自己配偶的婚外性生活，但并不为社交界所鄙视或排斥，安娜正大光明地公开追求爱情，却受到羞辱和排斥——这显出社会的虚伪；其三是社交界对追求有夫之妇的渥伦斯基仍然接受，但却不接受安娜，这显出社会的不公平。小说的描写让我们对安娜产生了同情，也觉得安娜的反抗是非常勇敢的。

可安娜也犯有致命的错误。安娜认为只有一件事重要，那就是她和渥伦斯基是否相爱，这说明她把爱情和婚姻看成是两回事儿，她只重视前者。对爱情执著是安娜的可爱之处，但她忽视了社会生活对爱情造成的影响。早在他们在意大利离群索居的日子里，安娜和渥伦斯基之间的爱情就已开始出现阴影。渥伦斯基渐渐感到无聊和失去了与别人交往的自由。安娜也感到渥伦斯基为她放弃自己的政治前途，完全是为满足她的愿望而使她有了精神负担。渥伦斯基发现得到安娜并不是幸福的全部，而只是幸福这座大山的一角，而没有社会交往的安娜则越来越依恋渥伦斯基，并想完全占有他。我们看到一个远离社会的爱情，不论多么强烈，时间长了都会产生种种问题，因为人的欲望

是多方面的。

在他们回到俄国之后，社会的影响就更大了。除了社交界对安娜的排斥和羞辱外，安娜之未离婚状态不仅影响到渥伦斯基，还影响到渥伦斯基的母亲和哥哥一家，而他母亲对安娜的憎恨和他嫂嫂对安娜的排斥，也会影响到安娜和渥伦斯基之间的感情。安娜自己则是没料到见了久别的儿子后受到的感情冲击，儿子被告知他母亲已经死了，可他不相信，仍天天盼望母亲回来。安娜既感到对不起儿子，又为不能和儿子在一起而痛苦，这种精神折磨也影响到她和渥伦斯基之间的感情。安娜和渥伦斯基的爱情达到高峰而双方尚未结合的时候，双方都谴责自己毁了对方的生活，而在他们度过一段二人世界的生活重新回到社会后，两人都开始谴责对方毁了自己的生活。这说明，他们之间的感情已经开始变化了。这种关于毁了生活的自责和他责，正是婚外恋通常会带来的不良结果。

渥伦斯基的致命错误是忽视了安娜对儿子的感情。虽然他对安娜的爱已到了生死相依的地步，并且为了安娜牺牲了自己的社会地位和政治野心，可在安娜宣布怀孕之前，他从没想过要安娜离婚。在安娜告诉他她怀上了他的孩子后，他虽然提出让她离婚，可一点儿没想到安娜的儿子，而那正是安娜不愿离婚的理由之一。后来当他建议她离开丈夫时，她提出儿子问题，可他不理解为何她宁可受丈夫羞辱也不愿离开儿子。从意大利回来后，安娜偷偷去看儿子没有告诉渥伦斯基，此后安娜至死都没和他讨论儿子的问题，这和他始终没关心安娜的儿

子有极大关系。这说明，渥伦斯基的婚姻家庭观念十分淡薄，也说明他对安娜的爱是不以婚姻为目的的，是纯粹的对女人的情爱。虽然他后来也打算和安娜建立家庭，生更多的孩子，可他从来没考虑安娜失去自己儿子的感受。他只把安娜当女人，而没想到她同时也是一位母亲。安娜似乎也不敢在渥伦斯基面前暴露，她对自己儿子的爱和对他的爱同等强烈，她只和她的嫂嫂杜丽谈起过这点，而安娜对这事的隐瞒也造成了渥伦斯基的误会，破坏了彼此的信任。

安娜和渥伦斯基在莫斯科乡下定居后，渥伦斯基有了新的事业和社会活动。安娜则努力读各种与渥伦斯基的工作兴趣有关的书，成了他的贤内助。他们也有了一个小的社会圈子。表面上他们很幸福，生活得像对恩爱夫妻，可因为离婚问题没解决，他们的关系仍然危机四伏：渥伦斯基非常苦恼他的女儿在法律上不属于他，也不能姓他的姓；可安娜又怕失去儿子，而不愿离婚。

婚姻不一定能保障两个相爱的人永远不变心，但没有婚姻保障的爱情却可能导致恋爱双方的不平衡状态，从而使恋人间出现矛盾和感情裂痕。

安娜和渥伦斯基的关系就处于极度不平衡状态。安娜在感情和经济上都完全依赖于渥伦斯基。安娜失去了儿子、名誉和地位，并被社交界唾弃。她唯一剩下的就是和渥伦斯基之间的爱情，所以她把他们之间的爱看得至关重要。安全感的缺乏使她不断让渥伦斯基向她证明他的爱，这使得渥伦斯基感到烦恼。安娜也知道自己成了渥伦斯基的

精神负担，可她还是愿意他守着她，想知道他的每一个行动。这说明，她的言行都是不由自主的，是缺乏安全感造成的。渥伦斯基也认为安娜之所以这么神经过敏，是因为她的处境不确定，可他又不愿失去自己的独立性。他不由自主地在内心埋怨安娜使他们的处境变得更艰难。

小说使我们看到，长期处于同居状态对恋人感情的影响，就是缺乏安全感而带来的感情失重和关系失衡。

安娜最后终于同意离婚，可她丈夫卡列宁已经在另一位贵妇人的影响下发生了变化，又拒绝离婚了。不能离婚使安娜几乎陷于绝境，变得更加疑神疑鬼，老担心渥伦斯基会娶别的女人。渥伦斯基也未能完全体谅安娜的心情和处境，没表现出对离婚抱无所谓的态度。这就让安娜更失望，感到渥伦斯基对自己的爱在逐渐减退，也更疑心他爱上了他母亲向他推荐的姑娘。自杀前，安娜的精神状态很像是得了忧郁症，以至她投身到火车底下时都不知自己在做什么。安娜死后，渥伦斯基心如死灰、万念俱空，可以看出他确实始终爱她，而且爱得很深。这一对儿互相有强烈感情的恋人最终以悲剧结束。其中重要的原因之一，就是他们都忽略了爱情和婚姻的密切关系。

虽然从定义上来说，爱情和婚姻不是一回事。前者属于私人感情，后者是一种社会契约。可生活在社会中的人的爱情和婚姻实际上还是存在密切联系的。在主观上把爱情与婚姻分开会导致两种不良结果：一种是陷入不可能有婚姻结果的爱情悲剧；另一种是陷入没有爱情的婚姻。

婚姻对爱情的影响是否就一定是积极的呢？列文和凯蒂的故事告诉我们，对以婚姻为目的的爱情来说，婚姻能使爱情继续发展和成熟。婚姻生活涉及双方大家庭和社会生活，这种生活对爱情的影响当然也会有消极的一面。但是只要婚姻是以坚实的爱情作基础，且双方都注意及时与对方进行交流和沟通，就能克服消极的影响，变消极因素为积极因素。

列文曾因被凯蒂拒绝而对凯蒂心怀怨恨，但是再次见到凯蒂时，他立刻明白了他到底想要过什么样的生活。他感到凯蒂才是他的全部生活意义之所在，也就是说，只有和自己倾心相爱的人在一起才能感觉到生活的意义。凯蒂再次见到列文也非常惊喜。斯契潘安排他们二人在他家宴会上相遇，二人对对方的眼神都心领神会，之后猜字谜互表心意更显出二人的相知相惜。列文马上接受了凯蒂的影响：爱一切人，不把任何人想坏。第二天，他就去凯蒂家提婚。列文得出结论：婚姻中最主要的事就是爱情，而有了爱情，人就会永远幸福。可见列文把爱情看成是婚姻最主要的组成部分，也就是说，爱情和婚姻是一体的。

正因为列文把爱情和婚姻看成是一体的，他在决定要娶凯蒂时就没考虑除了爱情之外的其他因素。在他和凯蒂决定结婚之前，其实互相并不十分了解，比如凯蒂不知道列文的情史，也不清楚他的宗教信仰。列文认为夫妻间不应有秘密，所以给她看自己的日记——日记里记述了他以前的荒唐情事。按说列文应当在凯蒂答应结婚前就要让

她了解他的过去，为什么等结婚成定局后才做这件事呢？那可能就是因为他认为两人只要相爱就必须结婚。虽然他老觉得自己配不上凯蒂，自己不够纯洁而凯蒂非常纯洁，可他还是坚定不移地要娶她。这就是因为他把爱情和婚姻看成是一回事，认为只要互相爱就必然得结婚。至于什么利益对等、条件般配等其他因素都不在他的考虑范围之内。他唯一关心的是凯蒂是否真的爱他，所以他要凯蒂解释为什么爱他。凯蒂说，她爱他是因为她彻底了解他，而且认为他所喜欢的都是好的。凯蒂也从来就是把恋爱和婚姻联系在一起的，所以凯蒂在答应列文求婚的那一刻就把自己交给他了，她把自己的全部生活和希望都寄托在这个男人身上。她感到自己得到了新生。

尽管列文的恋爱是以婚姻为目的，可他其实对婚姻是怎么回事并不了解。在举行婚礼前的那段时间，他陶醉在幸福中，好像都没别的生活目的了。他的男性朋友告诫他，结婚后他的妻子会限制他做许多他以前热爱做的事，比如猎熊。可列文反而觉得受到妻子限制是件很有趣的事。朋友说，一个人告别单身生活后虽然会感到幸福，可还是会对自己失去单身时的自由感到惋惜。列文表示，他丝毫没有这种感受，他高兴失去这种自由。朋友觉得，他这会儿是被幸福冲昏了头脑，结婚以后想法就会不同了。而列文认为，幸福只在于爱和满足所爱的人的愿望。列文的态度是想表明，只要有爱作前提，婚姻中遇到什么难题都能解决。这会儿，他还不知道事情没那么简单。

因为列文和凯蒂恋爱过程短暂，又不像当代人一样在结婚前有同

居一段时间的机会，所以在婚礼上，他们在感到强烈幸福的同时，还因为对未来感到茫然而产生出一种惶惑和恐惧。婚后的头三个月，他们经历了互相摩擦的困难阶段。列文在婚后发现，每一步都和他以前想象的不一样。

在此，托尔斯泰对婚姻作了一个很有趣的比喻。他把婚姻比做一只小船，当列文看到这只小船平稳而欢快地在湖上飘荡时，他很想坐进这只小船，可当他坐进这只小船后才发现，他不能只坐在小船里任其漂流，他必须划桨，还必须时刻注意船前进的方向和船下的水流，他那从没划过船的双手会受伤，在划船时很快活可也很艰难。这就是说，婚姻需要当事者的不断努力和经营，要不断克服困难，并且还要对未来有憧憬和设想。

列文在是单身汉的时候，看到别人的婚姻生活中那些对琐碎小事的关心和争吵，总感到不以为然。他确信自己不会和别人一样，他会单纯地享受爱的幸福。可婚后他发现他和别人没啥不同，而解决因小事引起的纠纷也不是很容易的事。最初，在心目中像仙女一般的凯蒂关心种种生活琐事令他意外，但他试图理解她，而且很快感到其中的魅力。他原来也从没想象过他和妻子除了爱以外还会有其他关系，可他们婚后不久就吵起来，原因是他有一次外出，晚回来半小时就遭到凯蒂的责怪。他开始很生气，可很快感到不能对凯蒂生气，因为他和她是一体，对她生气就是对自己生气。他也很自然地想要证明，在这件事上是凯蒂错了，可是又感到如果他这么做就好像是在责怪她，她

会更不安，从而使二人的感情裂痕更大，所以他就忍住了。凯蒂意识到自己错了，虽然没直说，但对列文更温柔了。他们俩的关系变得更好了。我们可以看出，因为列文对凯蒂的爱，使他能够在和凯蒂发生误会和矛盾时理智妥善地处理问题，使他能体会凯蒂的感受，所以知道怎么样让事情往好的方向转化。

他们在婚后最初三个月，由于不了解什么是对对方最重要的，并且常常轮流处于坏情绪，他们二人互相对抗经常出现，他们也同时感到，两人是被绑在一起不可分离的。这既有感情因素也有婚姻的束缚。因此，每次在他们克服摩擦互相和好之后又感到双倍的幸福。三个月之后他们感到关系变得平和多了，而这头三个月就像是现在人们常谈到的婚后最初的磨合期。

凯蒂和列文的婚后生活，让我们看到两个人的结合实际上也是两个大家庭的结合，他们两人的感情摩擦和发展常常是在大家庭的背景下进行的。凯蒂要和列文一起去看后者的病入膏肓的哥哥。开始列文很反对，误会凯蒂是不愿一个人在家；凯蒂则坚持要去帮丈夫分忧解难。结果凯蒂使列文对她有了新的认识和进一步的赞赏，原因是她在照顾列文哥哥时显出非常有爱心又善解人意。

凯蒂的表现充分体现出，一个主观上追求以婚姻为目的的爱情的人，会多么主动地去融入对方的大家庭。列文也高兴凯蒂全家来他家和凯蒂相聚。和双方大家庭及朋友的交往丰富了小两口的生活，使他们多了谈资，并互相增进了了解。当然也免不了生出摩擦和误会，因

为凯蒂和列文都注意对方的情绪并及时交流想法，所以误会很快就解除了。

因为有婚姻的保障，恋人间的关系就增加了稳定因素，从而也使恋人变得更大度和更宽容。和安娜时时担心渥伦斯基外出相反，凯蒂则鼓动列文去参加选举大会，去听音乐会，去和朋友们交往。列文所到之处，人们都会问起他的妻子，这和渥伦斯基的境况形成鲜明对比。渥伦斯基在外参加活动时，不仅没人问候安娜，还会有人主动给他引见别的女孩儿。安娜对渥伦斯基和别的女孩儿接触都会产生嫉妒和误会，并愈演愈烈。列文也曾因一位男宾客向凯蒂献殷勤对凯蒂产生误会，但凯蒂及时和他沟通，两人很快就和解了，甚至后来在得知凯蒂与她以前迷恋过的渥伦斯基见面时，列文也没产生任何嫉妒或怀疑。列文在见到安娜后，被她的魅力征服了，不由自主对她产生了柔情和怜悯。凯蒂知道后也嫉妒和难过了一阵，但在列文反复解释和保证之后，两人很快就克服了这个小小的危机。而在安娜无端怀疑渥伦斯基爱上别的女人时，后者如何解释和保证都无法彻底消除她的焦虑。安娜在本性上并不是个小肚鸡肠、斤斤计较的女人，她之所以老不放心主要是缺乏婚姻的保障，这就像是林黛玉在未能定终身之前也老对贾宝玉不放心一样。

最后，我们看到，作为爱情结晶的孩子在爱情与婚姻关系中的重要性。安娜对她和渥伦斯基所生的女儿感情上不怎么亲密，原因之一是她在遇到渥伦斯基以前曾把全部感情投放在儿子身上。她告诉杜

丽，她对儿子和对渥伦斯基的感情一样强烈，如果不能和这两个人在一起，别的对她都无所谓了。这“别的”就该包括她的女儿。见不到儿子的焦虑和对渥伦斯基的感情的担心，已使安娜没有多余的感情来给她的女儿了。原因之二可能是安娜在怀那女孩儿时，还和丈夫卡列宁住在一起。她是怀着深深的耻辱感和歉疚感生下女儿的。对于渥伦斯基来说，女儿也是个意外，并且还差点让安娜死了。所以在安娜生女儿的过程中，他一点儿也没对孩子显示出兴趣。后来，和安娜同居后，他最大的苦恼是觉得这个女儿不能有个名正言顺的家庭，不能姓他的姓，而且他和安娜未来生的孩子也会遇到同样的麻烦。安娜倒不考虑未来生的孩子，因为她知道自己不能再生育了，可她不愿正视自己的同居地位将来对女儿造成的影响。

我们看到：不以婚姻为目的的爱会忽视孩子的因素；只同居不结婚会对孩子造成不良影响；而孩子的问题也会反过来影响到恋人之间的感情。

把爱情和婚姻看成一体的列文则在孩子身上得到了新生。在凯蒂分娩的那一刻，列文的喜悦使他的灵魂升到一个前所未有的高度。列文一直为“什么是生活目的和生命意义”的问题所苦恼。小说快结束时，列文为遭遇大雨的妻子、儿子担忧。当他终于找到他们，看到他们安然无恙时，他意识到自己有多么爱自己的妻子和儿子。这使他感受到生命的意义。小说以列文和凯蒂日常的和谐家庭生活场景结束，留给读者一个温馨的记忆。

列文和凯蒂的结局幸福，安娜和渥伦斯基的结局悲惨，原因之一就是前者的爱情和家庭生活得到完美统一，而后者缺乏完整、美满的家庭生活。

把恋爱当娱乐的斯契潘认为，爱与家庭生活不可能统一。他对年老色衰的妻子失去兴趣，老在外拈花惹草，可他过得还挺愉快。读者不难看出斯契潘所说的爱只是一种很肤浅、很短暂的感情。安娜和渥伦斯基之间的感情则是很认真、很强烈的。他们的悲剧让我们认识到，作为一种深刻感情的爱情和作为一种社会契约形式的婚姻之间，实际存在着种种内在的必然联系，追求不以婚姻为目的的爱情，结果很可能会导致悲剧，即使是不由自主地陷入不以婚姻为目的的爱情，当事人也还是要考虑和重视婚姻的因素，否则再强烈的爱也都可能会产生变异。列文和凯蒂的故事表明，主观上追求以婚姻为目的的爱情更容易得到幸福美满的结局。当然，即使是以爱情为基础的婚姻，也需要双方的不断努力和经营才能持久和幸福。

04 爱情与金钱

本文品读的是菲茨杰拉德的《了不起的盖茨比》，参考的文本是英文原著。弗朗西斯·菲茨杰拉德（1896—1940），美国著名小说家，主要作品有长篇小说《尘世乐园》（1920）、《了不起的盖茨比》（1925）和《夜色温柔》（1938），以及150多篇中、短篇小说。《了不起的盖茨比》在20世纪最佳一百种英文小说名单中排名第二，在世界上影响也很大，仅中文译本就有13种之多。小说的叙述者尼克是年轻暴发户盖茨比的邻居，又恰好是盖茨比昔日的恋人黛茜的表兄。盖茨比通过尼克与已经嫁入豪门的黛茜取得了联系，试图重温与黛茜结合的旧梦。黛茜也正对有外遇的丈夫不满。在黛茜开车不慎撞死她丈夫的情人之后，夫妇俩逃之夭夭，却把罪责转嫁到盖茨比头上，致使后者被死者的丈夫开枪打死。小说反映了一战后经济繁荣时期美国社会的腐败之风。小说中“美国梦”的主题不断被人们探讨。

如果一个人从一开始就把爱情和财富搅到一起，也就是在感情中掺入物质的成分，那就更难得到什么真情实爱了。

虽然，“钱买不到爱情”早已成为人们的共识，但古往今来，仍有无数男人坚信，如果自己有财富和地位，就能得到自己最爱慕的女人的芳心。他们之所以这样想，也不是没有一点儿道理。在小说《了不起的盖茨比》中，痴情的盖茨比就试图通过财富来夺回昔日情人，他还差一点儿就成功了。这部小说揭示出财富和爱情之间的微妙关系和某种必然结局。

首先，我们看到财富足以摧毁一个美好的爱情。或者说，财富可以成为对爱情的考验。盖茨比原是美国中西部某城的一个穷孩子。十八岁时，他和富家美女黛茜相爱。那时他只是个普通的中尉，但黛茜在众多追求她的年轻军官中选中了他。不久，盖茨比被派往海外的

战场参战。黛茜瞒着父母，偷偷收拾行装，准备千里迢迢地去纽约和盖茨比告别。可见，那时黛茜对盖茨比一往情深。家人发现了她的企图后及时阻止了她的行动。为此，她好几个星期不和家人讲话。那是一九一八年，她不可能马上和恋人用手机或电脑联系。可以想象她错失了和盖茨比最后见面的机会是多么痛苦。从那以后，她不再跟年轻军官来往。这表明她决定一心一意等待自己的心上人。可是在停战以后，她的心上人却没有立即飞奔回来娶她。不久，黛茜在上流社会的一个社交舞会上结识了超级富豪的儿子汤姆。他们很快就订婚了。汤姆家准备了豪华隆重，在当地前所未闻的婚礼。婚礼前一天，汤姆还送给黛茜一串昂贵的珍珠项链。就在这时，黛茜收到了盖茨比的来信。（读者不知信里写了什么。但从后面叙述中知道盖茨比在停战后没能回国而被送往英国。他很可能是让她等着他。）读完信黛茜哭得像泪人，还喝了大量的酒。她哭着叫她的女友把珍珠项链还给汤姆，还表示她改变主意了，也就是说不打算结婚了。她的女友强迫她洗了个冷水澡，为的是让她清醒清醒。经过思想斗争之后，黛茜还是戴上珍珠项链去参加婚礼了。

这一场景很有象征意义。一边是初恋情人的信，一边是未婚夫的贵重项链。最后她选中了项链，把恋人的信在洗澡水里毁掉了。这似乎说明她在财富和爱情之间选择了前者，但事情也不是如此简单。黛茜并不需要钱，也不是仰慕上流社会生活的贫家女。汤姆在黛茜眼里并非毫无魅力，他身材魁梧，是橄榄球明星，又是名牌大学毕业。但

在小说叙述者尼克的眼里，汤姆高傲自负，还是个白人至上的种族主义者。从黛茜女友的叙述中，我们还得知黛茜在婚后有一段时间很依恋自己的丈夫。所以，黛茜实际上并不是在爱情和财富两者之间作选择，而是在两个婚姻对象之间作选择。从感情上说，她倾向于盖茨比。可从实际考虑，她倾向于已经富有、无须等待又会得到家庭认可的汤姆。黛茜并不是一个超凡脱俗的理想主义者或浪漫主义者。她只是一个很普通的，在富裕家庭中长大的女孩。虽然在那时，她的心还没有完全被财富腐蚀，但在内心的天平上，有钱、有地位肯定是一个不小的砝码。汤姆有了这个砝码，其综合魅力就超过了盖茨比。就这样，黛茜对盖茨比的纯洁美好的爱情遭到财富的破坏，或者说，她的爱情没有经受住财富的考验。

正因为黛茜是个普通的世俗女子，盖茨比试图通过比汤姆更成功、更有财富来夺回黛茜的梦想，就不显得怎么可笑和愚蠢了，更何况他还差点儿就得逞了。盖茨比对黛茜的痴情，甚至让人有几分感动，虽然经过仔细分析，我们会发现他对黛茜的爱有很多虚幻的成分。

黛茜结婚五年后，盖茨比经过冒险、打拼，终于实现了成为富豪的梦想。这时，黛茜一家已搬到纽约附近的长岛定居。盖茨比也特地搬到她家附近居住。盖茨比和汤姆的财富比拼是通过两栋超级豪宅来体现的。两栋豪宅分别建在两座形如鸡蛋的半岛上。汤姆的豪宅在东卵，盖茨比的豪宅在西卵。两座豪宅隔着一个小海湾遥遥相望。这个场景也很具有象征意义。大多数女性都对房子有强烈的兴趣——房子

的豪华程度体现出物质享受的水平。少数高尚女性可能会喜欢有了钱自己不享受、乐善好施的男人，但大多数世俗女性更喜欢有钱又会享受的男人。黛茜无疑属于后者。所以，盖茨比夺回黛茜的计划的第一步就是设法让她来参观自己的豪宅。

小说对两座豪宅都有浓墨重彩的描写。汤姆的豪宅是座红白二色的、英国古典式的大楼房，面临海湾，房子正面有一溜儿法国式的落地长窗。豪宅门前有好几个美丽的花园，大片草地一直延伸到海滩。小说叙述者尼克是黛茜的远房表哥。他到纽约后先去了汤姆家，见到他的房子感到比预想的还要讲究。他随汤姆进门后先穿过高高的走廊，然后走进一间宽敞明亮的玫瑰色的屋子。那屋子两头都是落地长窗，展现出窗外嫩绿的草地。屋里地上铺着葡萄酒色的地毯，上面摆着一张庞大的沙发椅。这房子无疑非常舒适，给人极大的享受感。可是房子里的黛茜却显得闲极无聊，了无生趣。尼克的描述透露出黛茜在这豪宅中的生活并不幸福。汤姆有时候对她动粗。他不仅在外面有女人，而且还不在乎让大家知道。黛茜总结说，女孩儿在世上最好的出路就是当个美丽的小傻瓜。

盖茨比所住的城堡式豪宅更加气派非凡。除了规模宏大之外，大楼的一边还有一座高高的塔楼。草坪和花园有四十多亩，外加一个大理石游泳池。私人的海岸边停着两艘汽艇和一架水上飞机。楼内有图书室、音乐室、大小客厅和数不清的仿古卧室，等等。尼克新租住的小房子就在这豪宅的隔壁。最初映入他眼帘的豪宅主人的形象，是一

个在暮色中站在草坪上遥望对岸码头上绿色灯光的孤独人影。每个周末，盖茨比都大宴宾客。被邀请的名人和没被邀请而混进来的成群结队的男男女女在盖茨比的大花园里彻夜狂欢。可盖茨比不参加任何群体的谈话、唱歌或跳舞。他单独一人站在台阶上，默默地眺望人群。

从小说一开始，我们便看到两个让人羡慕的超级豪宅。可是马上我们又看到，一个豪宅里住着婚姻生活不幸福的黛茜，另一个豪宅中住着心灵孤独的盖茨比。而五年前他们曾是一对深深相爱的恋人，如果那时他们不在乎财富地位，不顾一切地结合了，他们很可能过着清贫的或小康的日子，这辈子也住不上超级豪宅，但他们会不会因为有了爱情而感到生活得很幸福呢？当我们看完全部故事再加以分析，我们会发现答案是“不会”。

盖茨比之所以被称为“了不起”（或译“伟大”）可能就是因为他对黛茜的痴情和他对追梦的执著吧。他发财致富不是为了花天酒地、玩弄美女，而是为了和初恋情人重温旧梦，并最终娶她为妻。为了实现这个愿望，他已苦苦奋斗和等待了五年，以至当他终于要实现自己的梦想时，即马上要见到分别五年的黛茜时，他的神经都紧张得要崩溃了。这时，黛茜对他的感情早已淡漠了。她从女友口里已经知道盖茨比住在西卵，可并没有激动万分地主动去找他。盖茨比之所以每周末举行大型晚会，为的是吸引黛茜来参加，可她一直没出现。盖茨比只好拐弯抹角地先找到她那位女友，又托女友转告尼克，希望后者请他表妹黛茜来家里喝茶。这样，盖茨比就可趁机邀

请黛茜参观隔壁他的那座超级豪宅。他夺回黛茜的第一步就是要让黛茜知道，他的财富和地位已经超过了汤姆。

在此，我们看到盖茨比实际上很了解财富在黛茜心目中的分量。他的计划果真十分奏效。黛茜最初见到盖茨比时，只是用做作的声音表示又见到他很高兴，而盖茨比却精确地说出五年前他们二人分别的那个月份。两人的感情差距非常明显。尼克让他们二人私下相处一段之后再回来时，见到黛茜流了眼泪，盖茨比脸上则充满了幸福感。大约是黛茜为盖茨比的痴情所感动，对后者又表示出情意了吧。随即，在参观盖茨比豪宅时，黛茜对见到的一切都赞不绝口。当盖茨比向她展示他那一堆堆高级衬衫时，她竟激动得哭了起来，说她从来没看见过这么漂亮的衬衫。她对盖茨比也越来越亲热，很快就自然而然地挽着他的胳膊了。可是后来，在盖茨比给她看他多年来积攒的、报纸上对她的每一条报道的剪报时，她反倒没怎么激动。

从这些细微对比中，我们可以看出来，财富在黛茜心中天平上的重量已经远远超过了感情。她已经不可能有当初收到盖茨比的信时那种激烈的感情冲动了。不过，盖茨比成功地用眼前的超级物质享受把黛茜又迎回到自己的怀抱中。因为现在，在黛茜心中，仍然痴情而有更多财富的盖茨比的综合魅力又超过了汤姆。之后他们开始频频约会。盖茨比的希望是：黛茜对汤姆说她从没爱过他，然后宣布和他离婚。那样盖茨比和黛茜就可以回到黛茜的家乡去举行婚礼，就好像回到五年前。尼克觉得那不太可能，可是盖茨比认为他一定能办到。实际上，

他也感到黛茜和以前不一样了。她不像以前那么理解他，也不像以前那样能和他长时间倾心交谈。他好像变成是在追梦，无论如何一定要实现在心中存了五年的梦想。

盖茨比向汤姆摊牌的时机终于来了。可能因为汤姆不大掩饰他在外面有女人吧（他并不阻止他的情人威尔逊太太把电话打到家里来），黛茜也开始当着汤姆的面跟盖茨比亲热。于是，汤姆开始暗中调查盖茨比。之后在一次小型外出聚会时，汤姆当着黛茜和其他人的面指责盖茨比和黛茜调情。盖茨比于是毫不客气地告诉汤姆："你妻子不爱你。她从来没有爱过你。她爱我。"可是无比自负的汤姆坚信黛茜爱他，而且表示他也爱黛茜，虽然他有时犯糊涂，做些愚蠢的事。开始黛茜的态度还向盖茨比倾斜，表示要离开汤姆（虽然口气并不坚定），可在汤姆举出他们以前恩爱的例子后，黛茜动摇了，又承认爱过汤姆。随后，汤姆揭露盖茨比做不法生意发财，还暗示有更多可怕的内幕。黛茜对盖茨比的态度马上变得疏远了。汤姆知道他这一着已经彻底粉碎了盖茨比的美梦，所以非常自信地叫黛茜还坐盖茨比的车回去。在这阶段，我们已经可以看出来，即使后面的人命案没发生，黛茜也绝不会再和盖茨比发展二人的关系了。接下去发生的人命案，只是进一步证明盖茨比对黛茜的一片痴情只不过是单相思，他想象的黛茜对他的"爱"只不过是幻觉。人命案也揭示出黛茜的自私和无情。

那天，就在他们回家的路上，黛茜开着盖茨比的车压死了正好冲

到车前的威尔逊太太，黛茜也没停下车看看威尔逊太太的死活，就仓皇开车逃走了。旁人只看到车没看到司机，所以盖茨比就打算替她顶罪。那晚盖茨比怕汤姆找黛茜的麻烦，就一直守在她家院子的树丛里。尼克看到汤姆和黛茜毫无吵架迹象，反而好像挺亲密地在策划什么阴谋。尼克告诉盖茨比，黛茜没事儿，可后者还坚持要在院子内守候。他直等到凌晨四点，看见黛茜关了卧室的灯才走开。早上尼克来劝盖茨比到外地去避一避，可盖茨比还惦记着黛茜对未来的打算。他以为至少会接到她的电话，实际上黛茜已经在准备和汤姆一起出远门了。汤姆还恶毒地告诉了威尔逊先生，肇事的车是盖茨比的。结果威尔逊先生开枪打死了盖茨比。尼克给黛茜打电话报告死讯时，他们夫妇已经远走高飞了。尼克后来再也没接到过黛茜的电话。总之，黛茜对盖茨比的死没有任何表示。

盖茨比的悲剧并不在于心上人对他的两次背叛，而是他自己没选对人，是他自己把财富和爱情搅在了一起。从一开始，他对黛茜就不是单纯的心的选择，而是掺杂了物质的成分。他之所以受到黛茜的吸引，很大程度上是因为黛茜头上的财富光环。小说给我们提供的第一个盖茨比和黛茜交往的画面，就是盖茨比和黛茜并肩坐在黛茜的白色跑车里。后来，盖茨比告诉尼克他爱上黛茜的过程。开始他只是对黛茜产生了欲望，并不是爱情。他觉得黛茜有种让人兴奋的吸引力，她所住的豪华、漂亮的房子也让他赞叹不已，黛茜有很多爱慕者这点也增加了她在他眼中的价值。他和她单独来往一阵后就和她发生了一次

性关系，那只是及时行乐的意思。两天之后他再次见到她时，就不由自主地爱上她了，因为她显得更有魅力了，而他也更加深切地意识到财富如何使青春焕发出神秘的光彩，比如那一套套高档服装能使美人永远保持鲜亮。他深深陷入情网的另一原因是黛茜也爱他，但他内心里知道自己的背景和她相差太大，觉得自己根本不配摸她的手。这就是为什么日后他会想通过发财致富来夺回黛茜。从盖茨比的恋爱过程中我们看到，财富在他心中占有很重要的地位。如果说黛茜是一个重物质的女人，他也是个重物质的男人。他们俩之所以能成为情人，大概也是情趣相投吧，比如黛茜看到盖茨比的美丽衬衫就激动地哭了，这和盖茨比赞赏黛茜有一套套高档衣服装裹是一样的性质。

盖茨比也深知黛茜是个重物质的女人。尼克多次形容黛茜的声音如何独特，有音乐感，充满魅力，特别能让男人陶醉。盖茨比有一次却一针见血地指出，她的声音里充满了金钱。尼克恍然大悟。他领悟到，她声音里抑扬起伏的无穷无尽的魅力正是源于此，那声音让人联想到“高高在上的白色宫殿里的国王的女儿”以及“黄金女孩儿”，也就是价值昂贵的女孩子，说白了就是她的声音既性感又高贵，使男人愿意为她一掷千金。

盖茨比对黛茜的声音所发表的论断，是在黛茜当着尼克、汤姆等人面向盖茨比表示爱意之后。当时，尼克评论说黛茜的声音轻浮。盖茨比就说她声音里充满了金钱。这说明他知道黛茜不是真爱他本人，而是冲着他的钱才说爱他的。可在这之后他还想娶她，并甘愿为她担

当车祸罪名，还痴情地为她守夜，等她电话，这不分明是脑子糊涂了吗？这不分明是犯傻吗？更何况他还见过自己以前的老板—— 一个做铜矿生意的大富翁如何被假装爱他的女人谋财害命。

可世上就是有无数男人喜欢黛茜这样的“黄金女孩儿”，不惜为她们牺牲自己的利益，甚至犯法、犯罪。盖茨比不就为了黛茜铤而走险，做非法生意吗？实际上盖茨比对黛茜的感情并不完全是真正的爱情，更多的是一种迷恋，有点儿像酒徒对于酒、吸毒者对于海洛因的迷恋。而黛茜也是一个善于迷惑男人，让男人为她大把花钱的女人。这说明盖茨比对黛茜的爱中有很多虚幻的成分，而且那虚幻的成分还体现在盖茨比对黛茜的孩子的态度。他从来都没想到过黛茜结婚已经五年，应当有孩子了。他看到她的女儿时，一直处于惊讶状态。在他要黛茜离婚嫁给他的计划中，也毫无对那孩子的考虑。所以，与其说盖茨比仍爱现在的黛茜，还不如说他爱夺回黛茜的那个梦。

以前的黛茜，也就是少女时代的黛茜，对盖茨比的爱基本上是真诚美好的。她并没追究盖茨比的家庭背景和财产。盖茨比也没送过她任何贵重礼物。盖茨比没有车，他们出门都是开黛茜的车。这都没影响黛茜对他的感情。在他要上战场时，她不远千里要赶到纽约去送他。那时她对他的爱确实是真心的、单纯的。这可能也是盖茨比在她结婚后还对她恋恋难舍，下决心一定要把她夺回来的原因之一。我们知道黛茜后来的婚姻并不幸福。在她结婚后不久，汤姆就闹出了和饭店服务员的绯闻，到纽约后马上又有了情人，也就是威尔逊太太。他

给情人租了个公寓，常在那儿和情人幽会，还骗情人说因为黛茜信天主教，所以他们不能离婚，致使情人对黛茜怀恨在心。

如果当初盖茨比在停战后立即奔回来娶黛茜，黛茜也不在乎财富地位和父母反对，不顾一切地嫁给她了，他们会不会生活得很幸福呢？我们知道盖茨比那时没有钱，也不去做非法生意发财，如果他和黛茜结婚了，他们很可能过着比较清贫的日子，那他们的爱情能长久吗？很难想象，像黛茜那样看重物质享受的富家女能长期过节俭的日子，如果她又遇到像汤姆那样的富豪追求者，她不会动心。从盖茨比那方面来说，如果黛茜失去了雍容华贵的外表，变成了一个衣着简朴，整天刷锅洗碗、操持家务的劳动妇女，我们也很难想象他还会那么迷恋她。

如果汤姆没揭露盖茨比做非法生意，后来也没发生黛茜压死威尔逊太太的事，反而是威尔逊太太出来搅局，破坏汤姆和黛茜的关系（她冲到汽车前便有此意），黛茜可能一气之下和汤姆离婚，嫁给盖茨比。这个故事好像就有了完美的结局。可是，在盖茨比实现了自己的美梦之后，他还会那么珍惜黛茜吗？黛茜将来人老色衰之后，他还会那么迷恋她吗？再说，以他的富有，不知又有多少个威尔逊太太一类的下层社会的女人来追求他。他也有可能又看上哪个富家的“黄金女孩儿”。在小说中，当黛茜参加盖茨比的晚会，看到那么多浪漫的人在狂欢时，就曾担心会有某个光彩夺目的女郎突然光临，和盖茨比发生魔术般的目光对视，从而一下子勾销盖茨比对她

坚守了五年的恋情。如果黛茜在和盖茨比结婚后时时有如此担心，那日子还能幸福吗?

总之，小说揭示出在商业社会、金钱世界里，要想有纯真爱情，真不是那么容易的事。如果一个人从一开始就把爱情和财富搅到一起，也就是在感情中掺入物质的成分，那就更难得到什么真情实爱了。

05 爱情与道德

本文品读的是川端康成的《千只鹤》，参考的是叶渭渠翻译的中文译本和爱德华（Edward G.Seiderstticker）翻译的英文译本。川端康成（1899—1972），日本著名作家，1968 年获诺贝尔文学奖，主要小说作品有《伊豆的舞女》（1927）、《雪国》（1934）、《山音》（1954）、《睡中的美女》等。1949 年开始陆续连载的《千羽鹤》（中文译本为《千只鹤》）也是他的代表作。小说描写单身青年三谷菊治去赴一个曾与他父亲有婚外情的女人近子的茶会。近子想把纯洁的雪子介绍给菊治做女朋友。菊治在会上碰到其父的另一个情人太田夫人。后者仍思念已故的情人，不由自主爱上外貌酷似其父的菊治。太田夫人和菊治发生关系后不久，自杀身亡。其女文子和菊治渐生感情，可文子后来神秘失踪。除了男女之情外，书中还有大量关于日本茶道的描写。小说引起很多争议和各种不同的解读。

为什么菊治和文子没能成为幸福的一对儿呢？我们看到那正是因为二人都受到父母关系的深刻影响，他们的心态都被严重扭曲了。

关于爱情和道德的关系在互联网上有热烈的讨论。人们提出的问题有：爱情有没有道德的和不道德的之分？在恋爱时应当坚守道德底线还是忠于个人情怀？面对婚外情，真挚爱情和道德操守哪个更重要？……对于这些问题的答案，川端康成的《千只鹤》给我们提供了深刻的启示。

一对心地善良、互有好感的青年男女本可成为幸福的恋人，可是其父母的情爱行为使他们产生了巨大的心理障碍。他们不仅没得到完美爱情，还最终被扭曲的心态摧毁。这就是川端康成的《千只鹤》所叙述的爱情故事的结局。这部中篇小说从头至尾为我们提供了一幅幅美丑并列或交织的画面，揭示出爱情与道德之间复杂的关系。

第一幅美丑并列的画面就是让人恶心的长毛黑痣和洁白美丽的千只鹤。

那个大块的长毛黑痣长在一个叫近子的女人的乳房上。她曾是小说主人公菊治的父亲的情妇。菊治见到那黑痣是在他八九岁的时候。有一次他父亲带他去近子家，近子正敞着胸剪黑痣上的长毛。那个情景给少年菊治留下深深的厌恶感。此后，近子向菊治母亲提到了自己胸前有黑痣的事。菊治母亲和丈夫议论此事时，父亲佯装不知的样子令菊治对他感到厌恶。可见，菊治对那黑痣的感受是和他对他父亲欺骗母亲的行为的感受密切相关的。他母亲在谈到那黑痣时说，如果婴儿在吃母亲奶时第一眼就看到一个丑陋的黑痣，就会纠缠影响孩子的一生。事实上，那黑痣让少年菊治看见后确实影响了他一生的幸福。那块黑痣给他留下的印象总是挥之不去，他总忍不住想象他父亲如何用肮脏的牙齿咬那黑痣的样子。

洁白美丽的千只鹤是一位叫雪子的年轻女子携带的包袱上的图案。菊治第一眼看到那图案就有极美的感受。小说第一章叙述菊治去赴近子的茶会时回忆起近子的黑痣，而就在那时见到了美极了的千只鹤图案。菊治的回忆里还有一幅美丑并列的画面：老鼠在天花板跑来跑去，廊子外桃花已经盛开。桃花色正是雪子的包袱皮的底色。老鼠、黑痣和桃花、白鹤形成强烈的丑美对比。后面的叙述让我们看到前者代表让人讨厌的近子，后者代表纯洁美丽的雪子。在菊治眼里，雪子淳朴、高雅，焕发着青春光彩，在她给菊治点茶时，菊

治感到她的手像绽开的红花，身边像有千只小白鹤在飞舞，而近子却给他不洁的感觉。

菊治之所以去赴近子的茶会，是因为近子要给他介绍一位女朋友。菊治已经二十五岁了，还是单身。近子要介绍的女子就是雪子。没见雪子之前，菊治怀疑身有“污点”的近子介绍的女子会不会是白璧无瑕的。从菊治对雪子的最初印象的描写我们可以看到，菊治对雪子的纯洁没有丝毫怀疑。他告诉近子，他觉得雪子是位不错的姑娘。可他感到遗憾的是，他第一次见到雪子是在父亲的两个情妇均在场的情况下，他一想到去世的母亲就对那两位情妇生出怒火。这使他感到他父亲的幽魂似乎还在影响他。因为这一层关系，菊治没有产生要和雪子交往的欲望。可见，他父亲的婚外情已对他的爱情追求造成了心理障碍。

一心想与菊治拉关系，甚至想控制他的生活的近子没有善罢甘休。她把雪子约到菊治家里来了。菊治看出雪子对自己有意，但是他明确告诉雪子，因为雪子是近子介绍的，他就不愿考虑。从后面的描写我们可以看出，菊治其实对雪子也颇为动心。那天见过雪子后他彻夜未眠，第二天还眷恋雪子的余香，回忆二人相处的情形。但他不能容忍雪子是近子介绍的这一点，他不想让近子影响他的生活——近子仿佛给纯洁的雪子增加了污点。实际上，是菊治父亲的婚外情给菊治心理上造成了阴影，对菊治来说，黑痣就是他父亲和近子之间不道德的关系的象征。实际上，他父亲对近子也并没有真正爱情，只是暂时

的利用而已。

小说中洁白美丽的千只鹤和让人恶心的长毛黑痣的美丑并列画面，可以象征纯洁爱情和不道德的情人关系的对立，但纯洁爱情和不道德行为之间的关系并不只是如此单纯的对立关系，所以小说还为我们提供了更为复杂的美丑交织的画面。

这更为复杂的美丑交织的画面主要体现在太田夫人的形象上。太田夫人是菊治父亲的另一位情妇。她的丈夫是菊治父亲的茶道友。她丈夫死后，菊治父亲去她家处理茶道用具，两人就产生了感情。近子和菊治父亲来往时间不长，而太田夫人和菊治父亲的情人关系一直维持到后者去世。四年之后，当太田夫人在近子茶会上见到菊治时，不禁为菊治酷似其父的堂堂仪表所触动。她情不自禁地对菊治显出亲切和关爱。菊治也觉得太田夫人的模样讨人喜欢，但是他一想到太田夫人和自己父亲的关系就感到痛苦，当初他和母亲一起对太田夫人抱有的敌意尚未完全消失。所以，菊治对太田夫人的感受可以说是赞赏与憎恨交织。

茶会散后，太田夫人还对菊治恋恋不舍，约他一谈。谈话的结果是太田夫人把对菊治父亲的深深恋情转移到了菊治身上，而菊治也身不由己地成了太田夫人温柔情爱的俘虏。两人竟像情人一样同床共枕了。菊治陶醉在太田夫人的情感波浪之中，好像感受到了当年自己的父亲享受到的幸福。可是当他想到太田夫人曾是父亲的女人，就又产生了丑恶感。当雪子的姿影出现在菊治脑海里时，太田夫人的身躯在

他眼里就变得丑恶了。我们可以想象，那是因为雪子的纯洁对比出了太田夫人身上的道德污点。

菊治对太田夫人的这种美丑交织的感受正是太田夫人的形象写照。她是个十分多情的女人，对菊治父子二人的情爱都是真心诚意的，有其美的一面。她也并非有意伤害菊治母亲或故意引诱菊治。她的行为似乎都是天性使然。可是客观上她对菊治母子都造成了伤害，她自己也为此感到痛苦。当她以为自己破坏了菊治和雪子的婚事时，她深感罪过而痛哭流涕。可见她知道自己有道德过失。太田夫人的形象暗示了爱情和道德的关系。爱情虽然美好，可是不道德的恋爱关系会给爱情抹上污点，留下遗憾，并对亲人造成严重伤害。

温柔多情的太田夫人给菊治造成的伤害，实际上比让人讨厌的近子给菊治造成的伤害还要深得多。虽然菊治对太田夫人很有好感，可他和她发生关系这件事还是给他的心理造成了深刻的变化。先前他只觉得近子不干净，所以不愿接受她介绍的雪子。在他和雪子第二次接触时，他却感到自己不干净了。先前他只是对父亲有厌恶感，现在则把父亲“用肮脏牙齿咬黑痣”的形象和自己的形象联系在一起了。这种自我嫌恶感是对一个人的最大伤害。

为情所困又自感罪孽深重的太田夫人自杀了。她不想继续纠缠菊治，更不想影响他的婚事。她的死本应使菊治解脱，得以重新开始自己的生活。可事实正相反，她的死反而使菊治更留恋和陶醉于她的情爱和触摸了。他在梦中都能感到她的拥抱。菊治觉得太田夫人辞世以

后自己才爱上了她。他觉得是自己促使太田夫人自杀了，认为是自己把道德的不安推给了夫人，因而产生了深深的愧疚感。太田夫人实际上是因爱而死，而她在死后也得到了菊治的爱。

菊治对太田夫人的爱显示，爱强大时足以超越对道德的考量。从菊治和太田夫人的女儿文子的对话中，我们可以看出，菊治已不再感到他和太田夫人的关系有什么丑恶之处，反而对她存有感激之心，也原谅了她和他父亲的关系。菊治在回忆他和太田夫人共宿时，那天见到的夕阳景色浮现在他的脑海里：那是在森林上的夕阳，森林在晚霞的映衬下浮现一片暗黑，随后他好像突然看到千只鹤在晚霞中飞舞。夕阳正可象征太田夫人的爱情余晖。菊治脑中出现千只鹤在晚霞中飞舞的景象，说明他现在将纯洁的雪子的影像和太田夫人的影像重叠了，而先前在他想到雪子时曾感到太田夫人的身躯丑恶。这说明强烈的爱情足以战胜道德方面的阴影。

虽然菊治最终感到太田夫人的爱像晚霞一样美，可她的爱情实际上给她女儿和菊治都带来了悲剧性的结局，就像是夕阳西下后只剩下黑暗的森林一样。太田夫人死后不久，菊治和文子就被心理上的黑暗吞没。

文子受到伤害的情景是小说中最让人辛酸的部分。太田夫人和菊治父亲成为情人时，文子才十二岁。近子常跑去她们家，为菊治母子打抱不平，狠狠地数落太田夫人。文子在隔壁房间听到，尽不住失声痛哭。可见她的幼小心灵如何为母亲的行为而备受折磨。在茶会上，

太田夫人情不自禁地对菊治表现亲切，使文子羞得抬不起头来，好像为母亲感到无地自容。太田夫人和菊治共宿后，文子更是为她母亲感到羞愧难当，恨不得她死了才好。她请求菊治原谅，因为她认为她母亲害了菊治的父亲和母亲，现在又影响菊治和雪子的婚事。她甚至说：家母先死就好了。她含着泪水求菊治别理睬她母亲，说她母亲很糟糕，好像她母亲是她的耻辱。其实她又很爱自己的母亲，很希望菊治知道她母亲不是坏人，只是性格问题。正因为她爱母亲，才情不自禁地分担了母亲的耻辱和罪孽。她母亲死后，她一个劲儿向菊治道歉，声称该道歉的是“我们”，即她和她母亲。其实她并没有任何过失，可却把她母亲的过失揽在自己身上。这其实也是一种心理变态。文子认为，她母亲是因为感到自己的丑恶才自杀的。母亲死后，她感觉母亲变美了。但死去的母亲还在影响她的生活，所以她不敢请朋友来家里陪住，怕别人知道她母亲的事。一提起母亲的过去，她还会羞愧地流下眼泪，伏倒在地。母亲的道德过失在她心上留下的阴影似乎永难消失了。这阴影必然严重地影响她自己追求爱情和幸福。

太田夫人去世后，菊治和文子都感到自己导致了夫人的自杀，也有共同的伤感，他们开始频频来往，感情上越来越接近了。小说后半部主要就是描写他们二人关系的进展。他们的父母曾是恩爱情人，他们之间也互有好感、互相吸引，可就在他们的关系已发展到快成为恋人时，文子消失了。菊治怀疑她自杀了，自己也向公园的森林深处走去，还说让近子一个人活下去，似乎在暗示他也要自杀。

为什么菊治和文子没能成为幸福的一对呢？我们看到那正是因为二人都受到父母关系的深刻影响，他们的心态都被严重扭曲了。

给菊治造成心理问题的除了他父亲的婚外恋外，就是太田夫人的影响。菊治在太田夫人去世后有很长一段时间都摆脱不了她的影响，在路上行走看到中年妇女的背影时就会被吸引住，随后又产生犯罪的感觉。他老会产生接触太田夫人肌肤的幻觉，还怀疑自己因为道德的苛责而产生了官能变态。因为文子相貌酷似其母，菊治总渴望见到文子。这使他产生恐惧感，觉得自己一面陶醉于母亲的拥抱，另一面又不知不觉地倾心于其女儿，成了魔性的俘虏。菊治看到有太田夫人口红痕迹的茶碗时，他既感到令人作呕的龌龊，同时又感到使人迷迷糊糊的诱惑。茶碗上单纯而又健康的图案，仿佛唤醒了他病态的官能。

这些都说明，太田夫人和他之间发生的事给他的心理造成了极大的混乱和变态。虽然他一度因为对太田夫人产生爱而消除了丑恶感，但在他内心深处总有一种罪孽感。这当然和太田夫人曾是他父亲的情人有关——和父亲的女人做爱就等于是乱伦。菊治在和文子接触了一段时间之后，才感到他与太田夫人的罪孽阴影因为文子清纯的声音而消失了。可是，菊治第一次强烈地感受到文子是个女人时，也感受到了文子的母亲太田夫人。他感受到文子的芳香时，仿佛也感受到了太田夫人拥抱时的香味。这说明，他对文子的情爱受到太田夫人的严重干扰。直到小说快结尾时，菊治才终于摆脱了太田夫人的影子，把文

子看成是“无与伦比的绝对存在”。此前，他一直感到被罩在又黑暗又丑恶的帷幕里，现在终于钻到幕外来了。他怀疑是文子那纯洁的悲痛拯救了他，实际上，是他对文子产生了纯洁的爱。他对文子的爱终于战胜了他内心的罪孽感，这又一次说明爱的强大力量。

可是，毫无道德过失的文子反而摆脱不掉罪孽感。她老强调她母亲的辞世就代表罪孽的消失。这正说明她忘不掉有罪孽这么回事儿。有一次她向菊治提起后者和雪子的婚事时，菊治问：你认为我现在能结婚吗？小说快结束时，菊治又提到此话。文子回道：“就是说罪孽深重？……那恐怕是我吧。”可见她的罪孽感一直到最后都没消失。

文子因为从小就分担母亲的罪孽感，在母亲去世后她仍把自己和母亲视为一体。她把母亲用过的茶碗送给菊治，然后又后悔这样做。因为她担心菊治用那茶碗时，“假使又想起别的茶碗，而觉得别的志野陶更好的话，家母和我都会感到很悲哀的啊”。可见，她送菊治茶碗既代表母亲对菊治的情意，也代表她自己对菊治的情意，好像母女二人合而为一了。当菊治为文子“结婚”的消息震惊时，文子说：“我现在能结婚吗？三谷少爷以为我会这样做吗？家母和我都很痛苦，也很悲伤，这些都还没有消失，怎能……”我们可以看到，文子不仅分担母亲的痛苦悲伤，而且为母亲痛苦悲伤。母亲去世后，她还难以从这些痛苦悲伤中解脱出来，她说“家母和我都很痛苦”时，就好像她母亲还活着一样。文子这种老把自己和母亲绑在一起的心态，很难使她以独立的人格来追求自己的幸福。

菊治得知文子失踪的消息后，想起文子说过“死亡就在脚下”。他想：文子可能害怕自己成为与母亲一样罪孽深重的女人。就连菊治也看出文子母亲对文子心理的深刻影响。那么，文子为什么“失踪”？她到底担心什么呢？在文子失踪之前，她曾给菊治写了一封长信，可没等菊治看信，她就从他手中夺过信，把信撕碎了。她只提到她在信中表示后悔送菊治那只茶碗，随后她真把那茶碗摔碎了。这就像是文子下决心要和菊治一刀两断似的，而菊治在看到茶碗摔碎时，也确有自己的东西被夺走的感觉。那时他已爱上了文子，感到文子是“无与伦比的绝对存在”。文子很可能也是意识到自己对菊治的爱，才决定“消失”的吧。她可能觉得爱上和自己母亲有过肉体关系的菊治是种罪孽，也就是感到那是类似乱伦的关系，或者她认为自己是有罪孽的女人，不愿影响菊治和别的纯洁女人的婚事——她念念不忘菊治和雪子相亲的事，还对菊治说不相信雪子已和别人结婚，或者她担心菊治将来会像他父亲一样又爱上别的女人——这种担心在她后悔送茶碗时就能看出来了，她担心菊治用她送的茶碗时，“假使又想起别的茶碗，而觉得别的志野陶更好的话……”这不就暗示她担心菊治会见异思迁吗？很可能这三种担心她都有。

菊治父亲和文子母亲之间的关系已经使菊治和文子之间的关系变得复杂化了。实际上，菊治和文子每次单独接触时差不多都是在谈论、回忆父母的情景中度过的，他们好像都很难走出父母关系的阴影。菊治和文子母亲之间发生的事情，使两个小辈之间的关系蒙上了更浓的

阴影。他们很难以正常的心态互相交往，更别说正常地谈恋爱了。当他们意识到自己爱上对方时，只能采取逃避或是自毁的道路。

当然，如果菊治和文子都没有道德感的话，他们可能会仅仅因为互相吸引就毫无顾虑地很快结合了，可文子毫无疑问是个道德感很强的人，这从她对母亲的批评和为母亲感到羞愧中就能看出来。太田夫人也有道德感，所以才自称是罪孽深重的女人，但她很难克服自己那与道德有冲突的强烈情爱。长有丑陋黑痣的近子没表现出任何道德感，而菊治的父亲可能是最没道德感的人，他竟然在去和情人相会时带着未成年的儿子。

菊治也是有道德感的人，他曾批评自己父亲的品格，说："家父也不是个品格高尚的人，却好摆弄茶碗之类的东西，说不定是为了麻痹他那种种罪孽之心。"小说中描写的茶碗是陶器中的上品，十分精美。当菊治和文子欣赏一对夫妻茶碗时，菊治"把自己的父亲与文子的母亲看成两只茶碗，就觉得眼前并排着的两个茶碗的姿影，仿佛是两个美丽的灵魂"。在此，茶碗代表美。菊治一方面觉得自己的父亲品格低下，不配摆弄美的东西，另一方面又觉得他父亲和太田夫人的爱情中有美的因素。

这些描写告诉我们：当我们孤立地看一对情人之间真诚的爱时，可能会觉得那爱很美。可是当我们把这对情人放在社会、家庭中审视时，如果他们的爱给别人带来感情痛苦、心灵伤害和挥之不去的心理阴影时，那爱的美丽色彩就好像是被严重污染而变得丑陋了。

06 “情人”型恋人VS“夫妻”型恋人

本文品读的是劳伦斯的《恋爱中的女人》，参照的版本为英文版。这部小说至少有三个中文译本。本文采用的人名译名出自译林出版社的译本。戴维·赫伯特·劳伦斯（1885—1930），英国著名小说家、诗人。因其作品中的性爱题材，成为当时最有争议的作家之一。其小说《查泰莱夫人的情人》（1928）曾被宣布为禁书。他的其他重要作品有《儿子与情人》（1913）、《虹》（1915）和《恋爱中的女人》（1921）。劳伦斯的小说对男女关系作了多方面深入探讨，并对改变人们的性观念产生了巨大影响。《恋爱中的女人》讲述了20世纪初在英国中部矿区两姐妹的恋爱经历。身为老师的姐姐厄秀拉和督学伯金渐渐产生感情。身为画家的妹妹戈珍与煤矿主杰拉德一见钟情。伯金和杰拉德也是朋友。四个人经常在一起讨论社会、政治问题。两对恋人的关系都在经历一番曲折后达到高潮。最后，伯金和厄秀拉结婚，而戈珍和杰拉德的关系发生变异，杰拉德在滑雪时发生事故身亡。

"夫妻"型恋人不仅在精神上渐趋一致，在肉体交流中双方的欲望也都得到极大满足。"情人型"恋人的双方以情欲为主，很难有满足感。

现在，似乎有越来越多的人不相信有真正的爱情了，当然也就更加质疑天长地久的爱情了。对爱情抱有太多幻想自然不免遭遇失望，可是对爱情抱着虚无态度，更会使自己陷入毁灭性的男女关系之中。

劳伦斯在他的小说中从多个层面探讨了男女之间的关系。在他的代表作之一《恋爱中的女人》这部小说中，他描写了两对青年男女的恋情，分别代表两种性质不同的男女关系，一种称为"情人"型的关系，另一种称为"夫妻"型的关系。两对恋人对爱情有着截然不同的看法和追求，从而就有不同的过程和结局。

小说中所说的"情人"型和"夫妻"型，并非指前者没结婚只同居，而后者有结婚手续。首先，小说把男人或女人都分为两大类。男

人中有情夫型和丈夫型两类，女人中则有情妇型和妻子型两类。情夫型男人和情妇型女人之间的关系就是“情人”型关系，而丈夫型男人和妻子型女人之间的关系则是“夫妻”型关系。那么，到底什么样的人是情人型，什么样的人是丈夫、妻子型？这两者之间的根本区别是什么？情人型男女之间的关系和丈夫、妻子型男女之间的关系又有什么根本区别呢？这可能正是小说要向人们揭示的重要主题之一吧。

“恋爱中的女人”是姐妹俩。姐姐厄秀拉是中学老师，爱上了本校的督学伯金。妹妹戈珍是艺术家，爱上了年轻的企业家、煤矿主杰拉德。在第二十七章，伯金称戈珍是天生情妇，杰拉德是天生情夫。那时，刚登记结婚的厄秀拉和伯金正准备出国旅行度蜜月。杰拉德也决定邀戈珍一起出国旅行。伯金听说了这消息，就赞叹他们二人是天生的情妇、情夫。

从形式上来说，男女登记结婚后就是夫妻关系，而没结婚住在一起就是情人关系。当时杰拉德和戈珍只是男女朋友关系，尚未议及婚事。他们一同出走，自然就是情人关系了。但为何伯金称他们二人是天生的情妇、情夫，小说中没有任何进一步的解释。伯金随后补充说，女人不是妻子就是情妇。厄秀拉接道：男人不是情夫就是丈夫。她又问为何不能二者兼顾呢？伯金回答说，这两者是不相容的，但他没解释为什么。接着，厄秀拉说，“我想要一个情夫”。可伯金说，“不，你不想要”。这就表明，伯金认为自己是丈夫型的人，厄秀拉是妻子型的人。此后这话题就再没提起。伯金关于二者不相容的论断使我们

得知，他说的“情夫”、“情妇”和“丈夫”、“妻子”并非指形式。比如，同时拥有婚姻关系又有情人关系的人，虽然形式上身为丈夫或妻子，却并不属于“丈夫”、“妻子”型。以此推论，有“夫妻”型关系的男女也未必就一定办了婚姻手续。

既然厄秀拉和戈珍分别代表妻子型女人和情妇型女人，我们可以先看看她俩之间有什么不同。小说一开始就让这姐妹俩谈论婚姻问题。她们俩一个二十六岁，一个二十五岁。在二十世纪初那个年代，都已属于大龄女青年了，谈婚论嫁自然是不可避免的。从她们的谈话我们可以看出，姐妹俩对婚姻的看法很不一样。妹妹戈珍认为结婚是一种体验。也就是说，她不把婚姻看成是最后归宿或目的。姐姐厄秀拉认为婚姻更像是体验的结束，也就是最后的归宿。她向往的是有个家，有一个自己了解的男人每天回家来对她说“哈罗”和吻她，她还想到孩子。戈珍则从来没想过要生孩子，也不相信世上存在她姐姐向往的那种好男人，她在等一个有十足魅力又有充足资产的男人出现，这也只是因为她感到无聊，想改变自己的处境。厄秀拉问她是否想通过婚姻取得成功，她说那是下一步的事了，听起来就好像她把婚姻当成是一种手段。从后面的描写我们得知，戈珍把个人自由看得高于一切，不能容忍一辈子和一个男人永远待在某一个地方。在她心目中，艺术的地位也要高于她所爱的男人。

代表丈夫型的伯金和代表情夫型的杰拉德之间也有类似的区别。在第五章，他们二人谈到爱情问题。伯金直截了当地问杰拉德：你认

为爱是生活的全部和终结吗？杰拉德回答说，他从没这种感受。伯金说，他想要的是爱的最后定局，接着他补充说“只和一个女人”——他认为和一个女人的爱就能构成自己生活的中心。伯金追求的是和一个女人的完美结合，把这种永恒的结合看得很神圣，甚至说生活中没有这样一个女人就等于没有了上帝。杰拉德则不相信和一个女人的爱就能构成自己生活的中心，在他心目中，爱和女人都没有任何神圣之处。

两种婚恋观在第二十一章里进行了交锋。情妇型女人戈珍和情夫型男人杰拉德一唱一和地批驳了伯金的神圣婚姻观点。杰拉德问伯金和厄秀拉订婚之事有什么进展。戈珍对这消息很反感，声称她不认为厄秀拉会想订婚，因为她的本性是一只爱在丛林中飞翔的鸟儿。也就是说，她喜欢自由。在此，戈珍把自由和婚姻对立。而伯金回答说，他不热衷自由的爱，而是想要一个把双方捆绑在一起的契约。他指的自然就是婚姻了。戈珍说，她不知道什么终极婚姻，甚至连次终极婚姻也不知道。在爱情上，她认为不该坚持什么永恒。她还说婚姻是社会安排，和爱没关系，就算有两个人一辈子相爱这种事也和婚姻没关系。她讽刺伯金把婚姻当做进入第三个天堂的途径。伯金认为，男人和自己的妻子能比任何两个人都走得远。戈珍则认为只是走到“不知何处”，也就是毫无结果。杰拉德表示，他和戈珍想法一致。他觉得结婚不结婚，终极或次终极什么的都无所谓。找到什么样的爱就接受什么样的爱，也不需要什么第三天堂之类，对伯金说的在婚姻中找到

永久平衡等等丝毫不感兴趣。

由以上对比我们可以总结说：情人型的人不觉得男女之间的爱有什么神圣之处，不相信永恒爱，从而也不相信婚姻，虽然这类人的出发点可能不同，比如戈珍主要是追求个人自由，而杰拉德有点玩世不恭；妻子、丈夫型的人则把男女之情看得很重要，他们不仅追求永恒爱，还希望通过爱情得到更多的东西，比如厄秀拉希望有美满的家庭生活，伯金希望能达到更高精神境界以及心灵上的满足和平衡。

既然情人型的人和夫妻型的人对待男女之情的态度大相径庭，他们拥有的男女关系自然就十分不同了。戈珍和杰拉德的恋爱关系基本停留在情欲的层面。那是一种爱恨交织的感情，充满矛盾、猜忌，最后两人发展到互相折磨、互相毁灭的地步。而厄秀拉和伯金则在经历一番曲折、摩擦之后，从最初的不和谐，发展到双方在灵与肉两方面都达到高度自感完美的融合。

我们先来看看“情人型”关系，也就是戈珍和杰拉德的关系。戈珍可以说对外貌出众的杰拉德一见钟情。在第一章里，姐妹俩去观看一个婚礼。杰拉德在那婚礼上一出现，马上就吸引了戈珍的目光。他身上的一些特点让她产生了强烈的生理反应，就好像她全身的血管都沸腾了，或者她全身的脉搏都受到了冲击，实际上就是她对他产生了强烈的欲望。她因此还有了一种只有她和他二人被一道金色北极光包裹的感觉，也就是一种很想和他单独在一起的感觉，她极渴望再见到他。到第八章，戈珍得以在一个聚会上结识了杰拉德。在这一章里，

作者主要从杰拉德的角度，描写他对戈珍的感受。戈珍和其他两名女性一起表演舞蹈小品时，杰拉德被戈珍深深吸引了，甚至感到热血沸腾，就是说也产生了生理反应，之后他不由自主地老是找机会和戈珍接触。在这次聚会之前，杰拉德刚和一名做模特的波希米亚姑娘有过几夜情。他对伯金谈起他确实喜欢那姑娘，不过和她待上一周就够了。他还想给她一笔钱，和她了断。对比他对那姑娘的兴趣，他对戈珍的兴趣大不相同。戈珍吸引他的主要不是她的漂亮，而是她的个性。他很在意她的看法，并努力想迎合她对男人的期待。这说明他并没把她当做一个单纯性对象，像对待那波希米亚姑娘一样。之后不久，戈珍在湖边写生时又见到了在湖中划船的杰拉德。她这次的生理反应比第一次还强烈，感到就好像有电波在血脉中震动一样。在传递画簿以及画簿掉到水里的过程中，她和杰拉德进行了心照不宣的感情交流。戈珍由于杰拉德身体的接近而感到眩晕，可她后来有种杰拉德被她征服了的感觉，并为此沾沾自喜。而先前杰拉德也有过戈珍屈服于他的感觉。由此可见，两人都有征服欲，这也是他们之间关系最终破裂的原因之一。

戈珍和杰拉德的"情人型"关系以互相放电开始，还无任何深入接触，更谈不上了解，就已经对对方产生了强烈的情欲和征服欲。正因为有这两种欲望，在他们关系进一步发展的过程中，两人之间充满紧张气氛。

在一个盛大的水上派对上（**第十四章**），戈珍和杰拉德第一次有

机会单独相处，但是他们都无法像朋友一样心平气和地对待对方。戈珍故意激怒杰拉德，甚至还打了他一个耳光。这其实正反映出她对他的强烈情欲。之后她又对他柔声说，别生她的气。这一着可谓软硬兼施，使杰拉德浑身发热，几乎要失去意识。也就是说，他的情欲被刺激得更强烈了，简直都让他受不了了。杰拉德向戈珍表示他没生气，他是爱上她了。于是他握住她的手。之后，在他们和厄秀拉、伯金一起点燃灯笼后，伯金提议杰拉德和戈珍共划一只小舟，因为他想和厄秀拉一起划那只大船。这正中戈珍下怀。杰拉德也从戈珍话语中听出，她很想独自拥有他，并对船和他都有指挥权。他顺从了她，但要求她吻他。她给他的唇上留下了一个充满余韵的吻。在他还感觉神魂驰荡、浑身关节燃烧之际，她拿过他手中的灯笼。她以此举表明，她不鼓励他继续进行亲密接触。

从这一系列描写我们可以看出，戈珍很会引逗杰拉德的情绪，又能控制自己的情绪，以掌握主动权。在船上，他俩挨得很近，但戈珍始终保持着一种若即若离的状态，又显出爱抚他，又让杰拉德感到不满足，结果是杰拉德完全依赖于她的怜悯。而实际上她心里对他充满激情，他的外表的雄性美让她心醉神迷，但她并不急于要得到他。从她问他是否有人想念他，可以看出她对他有点儿不放心，比如担心他有情人之类。

从这章的描写我们还看到，戈珍对杰拉德的激情主要来自于迷恋他的肉体美。当杰拉德从水里上来，她看到他裸露的腰部时，她简直

想去死。他的腰背部的美让她受不了，给她以致命性的冲击。那一刻，他对她来说已不是一个男人，而成为她生活中伟大部分的化身。她感到无法超越他，这使她感到自己处于很无助的状态。也就是说，这种强烈情欲包含着毁灭性的因素。戈珍是个艺术家，非常感性，所以能对杰拉德的肉体美产生如此强烈的感受。

在接下去的几章里，我们得知戈珍处于非常矛盾的心情当中。这可能是因为上面提到的她的那种“很无助”的感觉让她感到害怕。她先是每时每刻感觉到杰拉德在她血脉中的存在，甚至感到两人有种肉体的联系，然后她又尽量把杰拉德排除在她的思想之外，决定只和他做普通朋友。可是听到杰拉德幼时的保姆谈起怎么打他的屁股时，她又反应强烈，有受不了的感觉。她本已打算出国，离他远远的，可是她最后又忍不住接受了做杰拉德妹妹艺术老师的教职。

在“兔子”的那一章里，因为杰拉德妹妹要画一只兔子，戈珍去抓那兔子时，手臂被兔子挠伤。杰拉德去帮她时也被兔子挠伤。那是一只疯狂的兔子。戈珍说幸亏他们不是兔子。杰拉德反问：我们不是兔子吗？戈珍又承认说是兔子，而且更甚。那只疯狂到伤害人的兔子似乎象征他们二人之间日后的关系：因为疯狂的情欲而互相伤害。在这章里，作者描述他们二人被对方吸引且互相认同，又好像针尖对麦芒一样地互斗。杰拉德一方面赞赏和渴望戈珍那丰腴而柔软的身体，一方面又感觉二人之间的互相认知（即看出对方的情欲）令人恐怖。戈珍一方面用乞怜的眼光看着杰拉德，一方面又因为看到他和自己一

样喜欢掌握主动权而不愉快。

为什么两人互有强烈欲望却没像电影上常出现的那样马上搂在一起，直奔主题呢？小说揭示出，正是由于双方对对方有强烈欲求，他们都担心自己被对方战胜，所以他们的关系体现出一种很强的张力。在兔子事件的结尾，似乎戈珍战胜了杰拉德。因为她在挑起了杰拉德的欲火之后，用让他震惊的冷淡目光看着他，使他感到好像挨了一记耳光。

在戈珍到英国去办画展时，杰拉德为他妹妹和戈珍准备了一间画室。戈珍回来看到画室，感觉到他对她的情意，但还是和他保持着一定的距离。不久，杰拉德在父亲快死，自己感到极度孤独时，向戈珍寻求同情和安慰。他说他关心她的一切，她就是他的一切。他就是出卖自己的灵魂一千次，也不能忍受没有她在身边。这正是戈珍想听到的。她不仅欣喜若狂，而且有种胜利感。

由此我们得知，戈珍迟迟不和杰拉德亲密就是要彻底征服他，要让他离开她就活不下去，这样她就能始终拥有他。在杰拉德送戈珍回家的路上，经过拱桥时，他们终于有了肉体的交流，而且双方都产生彼此融化在一起的欲仙欲死的感觉。作者也多次形容戈珍的狂喜是毁灭性的。这章的标题叫“死亡与爱情”。虽然表面上死亡好像是指杰拉德父亲之死，但在标题中把死亡与爱情并列，使我们联想到戈珍和杰拉德的情爱中有致命的因素。

这一章的题目也含有爱情战胜死亡的意思。在杰拉德父亲去世后，

杰拉德自己也像死了一样。他半夜来到戈珍家，在和戈珍做爱之后，他好像得到了新生，感到恢复了力量和生气。他因此对戈珍产生崇拜感。之后他满意地睡着了，可是戈珍却一直清醒着。两人的这一次做爱只是单方面的汲取，也就是杰拉德得以释放他的受压抑的、沮丧的情绪，从戈珍身上汲取了生命的活力。戈珍虽然仍旧对他很着迷，可感到不满足。她觉得两人走不到一起，仿佛是在两个世界。虽然杰拉德说没有戈珍也就没有他，离开她，他就无法生存了，可他实际上并未与她进行任何思想交流，好像只是利用她的身体。

可能就因为杰拉德主要是对戈珍的身体感兴趣，戈珍对杰拉德的不满足感越来越强。虽然戈珍因杰拉德强烈的爱而感到活得充实，但和厄秀拉的幸福相比，她感到很不满足。杰拉德则动了要娶戈珍的念头，可他没和戈珍商量这件事，却去和伯金讨论。实际上他很怕结婚，结婚对他来说就像是末日。当厄秀拉劝他和戈珍结婚时，他不确定戈珍是否会愿意和他结婚，也不确定他俩结婚后是否会幸福。这说明，他和戈珍互相不了解。他也没有试图去了解她的想法。差不多同时，戈珍也发表了一通不能忍受和一个普通男人结婚，永远被禁锢在某个地方，失去自由等等的话。

随后，戈珍对杰拉德的不满达到高潮，原因是杰拉德告诉了伯金他要和戈珍一起在圣诞节出游的消息。也就是说，杰拉德让伯金知道戈珍已和他发生关系了。这使她感到一种侮辱，觉得好像被他出卖了。戈珍还由此联想到上次杰拉德和伯金一起到伦敦时，杰拉德泡女模特

的事儿。她开始怀疑杰拉德对她的爱和对那女模特的爱没什么两样，因为杰拉德当初很随便地让伯金等人知道他和那模特的关系，现在他又好像很随便地向伯金透露了他和戈珍的关系。

不过，戈珍还是按计划和杰拉德一起出国旅行。旅行途中他们又碰到了和杰拉德有过关系的那个女模特，这使戈珍产生很不好的感觉。之后他们到了目的地，一个滑雪胜地。在那儿，戈珍遇到一个叫洛克的德国艺术家，两人谈得很投机。这使读者联想到戈珍和杰拉德之间似乎没有什么话题可谈。杰拉德对戈珍仍然有强烈欲望，可戈珍对他的疯狂激情感到恐怖。她甚至对他说：请你多爱我一点儿，少要我一点儿。可见戈珍觉得杰拉德对她的依恋主要是肉体上的。杰拉德曾经告诉伯金，戈珍的身体如何柔软，以至使他的意识衰退。也就是他因为强烈的情欲而丧失了理智，而戈珍对杰拉德越来越感到乏味，觉得他让每一个见到他的女性都爱上他。她认为，他本质上是一个要享受众多女性的男人。戈珍对杰拉德的渐渐冷淡给了后者毁灭性的打击，使他产生宁愿毁掉她也不愿被她拒绝的感觉。就这样，他们两人的关系越来越紧张。杰拉德想彻底占有戈珍，戈珍则想摆脱他的控制。直到有一天，杰拉德看到戈珍和洛克在一起，他先打了洛克一顿，然后又试图掐死戈珍，接着自己丧魂失魄地去滑雪，滑了很远的路程后，死在一个山谷里。

杰拉德对戈珍的强烈情欲因得不到满足而产生了变态心理，而戈珍对机械重复的肉体关系感到厌烦，最关键的是，她自己也没能对杰

拉德产生真爱。她自己也承认这点。简言之，情人型的关系就是基本上只限于情欲的关系，而只限于情欲的关系往往会使恋爱双方没有安全感，从而产生矛盾直至感情破裂，甚至会使双方由爱生恨到互相折磨直至毁灭的地步。

“妻子”型女人厄秀拉的恋爱体验和她妹妹戈珍的截然不同。厄秀拉对伯金不是一见钟情式的，而是在工作中接触过他几次后感到二人有种自然默契。他们的相识相爱有一个过程。最初厄秀拉虽然受到伯金的吸引，但也对他有所不满，而且当时伯金还有一个相处了好几年的女朋友赫麦妮。厄秀拉和伯金逐渐地越来越喜欢对方，这种喜欢当然也包括身体方面的吸引，但他们正式开始谈恋爱是从一次长时间的思想交流开始的（第十一章）。那是在伯金和赫麦妮正式分手以后，伯金跟厄秀拉谈起他对人生、世界和爱情等问题的看法。厄秀拉和他争论，对他的某种态度不满，但他们之间传递着一种互相理解的电波。在那场谈话的末尾，伯金告诉厄秀拉，他和赫麦妮已经分手，还对厄秀拉说，“我们已经互相了解了”。厄秀拉也感到，有某种深刻的东西把她和伯金联结在一起（第十二章）。这些都说明，他们之间的互相吸引不仅是外貌、身体方面的，而且有更多精神方面的相通之处。

厄秀拉过了一段揪心等待的日子后，伯金终于来信请她到他的住所喝茶（第十三章）。他先表示对她没有爱的感情，只是追求超过爱的永久友谊之类。厄秀拉气得差点儿一走了之。但她太喜欢他了，而

且内心深处相信他也爱她，所以直截了当地询问他对她的感觉。最后，她指出他绕了半天圈子，实际上是向她表白了他爱她。他承认了。他们终于拥抱在一起。

在这一章里，伯金和厄秀拉还讨论了爱情问题。这一章的题目“米诺”是猫的名字。通过厄秀拉和伯金对公猫米诺骚扰流浪母猫的评论，我们得知他们对男女关系的看法。厄秀拉特别反对男性对女性的强权，她把爱与自由等同。伯金的评论则透露出，他怕向女性示爱后会失去男性的尊严，他还表示追求男女之间的平衡，希望和厄秀拉保持永久的和睦关系。

伯金开始一直抑制着自己的冲动，长篇大论地探讨男女之间应当是什么样的关系。这说明，他曾非常认真地考虑过和厄秀拉的关系，而并不只是对她产生了欲望。他也不是仅仅希望成个家，认为那些只需要女人陪床、生孩子和做家务的男人令人厌恶。他要的是一种终极的结合，即超过物质考虑之外的高度精神结合。他认为男女结合之后其关系应当像两颗平行的星星，各自保持自己的独立和自我。他和厄秀拉在争论了一番对爱情的看法之后，他让她讲讲她个人的情况和她家人的情况。

在戈珍和杰拉德的“情人型”关系中，双方正是缺少了这种思想、看法的交流和对对方个人及家庭情况的询问、了解。另外，也都没有对二人关系作认真的、多方面的思考。

在“夫妻型”关系中，因为恋爱双方有认真思考，自然不会很快

就直奔性主题。虽然厄秀拉和伯金互相表示了爱，并且还有了拥抱接吻的亲密举动，但他们之间的恋情没有迅速升温，接下来两人之间反而产生了一段时间的疏远。伯金带病来看厄秀拉。她批评他不该不重视自己的身体。然而在伯金离去后，她却对他产生了莫名其妙的恨意。实际上，这可能源于她自己的欲望不能被满足，或认为伯金没有进一步向她示爱。

实际情况是，伯金在病中思考他和厄秀拉的关系时，又产生不少顾虑。因为他先前已经有过和赫麦妮的不成功的关系，他现在担心厄秀拉会像赫麦妮一样有强烈的占有欲和控制欲，他也担心自己因为对厄秀拉的欲望而失去自我，变成半个人。他认为男女结合后，双方不应当变成一个联合主体的一半，而应当仍然是各自独立的主体。这也就是说，他不赞成男人的一半是女人，或女人的一半是男人。他也不喜欢那种与外界隔绝的，关起门来过小日子的夫妻生活。因为这种种顾虑，他在病愈后没有去找厄秀拉，而是出了远门。完全失去伯金消息的厄秀拉有种万念俱灰的感觉，甚至对人类都失去了兴趣，只爱小孩子和动物。

一个晚上，厄秀拉和伯金不约而同地来到月光下的水塘边。他们又进行了一番触及心灵和灵魂的谈话。伯金说厄秀拉身上有一种金色的光，他希望她能把那光给他。厄秀拉马上悟出，他以为她只想要肉体的东西，就说她想要他为她的精神服务。伯金说，他知道她不是光要肉体本身。他又要求她把她的精神给他。厄秀拉认为他很自私，只

想让她为他服务而不想为她服务。伯金说，他不想为她服务，因为没什么可服务的。厄秀拉说，他只想让她成为他的所属物，从不批评他，也不为她自己说话。他们互相攻击对方固执，待平静下来后又和好了。伯金再次表示确实爱厄秀拉并且是终极爱，也就是不会改变的爱。之后，他们温存了一番。他们都努力克制着自己的欲望，而保持着一种温柔的感情交流。

在伯金和厄秀拉恋爱的整个过程中，我们能体会到，他们之间的恋情之所以没有迅速升温到激情做爱的地步，是因为他们都想使关系发展到最理想的程度，也就是精神和肉体平衡、双方地位平等的那样一种男女关系。这和情人型恋人延缓亲密是为了征服对方大不相同。

虽然伯金和厄秀拉对一些问题的看法不同，厄秀拉甚至还为伯金继续和赫麦妮来往而和伯金大吵了一架，但是他们很快互相让步，重新和好了，并且还决定马上结婚。他们都受到对方的影响而改变了自己的某些方面，比如厄秀拉受到伯金精神追求的影响，伯金则受到厄秀拉感性方面的影响克服了对性欲的恐惧。他们不仅在精神上渐趋一致，而且在肉体交流中双方的欲望也都得到极大满足。而戈珍和杰拉德的关系让我们看到，以情欲为主的情人型关系的双方很难有满足感。

“夫妻”型关系还包括对爱的超越。厄秀拉为他们二人能相爱而欣喜。伯金说他们不只是爱，和厄秀拉的结合对他来说就像是得到了新生，是一种对过去的存在的超越。厄秀拉后来也有超越爱的感受。当戈珍说爱情是至高无上的东西时，厄秀拉不同意，她相信有比爱更

深远更无限的东西。爱情只是那东西的一部分。戈珍承认她没超越过爱。厄秀拉认为，那是因为戈珍从来没爱过，所以也无法得到超过爱的东西。伯金和厄秀拉都似乎通过爱得到了更多精神上的享受，或者说，他们都通过爱达到了更高的精神境界。在小说的结尾，伯金对厄秀拉说："如果我死了，你知道我没离开你。"他说，厄秀拉如果死了也不会离开他。他们不会因死而绝望。这就是说，他们不仅是肉体的结合，而且是高度的精神上的结合。

通过这两对恋人关系的对比，小说揭示出，如果一个人对爱情或男女关系没有较高的追求，只是随心所欲，顺其自然，像戈珍和杰拉德那样，多半只能得到情人型的关系。只有认真对待男女关系，相信男女的永久联盟，希望通过爱情获得多方面的精神享受和精神上的超越，才有可能得到在灵与肉两方面都高度结合的"夫妻"型关系。

07 利己爱 VS 利他爱

本文品读的是托马斯·哈代的《还乡》，参考的是英文原著。托马斯·哈代（1840—1928），英国著名作家，小说代表作有《还乡》（1878）、《德伯家的苔丝》（1891）、《无名的裘德》（1896）等。《还乡》描写的故事发生在埃敦荒原。漂亮姑娘朵荪和小酒店店主韦狄因为手续问题未能成功登记结婚。朵荪躲到贩卖红土的小伙子文恩的车里。文恩曾追求过朵荪，可遭到拒绝。同时韦狄受到他以前的女友游苔莎的召唤，又去和她见面，并提出要带游苔莎离开荒原到大城市生活。那正是从小在城市长大的游苔莎所向往的。可游苔莎很快爱上了从巴黎回来的朵荪的表兄克林。克林不顾母亲反对和游苔莎结婚。他为了在家乡办学日夜苦读，视力越来越弱，最后只能靠干体力活养家。已经和朵荪结婚的韦狄接受了一笔遗产。他得知游苔莎的处境，又来建议她和他私奔，到大城市生活。正好克林母亲造访，游苔莎怕引起怀疑没开门。克林母亲只好长途跋涉回自己家，途中被蛇咬遭遇不幸。克林因此责怪游苔莎，二人闹翻。游苔莎发信号要韦狄接她，可她没出现在约定地点，而是“掉”进河里。韦狄跳下河救她，二人双双淹死。小说中的性格和环境冲突，以及性别、政治等主题，不断被人们探讨。

真正理想的爱情，应该是在利他和利己之间找到平衡点。正是这种对平衡点的寻找才能使相互爱慕的双方为对方设身处地地考虑，最终找到最佳处理方式。

“爱情都是自私的”，还是“爱应当是利他的”？是否自私者的爱必然是利己的，无私者的爱必然是利他的？哈代的小说《还乡》展示了利他和利己因素在爱情中的复杂作用和辩证关系。小说还揭示出，品德高尚的无私者也会因某种人性缺陷而在爱情上表现出利己特点。

从表面看，《还乡》的情节很像时下许多爱情电视剧喜欢用的模式：A 爱 B，B 爱 C，C 爱 D……或者不如说后者像前者，因为哈代是生活于十九世纪末二十世纪初的英国作家。《还乡》创作于 1878 年，比时下的电视剧早一个多世纪。小说中的 A 是贩卖红土的小伙子文恩。他因职业关系显得灰头土脸，可实际上相貌英俊。他爱村里一位叫朵

苏的漂亮姑娘，那姑娘却爱有绅士风度的小酒店店主韦狄。而韦狄最爱的对象是高傲、美丽的游苔莎。游苔莎则把自己的最大激情奉献给了从巴黎归来的克林。克林和游苔莎热恋后不顾克林母亲的反对迅速结婚，不久二人又成了一对怨偶。

文恩和克林都是小说中的正面人物，都堪称品德高尚的无私者。文恩的爱是利他的爱，而克林的爱是利己的爱。游苔莎和韦狄都好像是有道德缺陷的人，游苔莎的爱是利己的爱，韦狄的爱却是利他的爱。更有意思的是，文恩的高尚、利他的爱非但不令人觉得感动，反而令人觉得遗憾甚至有点儿反感。韦狄利他的爱毫无高尚之处，却颇有几分让人感动。游苔莎利己的爱带有强烈自我中心的色彩，可她的遭遇被表现得让人感到同情。克林对游苔莎所爱至深，可他的爱中的利己特点展示出某种人性缺陷。

所谓“利他爱”，就是总想去满足自己所爱之人的愿望，从来不要求对方满足自己的愿望。文恩和韦狄的爱都属这类，但表现形式又颇为不同。文恩只是为朵苏默默地付出和衷心地服务，甚至都不求对方对自己有任何感情上的回报。韦狄则表现为愿意为游苔莎牺牲一切，只要能得到后者的爱。

文恩和朵苏从小就是朋友，他曾向她表示过爱，可遭到她的拒绝。朵苏明确表示，她对他没有女人对男人的那种感情，只把他当好朋友。于是文恩远离了朵苏，选择了四处周游卖红土的职业。朵苏后来爱上了韦狄。在朵苏和韦狄因为文件弄错而结婚未成的那天，文恩

碰巧遇上了朵荪。之后，他还偷听到了韦狄和游苔莎的约会。他非但没有去告诉朵荪这一发现以使自己得到机会，反而劝说游苔莎把韦狄让给朵荪，甚至提出要托他的亲戚帮游苔莎在海滨大城市找工作。他极力去帮助朵荪得到韦狄，是因为他知道朵荪爱着韦狄。他把朵荪的幸福看得比什么都重要。

看起来文恩对朵荪的爱好像特别无私、纯粹和高尚，但他的帮助使朵荪嫁了不该嫁的男人。她的婚后生活并不幸福。当文恩知道朵荪不幸福并发现韦狄又去追求游苔莎后，他仍然帮助朵荪去维持她的婚姻，因为那是朵荪的愿望。他先是跟踪韦狄，发现韦狄晚上老去游苔莎的家附近转悠，就给韦狄制造种种麻烦和障碍。为了阻止韦狄接近游苔莎，他甚至干违法的事，在暗中朝韦狄开枪威胁他。后来发生的一系列悲剧其实都和他的干涉有关。韦狄想在晚上去会游苔莎遭到文恩不断破坏后，决定白天作为朋友去拜访游苔莎，结果造成游苔莎的婆婆来访遭吃闭门羹，导致种种误会和最后的悲剧结局。而游苔莎的婆婆来访也是文恩劝说的结果。文恩虽然对自己所爱之人表现出无私的耿耿忠心，可是他为了自己爱的人不惜去干涉别人的隐私，这种行为不免让人有点儿反感。他的行为也让人觉得愚蠢。就算他能阻止韦狄的行动，可他能阻止韦狄的心吗？

文恩对朵荪的爱实际上有点儿不太自然，因为他对待朵荪就像是一个忠实仆人对待自己的主子一样。这可能也是源于他的自卑感。在小说一开始，文恩就跟别人说自己高攀不上朵荪。因为他自己的身份

低下，而朵荪是个漂亮姑娘，家境又相当不错。朵荪的抚养人，也就是她的伯母不希望她嫁给一个劳动人民出身的人。韦狄在当地算是个受过教育又有点儿地位的人，还颇有绅士风度。所以，文恩可能觉得韦狄更配朵荪。由于自卑感，文恩在受到一次拒绝后就再没主动去追求朵荪。在劝说游苔莎放弃韦狄未成后，他也曾再次动过娶朵荪的念头，但他没去向朵荪表示，而是试图说服朵荪的伯母，想通过后者影响朵荪。朵荪的伯母为了刺激韦狄快作决定，告诉韦狄，朵荪已有了另一个追求者。韦狄误信了朵荪伯母的话，以为朵荪已经接受文恩的求婚。韦狄告诉文恩这一消息时，后者并没觉得惊喜，而是觉得难以置信。可见，文恩爱朵荪是多么缺乏自信。

韦狄对游苔莎的爱也是“利他爱”，可和文恩的表现不同。虽然游苔莎老说韦狄不值得她爱，对他表现出居高临下的态度，可韦狄并没产生自卑感，他还是一再地向她表示爱。从韦狄和游苔莎的对话中，我们得知他之所以选择娶朵荪是因为游苔莎对他忽冷忽热，有时还残酷无情。游苔莎和他谈恋爱虽然是在朵荪之前，可从没认真和他谈婚论嫁，而朵荪则对他表现得更有情意、更公平（**并非如某个中文版翻译成他认为朵荪更美**）。他也觉得朵荪是个好女人。他决定娶朵荪，也有一半是为了刺激游苔莎。即使他和朵荪在办理结婚手续的过程中，他对游苔莎的追求仍然锲而不舍。游苔莎点燃篝火信号，他就招之即来，仍然抱着和她结合的希望。甚至在他和朵荪正式结婚后，他还继续追求游苔莎。这自然显得很不道德。可他对游苔莎的痴情还真让人

有点儿感动。有次游苔莎约了和他见面，可是因为克林的出现，立刻把约会的事儿忘得一干二净。韦狄白等了一场，但他不仅没埋怨游苔莎，还决定第二天再来等她。后来，游苔莎因怕她婆婆误会她和韦狄的关系，没给婆婆开门，结果造成婆婆遇难。克林强烈谴责游苔莎，使后者处境艰难，简直到了走投无路的境地。韦狄感到特别抱歉，觉得都是自己给游苔莎找了麻烦。他为游苔莎的处境忧心如焚。当游苔莎提出想逃往她从小向往的巴黎时，韦狄很想和她一起私奔，但游苔莎没表示同意。韦狄这时表现得很无私，即使游苔莎不愿让他和她一起走，他也准备拿出自己的一大笔钱资助游苔莎自己一人去大城市生活。最后，在游苔莎落水后，他毫不犹豫地第一个跳下水去救她，结果和游苔莎一起淹死。韦狄对游苔莎表达出迷恋和痴情。相比之下，文恩对待朵荪显得过于冷静和理智了。

游苔莎对文恩的无私爱感到很难理解，她觉得他的爱情是奇怪的爱情。她认为自私通常是激情的主要要素，有时是唯一的要素。她觉得文恩在爱情上太无私，到了令人难以理解的地步。因此她觉得他有点荒谬。游苔莎的想法也有一定道理。爱和个人的欲望有关，而完全利他的爱就难免使被爱者感受不到爱的激情。

游苔莎是小说中最主要的人物，也是所有人物中性格最丰满的一个。作者对她从外貌到内心都进行了精雕细刻的描写。她被称为是荒原女神、孤独女王。作者甚至将她和著名的古埃及女王相比。她从小生长在港口大城市，受过良好的教育。父母双亡后，她随祖父定居在

荒原，过着离群索居，几乎不和周围人来往的生活。因此，游苔莎和周围的环境格格不入。她的最大愿望就是被疯狂地爱，而孤独的处境更加深了她这种愿望，爱对她来说是种快乐的享受。她选择韦狄，是因为在当地没有比他更好的选择了。她深知自己把韦狄理想化了，可她不能没有爱。她开始只是把韦狄当做娱己对象，可韦狄离开她而选择娶朵荪之举反而激起了她对他的感情。当她听说韦狄和朵荪没结成婚时，就认定那是因为韦狄更爱自己。她点燃篝火信号，整晚坚持不懈地维持篝火燃烧，终于招来了韦狄。面对韦狄，她没表示任何柔情蜜意，反而对他竟然敢离弃她大发怨词，大加责难。她认定韦狄最爱的还是她，她才是他的灵魂和生命。他不会放弃她，会一辈子爱她。可她丝毫未表示自己会一辈子爱韦狄。虽然她也声明爱他，但仍说他不值得她爱。我们可以看到，她完全是以自我为中心的，只想要别人来满足她被爱的愿望。她的自私宣泄，却激起了韦狄的强烈感情。这也不难解释，当一个人感到对方强烈需要自己的爱时，能不被触动吗？更何况韦狄本来就爱游苔莎。如果游苔莎表现得无私、大度、毫无醋意，很难想象韦狄还会感受到强烈的感情刺激。

当然，完全以自我为中心的爱是不会长久的。当韦狄告诉游苔莎，朵荪现在已不再是非他不嫁时，游苔莎对韦狄的激情立即消失了。因为他不再是那个有众多女子追求的、让人兴奋的男人了。她不可能去爱一个被各方面条件都不如她的女人甩掉的男人。这时，就连韦狄要带她一起出国的建议都不能打动她了。她本来是想不惜一切代价离开

此地的。

实际上，游苔莎并没真正爱上韦狄。她只是需要被爱。她对韦狄的爱完全是利己的。可是，她对克林的爱并不完全是出于私心。最初，她在见到克林时确实感到过心灵的震撼。游苔莎爱上克林的过程，可以说是小说中最精彩的篇章。

游苔莎在见到克林之前，就听到当地的人们谈论他。她从人们的谈论中得知，克林受过良好的教育，还在巴黎的珠宝店谋到经理的职位。这已使游苔莎感到他在当地人中出类拔萃。特别是人们还议论说克林和游苔莎是天造地设的一对儿，这就更让游苔莎想入非非了。她不辞辛苦地一连几天跑到克林家附近转悠，希望能碰到他。终于有一天傍晚得以和他擦肩而过，并得到他的一句礼貌问候。这让她兴奋不已。可是因为她离群索居，和当地人没什么来往，她根本没机会和克林认识。然而由于她的主观努力，还是心想事成了。当她得知假面剧剧团要去克林家的晚会上演出时，她设法代替某个演员出演一个角色而混入了克林家。这下她清楚地观察到了克林的外表。克林立刻成为第一个让她由衷赞美的男人。后来，她还有机会和克林面对面地交谈。她对克林早已酝酿多时的感情就上升到近乎迷恋的程度了。游苔莎和克林很快进入热恋。克林明确地告诉游苔莎，他不打算回巴黎。他厌恶那儿的生活，他想在家乡为穷人的孩子办学校。游苔莎表示她虽然热爱巴黎，但她爱他是因为他本身。做他的妻子又住在巴黎，她会感到幸福至极，可是她宁愿和他住在此地的茅舍也不能没有他。她说的

也是实话，她那时对他的感情已到了狂热的程度。她在每个梦境里都看到他的脸，处处能听到他的声音。不过在她内心深处，她相信结婚后她能影响克林，使后者改变想法，重回巴黎。可是结婚后，克林丝毫没改变想法。而且由于视力变差，最后沦落到只能当苦力。这使游苔莎深感失望，对他的爱也渐渐淡漠了。

游苔莎虽然一度对克林的感情达到狂热，实际上也掺杂了自己的幻想和夸张。她爱克林并没爱到分享他的追求和梦想，或愿意去帮助他实现他的一切愿望。她内心里还是希望克林爱她爱到宁愿为了她放弃他自己的追求。所以，她对克林的爱基本上还是属于利己爱。

游苔莎对克林的爱渐渐淡漠也不能全怪游苔莎。他们俩之间关系的恶化，克林也有一半的责任。他并没有爱游苔莎爱到设身处地地去为她着想，更没想过要去满足她的愿望。游苔莎在当地不仅处于极为孤独的境地，还受到周围不少人的非议甚至敌视。一些当地人视她为女巫，甚至对她进行人身伤害。这些克林都很清楚。游苔莎也从一开始就告诉过他，她极想离开此地，想去巴黎那样的大城市。可是克林因为爱上游苔莎，更坚定了自己在当地办学的决心。他认为游苔莎受过良好的教育，可以成为他办学的得力助手。他从一开始就问游苔莎能否帮他的忙，帮他教书。虽然游苔莎表示她对教书不感兴趣，可克林还是马上开始实施自己的计划。可见，他对游苔莎的爱属于利己爱，也就是希望对方满足自己的愿望。他丝毫没打算去满足对方的最大愿望。他们结婚后，由于克林母亲对游苔莎产生的误会和敌意，婆媳二

人发生激烈冲突。游苔莎觉得自己备受折磨，强烈要求克林带她回巴黎，可他没考虑她的要求。他甚至没对游苔莎的处境表示同情，也没对自己不能实现妻子的愿望感到歉意。游苔莎认为她是他的妻子，和他共享命运，在决定二人前途上应当有发言权。但克林坚持说，在办学这一点上没有商量余地。

可以看出，克林是个做事特别有原则性的人，可是他对妻子的态度显得不大合情理。就算他有高尚的救世精神，为了给穷人办学宁愿牺牲一切，包括妻子的幸福，他也应当尽力说服妻子，感动妻子，而不是无视妻子的内心感受。

忽视妻子的内心感受是克林最大的过失。在克林视力变弱，决定暂时以割荆棘、草皮为生后，最让游苔莎失望的还不是看到他——一个能说流利法语、德语的人才，变成了一个苦力，而是发现他还挺自得其乐，一点儿没体会到她沮丧、难过的心情。小说描写游苔莎眼角流出苦涩的泪珠，可克林一点儿没注意到。她感到他做苦力是很可怕的一件事，会让她丧失体面。克林对她的这种心情毫无体会，只以冷淡的口吻反驳她的反对，以至游苔莎都怀疑他是否爱她。她对他说：难道我什么地方让你讨厌，以至你要做和我的愿望相反的事吗？克林仍无检讨自己之意，只是暗讽游苔莎对他的感情变了。后来，当游苔莎看到克林割荆棘的场面时，她先是为他用自己的汗水挣钱而感动，可当她听到他还有心情唱快乐的歌，一点儿没为自己给妻子带来的尴尬处境、绝望心情而感到丝毫歉意时，她不免感到伤心和产生埋怨情

绪。她对克林说，即使你对自己的处境不在乎，你也应当为了可怜我而不唱出声来。这时，克林不仅没有体会到妻子的心情，用好言安慰她，反而埋怨她对他不够柔情，连这片刻的快乐都不肯给他。这充分显示出克林的爱情中的利己性质：要求所爱的人能处处迎合自己，满足自己的愿望。

这些描写也让人怀疑克林到底是不是真的很爱游苔莎。克林最初表示他爱游苔莎超过一切。他确实不顾母亲的强烈反对和她结婚。婚后两人关系出现裂痕后，他也一再表示他不后悔娶游苔莎，称她依然是他心中的女王。在小说结尾，游苔莎死后，克林感到他对游苔莎的感情太深了，不可能再爱别人。作者形容说，他在游苔莎身上投入了一生的激情，已经没有燃料去点燃另一个爱的火苗了。这都说明克林确实深爱游苔莎。但是他为什么不考虑她的愿望，不能体谅她的心情呢？他并不是一个自私的人。游苔莎也认为他是一个善良、朴实的人，是个高尚的好人。

为什么高尚的好人也会在爱情中表现得那么自私呢？小说对克林毫不理会游苔莎的内心感受的描写使我们意识到，克林很可能是缺乏体会别人的内心感受的能力，或者说他的感情不够丰富、细腻。这种男人在现实生活中大量存在。他们有很强的原则性，用自己认为正确的方式爱自己的女人。但他们不善于和自己所爱的人进行思想交流和沟通，也不善于体会别人的感受。游苔莎的利己爱是出于自私和自我中心，而克林的利己爱是因为某种人性缺陷而造成的。

小说特别提到韦狄如何善于体谅所爱之人的感受。他得到大笔遗产变成富翁后，在探访游苔莎时，并没有告诉她这个事实以刺激她的后悔之心。游苔莎后来从父亲那儿得知此事。她很感慨韦狄没有在不幸的她面前炫耀自己的财富。他只是表示仍旧爱她，而且仍旧把她当成是比他地位更优越的人。在她问起韦狄此事时，韦狄说他并不认为自己富有。他认为克林更富有，言外之意，当然是指克林拥有游苔莎了。在游苔莎感到对克林母亲的死负有责任而内心不安时，韦狄一再表示最应责备的是他。因为是他的造访才产生了游苔莎怕给婆婆开门的结果。在克林对游苔莎大发雷霆之后，韦狄求游苔莎原谅他给她造成的伤害。这些都说明他很能切身体会游苔莎的内心感受，很努力地要减轻她内心的痛苦。游苔莎知道韦狄会满足她的一切愿望，也知道他爱她，可她不愿意接受他的钱。因为她不认为韦狄伟大到值得她把自己交给他。她不愿为他打破自己的结婚誓言，去做他的情妇。那对她是种屈辱。这说明她还是不爱韦狄。可是她对克林也彻底失望了。小说结尾明确告诉我们，即使她看到克林那封向她道歉，求她回去的信也不会改变出走的决心了。就在她出走时，发现自己没有足够的钱去旅行。她陷于绝望，最终投水自尽。

我们可以总结说：克林对游苔莎的爱虽然专一、深久，但他在爱情上表现出的利己特点对爱情造成了伤害，并最终断送了自己所爱的人。而完全利他的爱也并不一定专一或长久，这种无私奉献可能是出于一种强烈欲望。比如韦狄对游苔莎的爱，虽然他最后决心与游苔莎

共命运，但他曾离开游苔莎而去娶朵苏，这一点始终是游苔莎的一个心病。像文恩那种高尚、无私的爱，本应当最让人感动，可是因为他的爱缺乏激情又含有自卑的成分，以至表现得有点儿变态。游苔莎对克林的爱富有激情，可实际上她作了错误的选择。她和克林志趣迥异，并非合适的一对儿。值得注意的是，因为游苔莎和克林的爱都是利己性质的，两人的爱情关系势必会发生问题。仔细品读这四个人物，我们能够发现：真正理想的爱情，应该是在利他和利己之间找到平衡点。

08 贾宝玉的情与欲

本文就《红楼梦》中贾宝玉的性取向谈情与欲之间的关系。曹雪芹（1715—1763），中国清代著名作家，其长篇小说《红楼梦》是公认的最伟大的中国古典小说。小说描写了贾、王、薛、史四大贵族家庭中的各色人物和荣宁二府的日常生活，特别展现了贾府由盛至衰的过程和家庭成员之间的复杂关系和纠葛。小说的情节以贾宝玉和林黛玉的恋情为主线。全书出现人物上百个，涵盖了当时中国社会的各个阶层。该书堪称中国文化的百科全书，对此书的研究就构成了一门独立的学术研究学科——红学。

有情无欲时是纯友谊，情多于欲时友情的成分占多数；欲多于情时爱的成分很少，只有情欲并举时才是真爱情。至于有欲无情，只是皮肤淫滥，则毫无“爱”可谈。

《红楼梦》中的男主人公贾宝玉整日与丫头们厮混，又不发生肉体关系这一点，在享受着性解放的今人看来，很像是同性恋者才会有的行为。宝玉还和三位男性，即秦钟、蒋玉菡和柳湘莲有非同寻常的感情关系。在当前现实世界里，同性人之间牵下手都会被认为是同性恋。宝玉与男友的柔情蜜意，被当做同性恋当然也就不足为奇了。如果我们从宝玉的性取向来考察这一角色，就能发现作者在“情与欲”方面所进行的分类，以及在“情与欲”的关系上给我们的深刻启示。

情与欲的对立

有人认为，第五回中警幻仙子称宝玉的“淫”与众不同，是意淫，认为意淫指的就是同性恋。因为警幻仙子点明此淫于世难容，而且为了让宝玉改邪归正，警幻教其男女云雨之事，令其与女性成亲。

“意淫”到底指什么，书中讲得很明白。警幻仙子对宝玉说：“淫虽一理，意则有别。如世之好淫者，不过悦容貌，喜歌舞，调笑无厌，云雨无时，恨不能尽天下之美女供我片时之趣兴，此皆皮肤淫滥之蠢物耳。如尔则天分中生成一段痴情，吾辈推之为‘意淫’。‘意淫’二字，惟心会而不可口传，可神通而不可语达。汝今独得此二字，在闺阁中，固可为良友，然于世道中未免迂阔怪诡，百口嘲谤，万目睚眦。”

警幻所说之“淫”显然是指男性对女性的兴趣。她把“淫”分为两种，即“意淫”和“皮肤淫滥”。“意淫”即“痴情”，重在情字，与那些将女性当做性对象甚至玩物的“淫”截然不同。小说中的贵公子们如贾琏、贾珍、薛蟠等都是警幻指责的那种重“皮肤淫滥”的“轻薄浪子”。独宝玉对女孩儿们用情极深，情大于欲，所以警幻说他独得“意淫”二字。警幻称宝玉为“古今第一淫人”，也就是对女孩儿最有情有义的人。第三回作者形容宝玉相貌时，说他有“万种情思”，第五回结尾诗句为“千古情人独我痴”，可见作者有意将宝玉塑造成古今最大之情种。《红楼梦》中的园林、美人、才女、食品等都是古今之最，“情种”当然也不应例外。

宝玉是情种，与一般色鬼不同，这一点在小说第二回就提到了。冷子兴演说荣国府时，提及宝玉时说："如今长了七八岁，虽然淘气异常，但其聪明乖觉处，百个不及他一个。说起孩子话来也奇怪，他说：'女儿是水作的骨肉，男人是泥作的骨肉。我见了女儿，我便清爽；见了男子，便觉浊臭逼人。'你道好笑不好笑？将来色鬼无疑了！"贾雨村长篇大论地纠正他说，宝玉非"淫魔色鬼"而是"情痴情种"。可见《红楼梦》在一开始就强调"有欲无爱"的色鬼和"情大于欲"的"情种"之间的重大区别，而全书的重要内容之一就是表现宝玉的"万种情思"。

和渲染性的《金瓶梅》不同，警幻的话透露出《红楼梦》主要是在情上大做文章。警幻关于"意淫"的一番话实际上把情与欲对立了，也把有万种情思的宝玉，和那些对女性有"无厌"性兴趣的"皮肤淫滥"的男人对立了。

至于宝玉之"意淫"为何为世所不容，原因之一是其对女性的高度评价。警幻说得明白："吾不忍君独为我闺阁增光，见弃与世道。"宝玉说："天地灵淑之物只钟情于女子。"他的一系列褒女贬男之论，自然为男权社会所不容。原因之二是世上大多男人都是皮肤淫滥之辈，所以根本不理解宝玉的情大于欲的行为，即警幻所说的"于世道中未免迂阔怪诡"。

不只皮肤淫滥之辈不理解宝玉，一般人也因为看惯了男人对女性的欲大于情的行为而不理解宝玉。比如在第七十八回，贾母说她原以

为宝玉“只和丫头们闹，必是人大心大，知道男女的事了，所以爱亲近她们”，可仔细观察之后发现“究竟不是为此”。她感到奇怪，怀疑宝玉是“丫头错投了胎”。第四十三回，宝玉在供洛神的庙里祭金钏时，茗烟说他不知宝玉祭的是谁，但肯定是位姐妹，然后他求神“保佑二爷来生也变个女孩儿”。

世俗人如贾母和茗烟者，总以为男性亲近女性是为了性，所以不理解宝玉的看似缺乏性兴趣的爱亲近女孩儿的行为。也因此，宝玉的情大于欲的“意淫”会在世人眼里显得怪诞。警幻之语已点出：在闺阁中可为良友之男性于世道难容。而同性恋在那时倒未必就为世所难容。在中世纪的欧洲，有法律禁止同性性行为，违者会受重刑甚至被烧死。可中国古代似并无此种情况，“断袖之癖”在中国清朝似乎也并没被视为什么奇耻大辱。薛蟠好女色也好男色，书中多次写到他大发“龙阳之兴”，且广为人知，他照样活得好好的，照样做生意发财。第七十五回描写宁府招男妓，好像是很平常的事，主使人贾珍也照样当官，没受任何影响。

那警幻为何要教宝玉男女云雨之事，并令其与一女性成亲呢？原因是宝玉只注重儿女之情不务正业，所以，自称受宁荣二公之托的警幻仙子想借此让他醒悟。警幻告诉宝玉：“吾不忍君独为我闺阁增光，见弃与世道，是以特引前来，醉以灵酒，沁以仙茗，警以妙曲，再将吾妹一人，乳名兼美字可卿者，许配于汝。今夕良时，即可成姻。不过令汝领略此仙闺幻境之风光尚如此，何况尘境之情景哉？而今后

万万解释，改悟前情，留意于孔孟之间，委身于经济之道。”此话指明，儿女之情会影响仕途经济。把人世间儿女真情与功名利禄对立，正是小说的深刻之处。

让宝玉领悟情之虚幻，放弃情而追求世人的功名，但为何要采用尝试“云雨之事”的方式呢？这也体现了情与欲的对立。历史上“不爱江山爱美人”的例子说明，对女性动真情的男性，会为了情不惜抛弃自己的事业和政治前程，而对女性有欲无爱的男人绝不会有为女人抛弃事业和政治前程之举。所以，警幻教宝玉做爱之道，并让他和美女结婚，以增强他的欲求。

警幻教宝玉云雨之事来纠正宝玉的“痴情”，也暗示了欲与情的另一种关系：欲过多时会压制情。现在我们也都看到社会上性欲泛滥时，真正的爱情反而相应减少了。

作为有万种情思的古今第一情种，宝玉对众多女孩儿、男孩儿都用过情。下面，就看看在宝玉和用情对象之间的关系里面，都体现了哪几种情与欲的关系。

情欲并举

认为宝玉是同性恋的人，也认为宝玉对黛玉之爱只是灵爱，不关乎肉体。我们先来看看，宝玉和黛玉的关系体现了什么样的情与欲的关系。

谁都不会否认，宝玉最爱的是林黛玉，他和黛玉已到了难舍难分

的境地。第六十九回，作者明确说宝玉与黛玉“情投意合，愿同生死”。关于二人如何情投意合，书中有很多详细描述。一个人们常爱举的例子就是二人共读禁书《西厢记》。此外，还有湘云劝宝玉多学仕途经济，引起宝玉反感。宝玉还当着众人面说，黛玉从不说这些混账话。

其实，最能体现宝玉视黛玉为知己的例子是宝玉挨打那回。贾政打宝玉是因为贾环说宝玉强奸金钏，以及亲王府来人问宝玉有关蒋玉菡的下落。黛玉知宝玉被打得体无完肤，哭得眼睛肿得跟桃儿一般。她去探望宝玉时，对他说：“你从此可都改了吧。”宝玉对黛玉说：“你放心，我便是为这些人死了也是情愿的。”“这些人”当指蒋玉菡和金钏一干人，也就是戏子、丫鬟等社会地位低下者。按逻辑，宝玉说“你放心”后，应答应黛玉一定改——袭人每每规劝他改，他都是如此敷衍的。可他对黛玉却说出真心话，并且以“你放心”之语表示他知道黛玉能理解他。

宝玉和黛玉不仅仅互为知己，更重要的是互相爱恋。第二十九回，作者明确指出宝玉对黛玉“早存了一段心事，只不好说出来。故每每或喜或怒，变尽法子暗中试探。那黛玉偏生也是个有些痴病的，也每用假情试探”。就是享有恋爱自由的当代男女情人，也会有此暗中试探之举。宝黛由于没有恋爱自由，其情就更缠绵悱恻。书中对宝黛二人口角之争的描写，把恋爱中的情人心理写得丝丝入扣。特别是第二十九回，“痴情女情重愈斟情”一节，写二人先是有“求近之心，反弄成疏远之意”，后又写二人后悔，“人居两地，情发一心”。这一

节堪称写热恋中人心理之绝笔。在这次口角后不久，宝玉就向黛玉吐露了自己的心事。第三十二回宝玉让黛玉放心，黛玉说她不明白他什么意思。宝玉对她说：“你果然不明白这话，不但我素日之意白用了，且连你素日待我之意也都辜负了。你皆因总是不放心的原故，才弄了一身病。”宝玉实际上是在说他爱黛玉，并且深知黛玉也爱他。宝玉的话比现代人那三字“我爱你”所表述的感情强度要大多了，所以黛玉听了才会深受震动，感觉像被雷击了一般，觉得宝玉的话“竟比自己肺腑中掏出来的还觉恳切”。这说明宝玉对黛玉的感情之深，到了能体会她内心深处的感受的地步。在这次宝玉“诉肺腑”之后，二人再没口角过。黛玉也再没吃宝钗和湘云的醋。到第五十七回，又发生紫鹃试探宝玉，谎称黛玉要回南方的事。致使宝玉神志不清，大病一场，好像夺了他命根一般。黛玉听说宝玉快不行了，也急得对紫鹃说：“你竟拿绳子来勒死我是正经。”可见二人是生死相许的恋人。

宝玉和黛玉是感情极深的恋人，这是毫无疑问的。但书中并无宝玉和黛玉肌肤相亲的描写，虽然二人频繁近距离接触，甚至有时还并排躺在同一张床上。宝玉并非不懂云雨之事，在第五回他就在梦中尝试过了，醒来后还和袭人又进行过一回。可书中从没直接描述过宝玉对黛玉有这方面的欲求。宝玉是否真的如某些评论者所说，对黛玉的爱只是灵爱呢？或者宝玉对黛玉也是情大于欲呢？

书中有不少描述都说明，宝玉对黛玉不是情大于欲，更非灵爱。第十九回，“意绵绵静日玉生香”一节，宝玉先是非要和黛玉睡一个

枕头，后又为黛玉袖中发出的香气而感到醉魂酥骨。第二十六回，“潇湘馆春困发幽情”一节，宝玉在窗外听到黛玉长叹一声道，“‘每日家情思睡昏昏’”，他就“不觉心内痒将起来”。后又见黛玉“星眼微饧，香腮带赤，不觉神魂早荡”，由此可见宝玉对黛玉的性兴趣。不过，宝玉还不至于像色鬼薛蟠那样，见了黛玉风流婉转就马上“酥倒在那里”（第二十五回）。第三十二回，“诉肺腑心迷活宝玉”一节，袭人碰巧听到宝玉说他为黛玉弄了一身病，又说睡里梦里也忘不了黛玉。袭人担心宝、黛二人会有不才之事，惹出“丑祸”。可见袭人从那话听出宝玉对黛玉有强烈欲求。

宝玉多次暗示他要和黛玉做夫妻。第二十三回宝、黛共读《西厢记》之后，宝玉对黛玉说：“我就是个‘多愁多病身’，你就是那个‘倾国倾城貌’。”他自比张生，将黛玉比莺莺。只是在黛玉羞红脸，恼了之后，他才有“等你明儿作了一品夫人”之告饶语。可是不久，宝玉又重蹈覆辙，对黛玉的丫鬟紫鹃说：“好丫头‘若共你多情小姐同鸳帐，怎舍得叠被铺床’。”这引语中“同鸳帐”之说更是明显的性暗示，所以黛玉又恼了。有一次黛玉问宝玉，她死了他会怎么样？宝玉没说黛玉死了他也要死，而是答道，黛玉死了，他就做和尚。“做和尚”就是从此禁欲，所以黛玉又恼了。

第五回“终身误”一曲，暗示金玉良缘最终取胜，宝玉和宝钗成亲。但是宝玉始终不忘黛玉：“空对着，山中高士晶莹雪；终不忘，世外仙姝寂寞林。”宝玉最终做了和尚。我们看到，以上这些例子都

说明宝玉对黛玉的爱是心身并举，情欲交融。

有情无欲

宝玉和黛玉的关系体现出情欲并举，那么宝玉是否还有可能是双性恋呢？现在让我们来看看宝玉和男友的关系。和宝玉关系密切的男性有三位：秦钟、蒋玉菡和柳湘莲。书中对宝玉与这三人之间的关系并未用太多笔墨。

宝玉和秦钟本是叔侄关系，二人一见倾心。因为二人年龄相当，宝玉便提议以兄弟相称。宝玉认为秦钟“人品出众”。秦钟认为宝玉“形容出众，举止不凡”。秦钟还被形容有“女儿之态”。但秦钟并非同性恋，书中写他与小尼姑智能偷情，还被宝玉看见。宝玉也并没吃醋。第九回“恋风流情友入家塾”中“情友”指的就是宝玉、秦钟二人。书中讲到由于他俩关系“亲厚”，就有下流人起了疑，也就是怀疑他们有什么肉体关系。学堂中另外还有两个妩媚风流的小男生，外号叫香怜、玉爱，宝玉、秦钟与那两人也互相爱慕。秦钟和香怜说悄悄话，被一个叫金荣的撞见，非说他们在“贴烧饼”，还想抽头，后来又说了许多更难听的下流话，于是引起茗烟大打出手。这一回的叙述充分显示出宝玉、秦钟之情与薛蟠、金荣之欲的不同。此回之后不久，秦钟就病死了。到第四十七回，宝玉又提到把大观园池子里的莲蓬送到秦钟坟上供他，可见宝玉对秦钟有很深的情，而且从未忘情。

宝玉初见蒋玉菡是在第二十八回。宝玉见蒋“妩媚温柔，十分

留恋”，后来知道他就是驰名天下的演小旦的琪官，马上解下玉坠相赠。蒋便以刚得的奇物—— 一条大红汗巾赠宝玉。那本是北静王所赠，也算不上是什么私物。宝玉马上就把那汗巾转赠给了袭人。后来又到三十二回，蒋的名字才再被提起。忠顺亲王府的人查找蒋，外边人都说宝玉和他“相与甚厚”。宝玉开始不承认，那人说出大红汗巾一事，宝玉生怕他“再说出别的事来”，只好告诉那人蒋的去处。这“别的事”是什么，书中没交代。此后，前八十回里，蒋玉菡再没出现。

宝玉与柳湘莲的关系，书中叙述也十分简单。柳第一次出现是在第四十七回“呆霸王调情遭苦打”一节。作者介绍说柳是世家子弟，生得很美，好舞枪弄棒。宝玉和他谈起秦钟的坟，读者才知他们早就认识。柳说他不久要出远门，宝玉便要求走前必须告诉他一声，别悄悄走了，“说着便滴下泪来”。可见二人也是相交甚厚。此回主要写柳教训想调戏他的薛蟠，薛挨打后方知柳是正经人。薛蟠对柳湘莲的欲也和宝玉对柳湘莲的情形成鲜明对比。此后到第六十六回，宝玉才又和柳见面。书中形容他俩相会“如鱼得水”，这次相会他们主要讨论了柳湘莲要娶尤三姐的事。

这三个与宝玉关系亲密的男友都相貌出众。秦、蒋二人有女儿态，柳则属侠客豪杰一类。贾府中也不乏貌美青少年，但无一人与宝玉有交情，大约是人以群分之故吧。秦、柳二人家境贫寒，蒋是戏子，地位低微。宝玉对他们的兴趣和情谊也显出他与世俗的区别。宝玉是古今第一情种这一点在他对男友的态度、感情上也表现了出来。他对男

性也会动爱慕之心、缠绵之情，也会显出深厚情意，但比起他对黛玉的铭心刻骨之爱来，还是差得多了。蒋玉菡的汗巾，他并没特别珍惜，不在意送给袭人，而黛玉为他做的荷包，他珍重地带在里面衣服上，生怕被别人拿去。

实际上，中国古典文学里不乏对男性互相之间有深情的描写，比如愿同生死的结拜兄弟之类。还有的古诗词，写男性之间情谊的远胜过写男女爱情。宝玉对男友的感情，当属此类，也就是不含有肉欲的深情。

情大于欲

作为有万种情思的情种，宝玉的用情对象主要是女孩儿，书中对此有大量描写。除了和黛玉的生死情恋之外，宝玉和大观园内的不少女孩都有深浅不同、性质不一的感情关系。

袭人是书中唯一和宝玉曾发生过性关系的女性。对那件事，作者只轻描淡写了一下。书中主要描写宝玉和袭人如何互相关心体贴，相依相伴。宝玉对袭人的感情中亲情成分大于恋情，并且他也不视袭人为知己，有些事瞒着她，认为她不能理解他。比如病中给黛玉送帕，他就把袭人支开，叫晴雯去。

宝玉实际上更喜欢眉眼像黛玉的晴雯。晴雯被王夫人撵出大观园，他甚至怀疑是袭人告的密。不过宝玉和晴雯的关系还没来得及发展到情爱，只停留在小儿女互相嬉闹的纯友谊阶段。只是在晴雯死后，宝

玉对她的感情才有了某种质的变化，作了一篇情深意长的诔文。但是黛玉一出现，他就改“公子多情”为“小姐多情”，让黛玉去祭奠晴雯了。

宝玉见了金钏就“恋恋不舍”。他和金钏调情逗乐，被王夫人听见，致使金钏送命。看起来似乎宝玉对金钏的情中，欲的成分更多，其实不然。金钏死后，宝玉始终惦记着她。连王夫人也不记得金钏祭日，但宝玉念念不忘。贾府大摆宴席为凤姐做生日之时，宝玉竟不顾一切出府祭奠金钏，足见宝玉对金钏的感情也非同一般。

贾宝玉对湘云虽然主要是兄妹情谊，但也有几分情爱，不然不会特意藏起那雄的金麒麟，引起敏感的黛玉吃醋。他还说丢了官印平常，丢了那麒麟就该死。可见他十分看重与湘云的友情。

宝玉和妙玉的关系也有点暧昧。他看了妙玉送的叩芳辰帖子直跳了起来，旁人都奇怪他何以这么激动。别人都觉妙玉怪诞，独宝玉理解她，并尽力讨她欢心。

实际上，宝玉对每个女孩儿都尽力讨好和关心。书中有专章描写宝玉偶然得到机会为平儿、香菱服务了一番，就感到极大满足。就连刘姥姥瞎编的故事里的雪地抽柴女孩儿，宝玉都要死盯着问后果，知道死了跌足叹息，还叫茗烟去找供那女孩儿的庙。

宝玉对以上女孩儿都显出情大于欲，独对宝钗显出有几分欲大于情。书中说因为宝钗和他讲仕途经济，他就和宝钗感情疏远了。但有一次看见宝钗的雪白酥臂，他就忍不住想摸一摸，书中没描写过他想

摸任何别的女孩儿的裸臂之类的情节。宝玉和宝钗之间的感情交流很少，这主要也因为宝钗特别注意收敛自己的感情，只是在宝玉挨打那次禁不住流露了一点点。

结论

宝玉的“万种情思”包括对黛玉的生死恋情，以及对其他一些女孩儿的深情、柔情、体贴、留恋、怀念，也包括对男性朋友的深厚情谊。宝玉的情之深广、丰富、细腻、执著，没有任何文学人物可比——宝玉堪称古今中外第一情种。

通过宝玉的情与欲，我们也可看出，有情无欲时是纯友谊，情多于欲时友情的成分占多数，欲多于情时爱的成分很少，只有情欲并举时才是真爱情。至于宝玉不具备的有欲无情，只是皮肤淫滥，毫无“爱”可谈。

爱情与友情

本文品读的是李白、莎士比亚的友情诗和爱情诗。文中引用的莎翁诗句为作者根据英文原文所译。

李白（701—762），唐代名满天下的大诗人，被称为“诗仙”，传世诗歌千余首。最著名的有《蜀道难》、《将进酒》、《行路难》、《月下独酌》等。“送别”诗，也就是送别友人的诗，在李白的诗中占很大比例。其中很多都流传甚广，甚至家喻户晓。李白也是唐代创作爱情诗最多的诗人之一，他的爱情诗大多表达了叙述者对远方情人的苦恋相思。

莎士比亚（1564—1616），不仅是伟大的戏剧家，还是一位伟大的诗人。他的十四行诗尤其有名，广为流传。十四行诗源于意大利，文艺复兴时期在欧洲盛行。莎士比亚十四行诗的成就达到了这一艺术形式的巅峰，其十四行诗诗集于1609 年出版，共收入 154 首诗。

在感情的深、浅、强、弱上，友情和爱情没什么区别。二者都可达到某种同样的高度，二者的根本区别是爱情包含性欲。

爱的情感中包括亲情、友情、爱情等，其中，常常令人感到困惑的是友情和爱情这两种情的区别。人们给友情和爱情的区别下的定义有：前者“淡淡牵挂”，后者“深深思念”；前者“温馨”，后者“温柔”；前者“互相理解”，后者“互相美化”；前者“三秋不见如隔一日”，后者“一日不见如隔三秋”……如果我们读了李白和莎翁表达友情的诗，就会感到这些定义都不正确。

李白和莎士比亚歌颂友情的诗，都曾被当做爱情诗，而这两位大诗人的爱情诗也很有名。比较他们的友情诗和爱情诗，可以对友情和爱情的相同之处和根本区别有所了解。

李白的诗《赠汪伦》在中国几乎家喻户晓，还曾被编入小学课本。

大家都知道这不是一首写爱情的诗，可是此诗却被收入一本英文的《中国爱情诗》中。译者将原诗末二句“桃花潭水深千尺，不及汪伦送我情”中的“情”字译作“love（爱）”。译者不知汪伦是男的，也不知李白诗中的“情”是指友情。实际上，这类赠别诗在李白诗中举不胜举。比如意思与《赠汪伦》接近，在中国也几乎家喻户晓的还有下面这二首：

金陵酒肆留别

风吹柳花满店香，
吴姬压酒劝客尝。
金陵子弟来相送，
欲行不行各尽觞。
请君试问东流水，
别意与之谁短长？

黄鹤楼送孟浩然之广陵

故人西辞黄鹤楼，
烟花三月下扬州。
孤帆远影碧空尽，
唯见长江天际流。

以上列举的三首赠别诗都表达了朋友之间的感情。前二首以水深、河长比喻友情之深之久，后一首未直接写情，但流露出的诗人对友人的恋恋难舍之情更加感人。那诗透露出诗人站在江边，目送友人乘船离开，直到船都看不见了，望着滚滚长江生出绵绵不尽的惆怅之情。

李白赠友人的诗中还有比上述这几首更情深意切、感人肺腑的，比如下面这首《下途归石门旧居》：

吴山高，
越水清，
握手无言伤别情。
将欲辞君挂帆去，
离魂不散烟郊树。
此心郁怅谁能论，
有愧叨承国士恩。
云物共倾三月酒，
岁时同饯五侯门。
羡君素书尝满案，
含丹照白霞色烂。
余尝学道穷冥筌，
梦中往往游仙山。
何当脱屣谢时去，

壶中别有日月天。
俯仰人间易凋朽，
钟峰五云在轩牖。
惜别愁窥玉女窗，
归来笑把洪崖手。
隐居寺，
隐居山，
陶公炼液栖其间。
灵神闭气昔登攀，
恬然但觉心绪闲。
数人不知几甲子，
昨来犹带冰霜颜。
我离虽则岁物改，
如今了然识所在。
别君莫道不尽欢，
悬知乐客遥相待。
石门流水遍桃花，
我亦曾到秦人家。
不知何处得鸡豕，
就中仍见繁桑麻。
翛然远与世事间，

装鸾驾鹤又复远。
何必长从七贵游，
劳生徒聚万金产。
挹君去，
长相思，
云游雨散从此辞。
欲知怅别心易苦，
向暮春风杨柳丝。

此诗表达出的诗人离开友人时那种痛苦万分的心情，和热恋中情人们分别时的心情没有什么区别。诗人形容，他虽然已身在即将扬帆起航的船上，可是魂还在岸上的树上徘徊，也就是依依难舍。可见诗人对友人的感情已到魂牵梦萦的程度。诗人回忆以前两人在一起的情景，以及上次辞别友人后如何难过地凝视友人的窗户——这很像现在一些爱情电影中的镜头。诗人说他此次辞别后，会很长时间不能再见友人面，但他会一直思念友人，这就像是向情人倾诉衷肠一般。结尾诗人以“向暮春风杨柳丝”暗示自己心情，更有无限的缠绵悱恻。

莎翁的友情诗也和李白的有相似之处，就是把友人之间的情上升到极高的程度。他的十四行诗第 116 首是表述友情的，也常被当做写男、女爱情。

我不承认两颗真心的结合
会有任何障碍；爱算不得真爱，
若是一发现环境改变就改变，
或是一发现对方动摇就动摇。
啊，不！爱是长明的灯塔
目击狂风暴雨却永不被撼动。
爱又是指引迷舟的恒星，
你可量出它有多高，却量不出其价值。
爱不受时光的玩弄，尽管玫瑰色唇颊
难免遭受时光的毒手。
爱并不因岁月的改变而改变，
它会延续到生命的最后一刻。
我这话若不对，或被证实有错
就算我没写过，也没人真正爱过。

这诗很像是恋人之间的海誓山盟。诗人主要歌颂爱的永恒和力量，诗人也给理想爱下了定义：理想爱是两颗心的毫无拘束的自由结合，互相都绝对信任和理解。诗人还指出，理想爱能经受各种考验（包括时间的考验），能战胜各种危机，它的价值深不可测。“玫瑰色唇颊”容易被现代人误解为指女性，在该诗的现代英文的译文中“玫瑰色唇颊”被译作“青春”。这和李白诗中常以“红颜”、“朱颜”代表青春相似，

例如李白有诗句云："红颜愁落尽，白发不能除。"在莎诗的中文译文中，有的将"玫瑰色唇颊"译为"丹唇红颜"，也使现代中国人以为诗的倾诉对象是一位女性。另外，原诗中的 love（爱），也使现代人误以为该诗是写男女爱情。

实际上，在莎翁流传下来的 154 首十四行诗中，前 126 首都是写给一位男性朋友的，只有后 28 首是写给女恋人的。用研究莎翁的学者安斯帕赫尔（Anspacher）的话说，第 116 首中的 love"爱"指的是"男人之间高尚的、精神的友谊"。莎翁学者指出，文艺复兴时期用 love（爱）指男人之间友谊是很平常的事。在后弗洛伊德时代，再没男人用 love 来指男人之间的友谊了。这就和中国现代人也再不用"相思"指同性朋友之间的思念一样，而李白赠男友人的诗中则大量出现"相思"一词，比如"相思若烟草"、"相思无尽处"，等等。

我们可以看出，在李白、莎翁时代，描写友情和爱情的某些术语是通用的。李白表达的深刻友情和莎翁歌颂的强烈友爱也都和恋人之间的情和爱没什么两样。这说明，在情与爱的深度、强度上，友情和爱情没什么区别，二者也都可以达到同样的高度。李白曾对友人表示"回山转海不作难，倾情倒意无所惜"（见《忆旧游寄谯郡元参军》长诗）。莎翁向友人表示，"你的甜美爱带给我的财富，远胜过我若变成一国之主"（十四行诗第 29 首）。这都很像是恋人间的倾诉。

在西方爱情诗中，男诗人赞颂女恋人美貌的诗占很大比例。莎翁的十四行诗第 18 首就常被当做这一类爱情诗，还被选入各种文字的

爱情诗集中，实际上这首诗也是写给男友的。

我该否把你比做夏日？
你比它更可爱，更温和。
狂风摧残五月的花蕾，
夏季的租期是那么短暂。
有时太热，天眼灼灼，
而时常金色面容又变暗淡。
再美好的事物有时也会陨落，
随着机遇或时间的变化。
但你的永恒夏季不会衰退，
你也不会失去你拥有的美好；
死神也无法将你拖进他的阴影，
当你在这永恒的诗句中成长；
只要人们还能呼吸，眼睛还能看，
我的诗就会存在，并赋予你生命。

一些中文翻译添油加醋地用了“美人”、“红颜”、“美艳”一类的词，把这诗译成了纯粹写给女恋人的诗。莎翁学者泊松（Poisson）分析这首诗时指出，第二诗行中的“temperate”（温和的，适度的）就意味着朋友之间的美好友谊是精神的，而不是肉欲的。这诗主要歌颂

友人的永恒美，而这美可以包括个人品质等，不光指外貌，比如“可爱”就包括性格。诗人要使友人因其诗而变得不朽，也体现了诗人对友人的深情厚谊。

在李白的诗中，也有赞美友人美丽外表的。比如在其赠瑕丘王少府的诗中，李白赞友人“皎皎鸾凤姿，飘飘神仙气”。可见李白也会欣赏男友人的外表美。

莎翁十四行诗第 20 首引起诗人是否是男同性恋的争议，因为诗人在那首诗中，形容他的男友面容像女性，还表示他对那男友有激情。

大自然亲手绘制了你的女性面孔，
你是我激情的征服者和情人。
你有女人的温柔的心，但不像
假女人的时尚那样变幻无常。
你的眼睛比她们更亮，可更少假惺惺地转动。
你的眼光投向谁就使谁熠熠生光。
你那男人的外形，是所有男人的标本。
你获取男人的眼光，震动女人的灵魂。
你原本应是个女人，
可是自然却错误地打造了你。
她增添了一样东西因而打败了我
一件无助于我的目的的东西。

既然她选择让你为女人带来快乐，

让我拥有你的爱，让对你爱的使用成为女人的宝贝。

这首诗毫无疑问地表达出诗人对男友的热烈感情，他为男友的类似异性的外表所吸引，这很像是男同性恋人之间可能发生的事。反对说莎翁是同性恋的学者指出，公开表达男性朋友之间的热烈感情是文艺复兴时期的时尚，而且该诗的最后四行表达出诗人的性取向，诗人表明不想和男友发生性关系——最后一句明确指出让女人享受他的身体，而诗人只希望得到他的爱，也就是精神上的爱。坚持认为莎翁是同性恋的学者则认为，后四句是诗人欲盖弥彰，为了掩盖自己的同性恋倾向而故意加上的。

如果我们对比李白的诗，就会觉得莎翁赞颂友人的女性化面容也没什么可值得大惊小怪的，李白诗中也有赞美男友容貌像女性的。如在《赠裴司马》一诗中，诗人形容友人："翡翠黄金缕，绣成歌舞衣。若无云间月，谁可比光辉。秀色一如此，多为众女讥。""秀色"一般用来形容女子的美色。虽然女性讥笑那友人的"秀色"，可诗人认为他友人的外貌美丽绝伦、无人可比。在中国，从无人怀疑李白有同性恋倾向，大概因为李白诗中频繁提到"美人"陪伴或"携妓"从游的情景。

李白和莎翁的友情诗都说明，赞美和爱慕有异性美的同性朋友，不一定就和同性恋有关。如果我们把莎翁描写女恋人容貌的诗，和他

描写男友容貌的诗作一对比，就能看出这两者之间是有根本区别的。莎翁描写女恋人，也就是那位黑夫人的容貌的诗中，最有名的就是第130首：

我情人的眼睛没有太阳的光辉，
珊瑚远比她的嘴唇更红艳。
如果将肌肤比白雪，何以她的胸部暗褐——
如果喻头发为细丝，那她头上长着青丝。
我见过红、白相映，如织锦般的玫瑰，
可在她的双颊看不到这样的颜色。
比起我情人的呼吸吐气
某些香水的味道更让人感到快乐。
我喜欢听她讲话，虽然我知道
音乐的声音更加美妙。
我承认从没见过仙女行走，
我情人走路时脚踏实地。
但我相信我的爱稀世少有，
就像由荒谬比喻所代表的美女。

先不说这首诗如何颠覆了西方传统中的金发白肤女性美，以及嘲笑了当时有些诗人对恋人的夸张比喻，仅将此诗和诗人描写男友容貌

的诗比较，我们会发现虽然在此诗中诗人没赞颂其情人怎么美，但流露出对她的欲求。在赞颂男友的诗里，他只是抽象、概括地谈到男友的外表，可是在这首诗里，他特别注意到女恋人的唇、胸、呼吸等，透露出她对他产生的性吸引，而在给男友的诗中，他从没用过 breast（胸部、乳房）这类词。这首诗也表达出“情人眼里出西施”，情人眼里的美人绝不是千篇一律的，诗人在其他多首诗中都表达了认为黑肤色很美的观点，比如，他在第 132 首诗中说：“我发誓美本身就是黑色。”

很多莎翁学者注意到，莎翁给黑夫人的诗和给男友的诗的最大不同处是，前者表达了性方面的欲望，而后者不存在任何这方面的暗示。在第 128 首诗中，诗人形容情人的手指“sweet”（甜美）。他羡慕被她手指触到的乐器，因为那乐器可以有吻她手指的幸福。在诗的末尾，他表达自己的愿望道：“给它们你的指头，给我吻你的唇。”这表述和他的友情诗大不相同。在友情诗中，虽然男友的美引发了他的激情和爱慕，可他丝毫没产生想吻男友的欲望。女情人的脸对诗人产生的作用也和男友不同，在第 131 首诗中诗人说：“一想到你的面孔，就引起我一千次呻吟。”这说明，他对她产生强烈的欲望，并受着欲望的折磨。

对比李白的友谊诗和爱情诗，也会发现后者往往有性暗示，比如下面这首诗也用“相思”一词，但其含义与赠友人诗中的“相思”不同。

长相思

长相思，

在长安。

络纬秋啼金井阑，

微霜凄凄簟色寒。

孤灯不明思欲绝，

卷帷望月空长叹。

美人如花隔云端。

上有青冥之高天，

下有渌水之波澜。

天长路远魂飞苦，

梦魂不到关山难。

长相思，

摧心肝。

此诗也是述离别之苦，但其表达的情和友情不同。在给友人的赠别诗中，离情给人一种很深沉、凝重的感觉。而此诗中的情更偏于欲，透露出诗人的情欲在受折磨，像“思欲绝”、“摧心肝”这样表示感情受折磨的字眼在其友情诗中都没出现过。诗中的“孤灯”象征独守空房，所以后面有“卷帷望月空长叹”一句。诗人夜里睡不着，看着月亮无可奈何地叹息，分明是感叹美人不能陪自己过夜。“帷”可能指窗帏，

也可能指床的罗帷。很多古代情诗中，都用“罗帏”暗示性生活或情欲。在下面一首李白以女子口气写的爱情诗中，不仅提到罗帷，还提到“锦衾”，也就是被褥，其性暗示就更加明显了：

相逢行

朝骑五花马，
谒帝出银台。
秀色谁家子，
云车珠箔开。
金鞭遥指点，
玉勒近迟回。
夹毂相借问，
疑从天上来。
蹙入青绮门，
当歌共衔杯。
衔杯映歌扇，
似月云中见。
相见不得亲，
不如不相见。
相见情已深，
未语可知心。

胡为守空闺，
孤眠愁锦衾。
锦衾与罗帏，
缠绵会有时。
春风正澹荡，
暮雨来何迟。
愿因三青鸟，
更报长相思。
光景不待人，
须臾发成丝。
当年失行乐，
老去徒伤悲。
持此道密意，
毋令旷佳期。

此诗写女子初见骑五花马的男人如何产生爱慕之心。二人得以有浪漫接触，但未能肌肤相亲。那女子对男子一片深情，朝思暮想，情欲难解。除了“锦衾与罗帏”之外，“春风正澹荡”这句也暗示情欲，在中国古诗中，“春风”常暗示“怀春”，也就是性欲，比如李白这首《春怨》：

白马金羁辽海东，
罗帷绣被卧春风。
落月低轩窥烛尽，
飞花入户笑床空。

这诗描绘男人远征，女人独守空床，被情欲折磨得难以入眠。诗中并未直接表示“怨”，怨情都在字里行间流露出来。最后一句，借用飞花嘲笑女子的凄凉状况，表露出女子自怨自艾的感情。这类闺怨诗是中国古典爱情诗中最常见的，下面这首常被引用的《春思》也属此类：

燕草如碧丝，
秦桑低绿枝。
当君怀归日，
是妾断肠时。
春风不相识，
何事入罗帷。

所谓“春思”就是情思，“断肠”就是今人所说的“心碎”。如果是友人久不归来或杳无音信，人们只会担心或思念，不会有“断肠”

的感觉。后二句暗示女子几乎“断肠”，那都是因为情欲的折磨。李白的另一首《长相思》也是表达思妇的感情如何受折磨的：

日色欲尽花含烟，
月明如素愁不眠。
赵瑟初停凤凰柱，
蜀琴欲奏鸳鸯弦。
此曲有意无人传，
愿随春风寄燕然。
忆君迢迢隔青天，
昔时横波目，
今作流泪泉。
不信妾肠断，
归来看取明镜前。

诗中的女子入夜后迟迟难以入睡，“凤凰柱”、“鸳鸯弦”二句说明她是因男女之情而“愁不眠”。她想托春风给远方的男人传达她的思念之情，可一想到她的夫君遥不可及，她就不禁泪如泉涌。她因为日日以泪洗面，愁肠寸断，容颜已不像个样子了。这种备受折磨的感觉是友情诗中所没有的。

因为感情受到折磨，思妇们往往心生怨恨，这种对恋人的怨恨之

情，也是友情中不存在的。在李白的长诗《江夏行》中，一女子述说自己因为嫁给了一个商人，备受离别之苦，最后一次那商人竟三年未归。那女子不仅“肠欲断”，还继而生怨恨之情说：“恨君情悠悠。”实际上产生“怨恨”说明还有感情，如没感情就无所谓了，也不受折磨了，也无所谓恨了。所以这女子虽然言“恨”，却仍旧“情悠悠”。

李白最有名的写怨情的诗是一首五言小诗：

怨情

美人卷珠帘，
深坐颦蛾眉。
但见泪痕湿，
不知心恨谁。

此诗一向被列在爱情诗里，可从字面看这诗跟“爱情”好像没什么关系，只有标题点出是“怨情”，也就是怨恨情人之情。前三句描绘出一幅美人皱眉、流泪的画像，最后一句“不知心恨谁”一下子就生动地把这幅画像变成了表现美人失恋的电影里的一个近镜头。美人虽心生“恨”意，而且这恨意都表现在她脸上，但她蹙眉流泪的痛苦样子说明她的情还未断，还在受折磨。从这诗也可看出怨恨之情和爱情的关系，友情中就不会有这种“怨情”，所以此诗也从来没被当做写友情。

怨恨之情在莎翁的爱情诗中也很普遍。在莎翁写给黑夫人的诗中，诗人反复说自己如何被对方的冷酷而折磨。他埋怨对方伤害他，甚至要求对方把他杀了，省得他受痛苦。比如第 139 首中有一句诗："现在就杀了我，好让我从痛苦中解脱。"在第 147 首诗中，诗人称自己的"爱"是"发烧"，形容热恋中的自己是病人。在第 140 首诗中，诗人说他痛苦得像个快要死的病人，他简直要疯了，如果女方再不表示爱他，他就忍不住要说对她不敬的话了——这也是一种由怨变恨的感情。这种发烧、生病、发疯的感觉和断肠、思欲绝的感觉一样，都是受折磨的感觉，也都是友情中不会有的。

对年老的担忧，也不存在于友情诗，而只存在于爱情诗中。在第 138 首诗中，诗人说自己在骗自己，以为女方没看出他已过青春年华。他为自己比女方年长而忧心忡忡，也就是缺乏安全感。这和他在友谊诗中对待年龄的态度截然不同。在第 108 首诗，也就是写给男友的诗中，诗人强调"永远是新鲜状态的永恒爱 / 不给由年龄带来的尘土或伤害任何分量，/ 也不给皱纹任何必需的位置"。从莎诗可以看出，友情中不存在怕老的忧虑，而恋爱的人就会出现这种怕老的忧虑。李白的著名爱情长诗《长干行》里，也有"坐愁红颜老"这样的句子，透露出女主人公的怕老忧虑。

莎翁还指出爱情是非理性的。在第 127 首诗中，他称"爱"为"盲目的傻子"。在第 148 首诗中，诗人再次强调，情人的眼睛看见的东西往往会失真。在第 141 首诗的开始，诗人说："实际上我不是用眼

爱你，/ 我的眼看到你一千种缺点。/ 是我的心爱上眼睛所不齿，/ 不管不顾地溺爱你。”诗人说他的智慧可以说服他的愚蠢的心不为她服务，这说明他正在理智和感情之间挣扎。第 151 首诗表达了诗人在灵与肉之间的挣扎：“我的灵魂告诉我的身体 / 他可能会在爱中取胜。”因为爱情涉及性，关乎身体和肉欲，才会有这种挣扎，而在友情中就不会有灵与肉的搏斗。

读莎翁的十四行诗，给人的感觉好像友情是一种高尚、伟大、永恒、积极的感情，而爱情是一种病态、痛苦、备受折磨和煎熬，可是又无法回避的感情。李白表达友情的诗也比表达爱情的诗更让人感动，他的爱情诗大多是表达怨情，读了让人觉得难受。总的来说，从他们的友情诗和爱情诗的对比中，我们可以看出，在感情的深、浅、强、弱上，友情和爱情没什么区别，二者都可达到某种同样的高度，二者的根本区别是爱情包含性欲。因此，爱情中有灵与肉的挣扎、怕老的忧虑、怨恨之情，以及受折磨感，等等，而这些感受在友情中通常是不存在的。

10 “一见钟情”VS“日久生情”

本文品读的是简·奥斯汀长篇小说《理性与感性》《傲慢与偏见》《爱玛》，参阅的是英文原著，也参考了孙致礼以及祝庆英、祝文光合译的中文译本。简·奥斯汀（1775—1817），英国著名小说家。她的小说至今仍拥有大量读者，并一再被改编成电影和电视剧。其主要作品有：《理性与性感》（1811）、《傲慢与偏见》（1813）、《曼斯菲尔德庄园》（1814）、《爱玛》（1815）等。这些小说大多关注乡绅中产阶级平凡人物的平凡生活，特别是女性的恋爱和婚姻。小说对家庭日常生活和社会风俗等都有细致入微的描绘。奥斯汀的作品在二十世纪后半期得到重新肯定和高度评价，有的现代批评家甚至将其经久不衰的魅力与莎士比亚的著作相比。

应该提倡在长时间互相了解的基础上发生恋爱关系，这也就是提倡从理性的角度来寻找恋爱对象，而“一见钟情”式的恋爱往往都是不理性的。

关于这个题目，互联网上的议论很多：有人说一见钟情浪漫，日久生情平凡；也有人说一见钟情是重表象，日久生情才是真感情……简·奥斯汀的小说恰恰对这些问题给予了大量关注。

简·奥斯汀的小说的主要故事情节多是关于青年男女的恋爱。那些恋爱故事中既无缱绻柔情，也无浪漫激情，更无性爱场面。如果你向往的是那种让你在感情上大起大落、大悲大喜、心醉神迷、魂不守舍的爱情体验，奥斯汀的小说一点儿也不会引起你的兴趣。但是，如果你是想找一个理想的婚姻伴侣共度一生的话，她的小说能给你不少启发。

奥斯汀小说中的故事主要讲述，男女青年在谈恋爱和找对象时通常爱犯的错误，比如一些人以财取人或以貌取人，结果选错恋爱对象

之类。不过，这都是小说中次要人物才会犯的错误，小说中的女主人公都不会犯这种低级、愚蠢的错误。那些女主人公都是富有聪明才智，又有自尊心的女性，她们在谈恋爱时犯的错误，大多是和“初次印象”的误导有关。

奥斯汀最著名的小说《傲慢与偏见》，原先的题目就叫《初次印象》。小说的主要情节是伊丽莎白和达西之间关系的发展——他们最终成为理想的婚姻伴侣，但他们在第一次见面时，互相并没留下好印象。

伊丽莎白是个聪明、美丽的姑娘，不过达西第一次见到她时并没被她吸引。那是在一个舞会上，他和她坐在一起有半小时，没对她讲一句话。宾利先生让他请伊丽莎白跳舞，遭到他断然拒绝，原因之一是伊丽莎白的母亲和妹妹不检点的行为给达西留下了不好的印象。因此，他后来还极力劝阻宾利先生继续追求伊丽莎白的姐姐简。

达西是英俊、潇洒的豪门公子。很多女性都想巴结他，得到他的欢心。可伊丽莎白第一次见达西时，对他产生了很坏的印象。他的言谈举止使她感到他是一个傲慢自大、无视别人感受的人。因为这一印象，她轻易地就相信了达西家前管家的儿子韦翰对达西的谗言，从而认为达西是个卑鄙的人。韦翰实际上是个品行卑劣的小人，可伊丽莎白觉得他面貌善良、风度优雅、温柔迷人、人品超众，特别是韦翰做出对她很爱慕的样子，更赢得了她的芳心，甚至在韦翰转而去追另一个富翁家的女孩子后，伊丽莎白还表示能理解他，还没丧失对他的好感。

在此我们看到，即使像伊丽莎白那样有头脑、有见解的聪明女孩子，在恋爱时也会出现判断错误，而她之所以犯错误是因为太相信“初次印象”。实际上，达西是个不善于与陌生人打交道，也不太懂人情世故、不爱曲意奉迎的人，而韦翰特别善于表演和装假。因此，他们给别人的初次印象都会和实际情况不符。

对伊丽莎白来说，幸运的是她和达西后来还有多次见面的机会，二人不断增加互相的了解和好感，才没错失美满姻缘。达西在第二次见到伊丽莎白时，就开始喜欢她了。他请她跳舞，可是遭到拒绝。之后在宾利家，达西又得以和伊丽莎白多次接触。那次伊丽莎白去宾利家，是因为她姐姐简在造访宾利时途中遇雨，受凉病倒。伊丽莎白不辞辛苦，冒雨踏着泥泞走了好几里地，到宾利家照顾生病的姐姐。达西见了很感动。此后几天里，在和她的攀谈、辩论中，他更感受到她是一个很有见识，并且很风趣的女孩子。伊丽莎白虽然还是对他没好感，但已开始对他的性格感兴趣了，她还感到她和他常转着同样的念头，也就是发现二人有不少相似之处。后来经过多次接触，达西终于控制不住自己的感情，向伊丽莎白表白了自己对她的爱慕，并向她求婚。他还坦率地告诉她，自己以前对她印象不好是出于对她的家庭的顾虑。可是，他立即遭到伊丽莎白的拒绝和痛斥，除了他破坏了她姐姐的婚事和“亏待”韦翰这两件事外，伊丽莎白仍然感到他态度的傲慢。达西给伊丽莎白写了一封信，详细解释了韦翰的事。韦翰此时也越来越暴露出自己的劣迹。伊丽莎白感到自己错怪了达西，开始敬重

他的人品。后来又从别人那儿听到关于达西的好话，她终于完全改变了对他的最初印象。而达西在遭到伊丽莎白痛斥后非但没生气，反而自省自己傲慢自大的缺点，努力改正。伊丽莎白再次见到他时，发现他依然爱自己，并且已经把傲慢态度变为谦虚态度，他对她的家人、亲属也态度亲切了。这些都深深打动了她的心，她开始后悔当初拒绝他。现在，她感到他是百分之百适合自己的男人。

作者在此还特别指出，伊丽莎白对达西的爱不是那种一见倾心的爱，而是在感激和敬重之后产生的爱。最后，达西为挽救伊丽莎白妹妹的婚姻以避免她全家受辱而自己忍辱负重的行为，更是让伊丽莎白感到他对自己的一片深情。她此时要和达西结合的决心已十分坚定，连达西姨妈的威胁都没能使她动摇。伊丽莎白说，她对达西的感情是慢慢发展起来的，她认为达西对她的深情也不是一朝一夕产生的，而是经过了好几个月的考验。在小说结束的时候，伊丽莎白和达西终于结婚了。

如果达西对伊丽莎白一见钟情，马上表白，伊丽莎白反而会有所顾虑，担心他的爱是否会持久。伊丽莎白对她姐姐简的恋爱就有过如此的担心。她姐姐简和宾利先生就是一见钟情。宾利一下子就被简的美貌迷住了，简也觉得宾利漂亮，有趣味。旁人都看出他们互相喜欢。伊丽莎白的女友认为，简应当主动表示爱意，才能鼓励对方，因为二人单独接触的机会不多，简应当抓住时机去逗引宾利先生，博得他的欢心。伊丽莎白不同意，她说：要是只求嫁一个有钱的男人，可以这

么办，但简不是这么想的。简自己也拿不准她究竟对他爱到什么程度，认识才不过两个星期，来往很少，还没法了解他的性格。

可见伊丽莎白和她姐姐都很重视恋爱双方在性格上的相投，不只是两情相悦就行了，而是要了解一个人的人品和性格，这可不是一朝一夕的事。另外，恋爱中的人对自己感情的把握也不是短时间内能确定的。伊丽莎白也担心宾利是否真的爱她姐姐，在姐姐生病期间，她仔细观察宾利的表现，发现他对简的病情特别关切，才放下心来。可是，因为简没有明显地向宾利示爱，致使达西认为简对宾利的感情一般。再加上她母亲、妹妹的问题，就极力劝阻宾利继续和简来往。这使得简和宾利的感情也经历了一番时间的考验，最后二人才终成眷属。

伊丽莎白和她姐姐的恋爱故事都强调，恋爱双方必须经过较长时间的互相了解。在奥斯汀的另一本名著《爱玛》中，作者通过书中的一个人物，直接表述了这种思想，一名叫弗兰克的男子感叹道："有多少男子凭着短暂的相识就作出承诺，然后抱悔终生。"（第五章）

这部小说中的女主人公爱玛也是个有头脑、有见解的聪明女孩子，但在恋爱问题上屡屡犯错误。爱玛先是为自己宠爱的小姑娘哈丽埃特选错了对象。她最初对埃尔顿先生印象很好，又觉得他对哈丽埃特有意，就拼命诱导哈丽埃特爱上埃尔顿先生。其实，埃尔顿先生看上了家境富有的爱玛，对没有陪嫁的哈丽埃特根本不屑一顾，他随声附和赞美哈丽埃特，只是为了讨好爱玛。爱玛给哈丽埃特画了一幅像，他极力称赞，并积极地去配了镜框，爱玛就以为他爱哈丽埃特，实际

上他是在向爱玛献殷勤。终于有一天，埃尔顿先生喝醉了酒，拉住爱玛的手向她疯狂地求爱。爱玛看出他对她根本没任何感情，只是花言巧语，想攀上她这门亲，好提高自己的地位和增加自己的财富。埃尔顿先生遭到爱玛的拒绝后，很快就和另一个富有家庭的女孩子结了婚。在一次舞会上，他还对哈丽埃特采取冷落和嘲笑的态度，使爱玛感到他的人品极为卑劣。爱玛看到埃尔顿先生的许多方面都和她当初认为的截然相反，这使她反思自己的判断力。可是，很快她在自己的恋爱问题上又出现了判断错误。

因为很多人赞美弗兰克，爱玛在没见到他以前就对他产生了兴趣，觉得他在性格、条件等各方面都是和自己相配的人。第一次见弗兰克时，爱玛对他印象极佳，认为他在外貌、身材、谈吐、气质等各方面都无可挑剔。他非常聪明机灵，能说会道，左右逢源，知道如何讨别人喜欢。爱玛当然也立刻喜欢上了他。弗兰克还做出对爱玛很爱慕的样子，在社交场合他总是不离她的左右，吃饭时坐在她旁边，跳舞时请她当舞伴。爱玛和他聊天儿时，他也很会顺着她说，使她觉得二人想法很相似。弗兰克在当地只是短暂逗留，他要离开去和爱玛告别时唉声叹气，好像恋恋不舍似的。这使爱玛觉得他对她的爱比她原先想象的还要热烈，爱玛甚至都为他的离别感到痛苦了。在他离开不久的那段日子里，她老是想他，盼着从他父母那儿得到他的消息。其实，弗兰克那时已经和另一个家境贫寒的姑娘私订终身了，他怕自己的富豪抚养人不同意而一直保密，而且为了掩饰他和那位姑娘的关

系，他假装在追爱玛。幸亏他和爱玛接触时间很短，爱玛还没爱他到想要嫁他的程度，她只想和他保持好朋友关系。他走后过了一段时间，她对他的那点儿爱就淡漠了。等他再出现时，爱玛担心怎么回绝他对她的热恋，可是马上发现他好像心神不定，不像以前那样对她显示出爱意了，虽然他有时还向她献殷勤。很快她又怀疑弗兰克和哈丽埃特之间有什么关系，又幻想他们俩谈恋爱了。当哈丽埃特告诉她，她并不爱弗兰克而是对奈特利先生产生了感情时，爱玛感到痛苦万分，她这才意识到自己实际上爱奈特利先生，那个一直是她和她父亲的生活中一部分的人。当读者读到这儿时，禁不住要回过头去把小说从头读一遍，看看关于爱玛和奈特利先生之间关系的描写都有些什么暗示。

我们看到，小说一开始就交代奈特利先生家和爱玛家是至交。他们两家还是亲戚，奈特利先生的弟弟就是爱玛的姐夫。奈特利先生是爱玛家的常客，任何有爱玛参加的社交活动，也都有奈特利先生参加。爱玛对奈特利先生的评价很高，说他的风度特别优雅，他的绅士气派在一百个人当中都找不到一个。她也赞赏他的爽直、果断、威严的态度。作者在他们二人一出场时就交代了他们的年龄，爱玛刚过二十一岁生日，而奈特利先生已经三十七八了，至少比爱玛大十六岁。他是看着爱玛长大的，对每一个阶段的她都熟悉并予以关心。在第五章里，奈特利先生提到，爱玛在十岁时就能回答她十七岁的姐姐都回答不上来的问题，十二岁时就开始给自己开出很有水平的必读书目单。奈特利先生对她十四岁时开的书目单尤为欣赏，还把那书目单

保存了一段时间。由此可见，奈特利先生对爱玛早就密切关注，而且在爱玛十四岁时就已经对她产生了非同一般的感情。爱玛在母亲去世后成了家里的女主人，虽然她那时只有十二岁。因为爱玛聪明、能干、漂亮，总是受到周围人的夸奖和崇拜。奈特利先生是唯一经常指出她缺点的人，他之所以这样做，是因为他真心关心她思想上的成长和进步。比如，奈特利先生反对爱玛和各方面都不如自己的小姑娘哈丽埃特整天泡在一起，就是因为他认为这种交往对爱玛不利。他担心爱玛会自我满足，不再想学习新的东西，不再有更高追求了。可能是由于年龄差距吧，奈特利先生没有主动追求爱玛。在爱玛二十一岁的时候，他跟别人说想看到爱玛的恋爱，就好像他并不想和她谈恋爱。他只称自己为爱玛的老朋友。可是后来在爱玛和弗兰克关系较亲密时，奈特利先生的反应很强烈。他老是贬低弗兰克，说他是轻浮的傻瓜之类。这些都说明，奈特利先生对爱玛的感情超过一般朋友。

再看爱玛对奈特利先生的感情是怎么一回事儿呢？二十一岁时的爱玛虽然积极地为朋友哈丽埃特找对象，自己却毫无这方面的考虑。她还宣布自己不会结婚，说恋爱不符合她的个性。她怕结婚后会失去现在在家中的那种事事做主的地位和父亲对她的那种疼爱和重视。也就是说，她对自己现在的生活很满意，并不想改变。她不像别的女孩子那样怕当老处女，她认为有钱、有地位的老处女仍然会受到尊敬。另一方面，她不急于结婚的原因是她还没有见到一个她认为值得爱的人。她说，她一定要等到看见一个比以前见过的人都好得多的人才会

堕入情网。后来在听到人们对弗兰克的介绍后，她曾觉得弗兰克可能是在年龄、性格、条件等各方面都和自己相配的人。

在爱玛的恋爱考虑中，奈特利先生并不属于在年龄、性格、条件等各方面都和她相配的人。但奈特利先生也不属于她以前见过但认为都配不上她的人，他实际上属于她很满意的现在的生活的一部分。所以她很怕失去他，每当她一听到别人说奈特利先生有可能和谁结婚，她就焦急万分地拼命否定。她认为奈特利先生应当永远不结婚，永远是她家的常客，不然她和她爸爸的生活就要改变了。她出生的时候，奈特利先生就已经是他家的常客了。所以这二十一年来，他已经成了她生活中不可缺少的人。她也已经习惯二人之间的老朋友关系，从来没想过要改变二人之间的关系。另一方面，奈特利先生和爱玛之间有时会因为意见不一致而争吵。爱玛是个在家被父亲宠坏了的女孩子，所以特别喜欢别人顺从自己，弗兰克当初就因为顺着爱玛说话，让爱玛感觉二人想法一致而对他增加了好感。爱玛大概从来不认为会爱上一个老和自己意见不一致的人，不过爱玛和奈特利先生有好几次争吵，后来都证明奈特利先生是对的，比如爱玛干涉哈丽埃特和马丁的婚事，以及爱玛对埃尔顿和弗兰克的看法都证明是错的。这让爱玛对奈特利先生的判断力感到佩服，也改变了对他的误解。奈特利先生在发现自己的错误时也会坦然地向爱玛承认，比如他对哈丽埃特的误解。

这些都说明他们二人之间有真正的沟通，可贵的是，他们之间

从不隐瞒自己的想法。这都有力地增加了彼此的了解，从而一步步增进了二人之间的感情。

爱玛和奈特利先生的关系虽然还没发展到恋爱，但已经是比较深刻的朋友关系了。他们互相的生活已经融合在一起，并且爱玛对奈特利先生的为人有相当深的了解。比如，在菲尔法克斯小姐收到了一架价值昂贵的钢琴后，有人猜测是奈特利先生送的。因为奈特利先生一向对菲尔法克斯小姐极为赞赏，还表现出很关心她，曾用自己的马车接她来参加舞会。他也曾感叹过，弹钢琴出色的菲尔法克斯小姐在本地没有一架钢琴。爱玛知道，奈特利先生如果想送菲尔法克斯小姐一架钢琴，一定会直接告诉她，绝不会故作神秘。她也认为，奈特利先生用马车接送身体欠佳的菲尔法克斯小姐是一件很平常的事。因为他是一个很有同情心的人，一向乐于关心和帮助别人。就因为爱玛深深了解奈特利先生，在奈特利先生请哈丽埃特跳舞后，她才会产生惊喜和感激，而不是误会。那是在一个欢快的舞会上，哈丽埃特碰巧成为唯一没有舞伴的年轻姑娘。有人建议埃尔顿先生请哈丽埃特跳舞，遭到后者粗暴拒绝。埃尔顿先生和他太太还互相使眼色，对哈丽埃特表示幸灾乐祸和嘲笑。这时，一向不参加跳舞的奈特利先生出来邀请哈丽埃特跳舞，此举使爱玛对奈特利先生的感情产生了一个飞跃。她后来主动要求奈特利先生请她跳舞，还对他说，他们二人不是真正兄妹，是可以一起跳舞的。

由此可见，以前爱玛一直把他当做她们家的一分子，对他的感情

主要是一种亲情，现在发生了转变，开始视他为可以恋爱的对象了。此后又发生了一件使二人感情进一步接近的事。爱玛在一个公开场合奚落贝茨小姐，遭到奈特利先生的严厉批评。他认为，爱玛对年事已高、家境不好的贝茨小姐不够同情和尊重。爱玛感到惭愧、后悔，马上去探望贝茨小姐，弥补自己的过失。后来，奈特利先生去伦敦前，来向爱玛父女辞行时，爱玛父亲提到了爱玛关心贝茨小姐的事。奈特利先生和爱玛互相对视时，他从她的眼睛里看出了她的真实感受和美好感情。他的热切眼光让她心里温暖，他随后差点儿吻她手的举动也让她满心欢喜。

我们可以看出，爱玛对奈特利先生的感情已从友情开始向爱情转化了。所以，当哈丽埃特告诉她，她认为自己和奈特利先生之间发生了感情时，爱玛感到痛苦万分。她对奈特利先生的爱一下子从潜意识里上升到最清楚的意识层面。她立刻产生了一个念头：奈特利先生只能和她本人结婚，不能和其他任何人结婚。所幸这时弗兰克的抚养人死了，他立即公布了自己和菲尔法克斯小姐的恋情及婚约。奈特利先生看到，爱玛并没像他原先想象的那样喜欢弗兰克，就向爱玛表白了自己对她的爱意，爱玛感到万分幸福地欣然接受了。两人很快就结婚了，而哈丽埃特也和一直等待她的马丁幸福地结合了。

这种皆大欢喜的结局带有很大的理想化成分，特别是三对结婚的人在地位、才能等各方面互相般配、协调一致，就更显得理想化了。不过，我们可以看出小说主要是强调，理性思考在恋爱中的作用。奈

特利先生就曾批评爱玛不让幻想服从理智（第五章）。爱玛为哈丽埃特选错恋爱对象以及对弗兰克产生错误判断，都是因为太富于幻想而缺乏理性分析。另外，小说提倡恋爱双方在情趣、性格、才能等各方面般配，也是一种理性思考。

小说提倡在长时间互相了解的基础上发生恋爱关系，这也就是提倡从理性的角度来寻找恋爱对象，而“一见钟情”式的恋爱往往都是不理性的。实际上，小说中那对一见钟情的恋人之间发生的事更让人感动。比如，弗兰克专门远赴伦敦，给菲尔法克斯小姐订购一架超大钢琴。为了掩饰自己的行动，他谎称是去理发，让周围人颇感不以为然。菲尔法克斯小姐则是每天到邮局去等弗兰克的来信，风雨无阻。但他们俩互相老不放心对方。弗兰克认为短暂的相识都是碰运气的，他深知：“有多少男子凭着短暂的相识就作出承诺，然后抱悔终生。”他认为只有看到女人平时在自己家里，在日常生活中是什么样子，才能对其作出正确判断。这说明，他认为“一见钟情”不可靠，所以他故意怠慢菲尔法克斯小姐，以此来考验她对他的感情。而她则对他产生了误会，曾一度决定和他分手。这都说明“一见钟情”式的爱情基础不够稳固。

上述两部小说中的“一见钟情”式爱情在受到时间考验、经历一番折磨后，恋爱双方达到彼此更深的了解，才终成眷属。而在奥斯汀的另一部著名小说《理性与感性》（或译《理智与情感》）中的“一见钟情”式爱情则以失败告终，还给恋爱的一方带来感情伤害和惨痛教训。

小说主要讲述了两姊妹的恋爱故事。妹妹玛丽安外貌美丽、感情丰富，她与一位英俊、潇洒的青年一见钟情，深陷情网，而那青年只不过是贪图美色，很快就抛弃玛丽安去追求另一位有钱的小姐。玛丽安得知真情后痛苦万分，不顾一切跑入荒原，遭遇大雨后大病一场，差点丧命。姐姐埃莉诺不那么容易感情冲动。她对一位名叫爱德华的绅士有好感，二人在日常接触中逐渐产生了感情。而爱德华在年轻时曾一时冲动，向另一女子许下婚约，这给他带来很大的麻烦和痛苦。他就是《爱玛》中的弗兰克所说的“凭着短暂的相识就作出承诺，然后抱悔终生”的许多男子中的一员。比较理性的埃莉诺得知这一事实后，虽然很受打击，但没像妹妹那么痛不欲生。出于道德的考虑，她毅然决定不再和爱德华来往。不过，最后二姊妹都有了幸福结局。爱德华终于解除婚约，和埃莉诺结婚了。而妹妹玛丽安也嫁给了长时间以来一直默默爱着她的布兰登上校。最初，玛丽安并不爱布兰登上校。他的年龄偏大，也不潇洒、浪漫。经过一段时间的接触，她的心终于被他打动了，也就是达到了“日久生情”。

我们可以看到，奥斯汀小说不强调爱情的非理性和神秘的一面，而是强调对恋爱对象的理性选择。在作选择时，小说提醒女性读者们要特别警惕初次印象的误导。小说更提倡经过友谊阶段，在互相了解的基础上产生的感情。即便是遇到一见钟情的意中人，也一定要在双方感情经过时间考验后，再决定是否建立关系。

11 女人的“弱点”

本文品读的是约翰·弥尔顿的长诗《失乐园》，参阅文本为英文原著，引文为本文作者所译。约翰·弥尔顿（1608—1674），英国伟大的诗人和思想家。他的主要长篇诗作有：《失乐园》（1667）、《复乐园》（1671）、《力士参孙》（1671）。在西方文学里，《失乐园》与《荷马史诗》、《神曲》齐名。《失乐园》取材于《圣经·创世记》中亚当和夏娃吃禁果被上帝逐出伊甸园那一段。史诗的主要人物是诱惑夏娃吃禁果的撒旦。撒旦原是天使，因反抗上帝，被打到地狱。他为了报复上帝，企图毁灭上帝创造的人类。当他得知人类吃了知识树上的果子就会受到死的惩罚时，就计划诱惑亚当和夏娃吃禁果。史诗中的撒旦是个性格复杂，有多重象征意义的备受争议的人物。一般认为，史诗反映了诗人参加推翻皇权的英国资产阶级革命的感受，以及诗人对人类不幸根源等问题的思考。

当一个女人爱一个男人到忘我的地步，也就是像夏娃一样把爱看得比自己的生命还重要，那这个女人就容易丧失自我，使自己变得从属于所爱的男人。

爱情和男女平等之间是什么样的关系？是否男女之间真诚相爱，就一定会平等相处了？如果一个人爱一个异性到忘我的地步，是否就会造成不平等的现象？弥尔顿的杰作《失乐园》就涉及这类问题。

“乐园”，即上帝所造的第一对人——亚当和夏娃所住的伊甸园。他们自打诞生，就在乐园里过着衣食无忧的快乐生活。他们没有要穿衣服的概念，也不需要自己种庄稼或果树，乐园里的美食应有尽有。后来，他俩偷吃知识树上的禁果，受到上帝惩罚，被逐出乐园。痛失乐园之后，他们就必须辛苦劳作，还要经历种种磨难和痛苦。《圣经》里的这段故事和人物都极其简单，而弥尔顿把这段故事演绎

成了长达一万行的史诗。在史诗中，亚当和夏娃被塑造成仅次于撒旦的主要人物。

夏娃的形象引起种种争论，这主要是因为诗人描写了夏娃的性格变化。最初夏娃是个顺从丈夫的贤妻，后来她变成一个有很强独立意识，要和丈夫平起平坐的女性，吃禁果遭惩罚后，她好像又变得屈从于自己的丈夫了。这到底是怎么回事呢？

弥尔顿笔下的夏娃，不仅象征所有女性，而且还代表了一个历史时期英国妇女的人物典型。《失乐园》成书于 1667—1674 年，考察那时英国人对于妇女地位的看法，可以发现不少有趣的事。在 17 世纪 40—60 年代的英国，主导思想是清教徒的思想，弥尔顿本人就是清教徒。劳伦斯·斯通（Lawrence Stone）的《英国的家庭、性和婚姻，1500—1800》一书告诉我们，清教徒认为妻子应当绝对服从丈夫，妻子和丈夫不能平等。一位当时伦敦最有名的牧师说："妻子必须承认丈夫的优越地位，害怕他，对他尊重和顺从。"那个时期，资产阶级家庭正随着资本主义的上升而发展。有趣的是，在此前的中世纪，英国妇女的地位更接近男性。在资本主义上升阶段，妇女的经济地位反而更低了。对家庭独立的强调也提高了父权和夫权的地位。此外，还有种种政治和道德的原因。

在《失乐园》中，夏娃最早出现于第四、五卷中，基本上是一个理想的清教徒妻子。她像清教徒牧师所倡导的那样，称呼丈夫亚当为："我的光荣"、"我的导师"、"我的首领"。她向亚当表示，她要无条件

地服从他，她说："上帝是你的法律，你是我的法律。别无所知是女人最幸福的知识和她的荣耀。"（第四卷，635 ~ 639 行）

这"女子无知便是德"的要求似乎比中国的"女子无才便是德"更加过分。在史诗里，夏娃总是依靠亚当获得知识，依靠亚当给她解释一切。当天使长向亚当叙述上帝造人的过程时，夏娃自觉地走开，她要等亚当向她转述。

夏娃还表示她很乐于服从亚当。她在这么做的时候不感到时间、季节的变化，只觉得一切都是愉快的（第四卷，639 ~ 640 行）。她还说如果没有亚当，大自然中的一切美和甜蜜也都不存在（第四卷，650 ~ 660 行）。可见她的丈夫就是她的整个世界，她自己和客观世界都没有直接的联系，她丈夫是她和上帝以及她和自然界之间的中介。这一切都表明，她没有自己独立的存在，而这正是当时清教徒妻子的标准形象。

除了服从丈夫之外，清教徒妻子还要做丈夫的贤内助，另外还要给丈夫创造舒适的环境。夏娃最初也是这么做的：她用鲜花、香草装饰他们的婚床，她准备可口的饭菜，她负责收集果子。她是亚当的帮手和伴侣。

清教徒妻子还要为丈夫解闷。她需要知道一些有趣的故事和历史，好让丈夫得到娱乐和感到快活。对于夏娃这样的人类祖先，自然无历史可言了。所以这一点在诗中没得到表现。

清教徒还强调丈夫和妻子要互相适合，也就是性情相符，精神相

通。实际上，主要是要求妻子适应丈夫。史诗中的夏娃是最适合亚当的配偶，是为亚当所生、所存在的。上帝在造夏娃时就说她是亚当的同类，是他的另一个自我。亚当称夏娃是自己的另一半，这很符合中国某作家的名言："男人的一半是女人。"

此外，不少清教徒牧师还强调夫妻要互相取悦，互相帮助，多看对方的美德，夫妻应像甜蜜的朋友一样相处。亚当和夏娃最初正是这样一对甜蜜的朋友，他们总说让对方高兴的话，从不吵架。在第四卷里，他们一起颂扬上帝时，提到他们二人在互爱互助中获得幸福，并说这是上帝给他们的最好祝福（第四卷，724 ～ 730 行）。

亚当和夏娃生活得很幸福、很和谐、很甜蜜，可也很乏味。因为亚当只不过是在和另一个自我生活，而不是和另一个有自己独特个性的女人生活，而且他们的幸福生活也经不起考验。撒旦的到来，立刻就打乱了亚当和夏娃甜蜜、平静的生活。

首先，撒旦通过夏娃的梦向她灌输了自我意识。以前，夏娃从来不是一个自主体，而只是丈夫的影子。她只通过丈夫的眼睛看世界，通过丈夫了解自然中的一切。她没有自我独立存在的概念。她先前在湖里看到自己的倒影时，曾萌发了些许自我意识，但她基本上是通过亚当的眼睛看自己，通过亚当的赞赏才意识到自己的美。在梦里有个声音（实际上就是撒旦的声音）启发她，直接观看大自然中的有趣现象。那个声音告诉她，自然界的一切都等待她去凝视和欣赏，也就是让她对自然中的一切产生自己的视野，而不是通过别人的眼睛看世

界。那声音还告诉她，她的美是自然的愿望，也就是说，她是一个独立的自主体。撒旦还让她在梦中看到一个天使吃知识树上的禁果。那天使说，无论神还是人都不应鄙视知识。他劝夏娃也吃，说吃了禁果就能更幸福，还能变成仙女的一员，时常上天堂逛一逛。夏娃醒来后对自己的梦感到不安。亚当讲了一通道理，安慰了她一番，让她平静了下来。

但是，当这对夫妇在第九卷再度出现时，我们看到一个完全不同的夏娃。她不再称亚当为她的导师或首领之类，而是直呼其名。不用尊称，直呼丈夫的名字是清教徒牧师所反对的。紧接着，夫妇二人发生长时间的争论。这也是前所未有的。争论的原因是夏娃提出他们分开干活，各自在不同的地方照料花草果木，这样干活的效率比较高。亚当不同意，因为他们得到警告，撒旦要来破坏人类。他怕夏娃遭遇不幸，坚持要和她在一起好保护她，夏娃据理力争。她反问道："处于被害的恐惧中，我们还有何幸福可言呢？"她认为外来的威胁正是对他们的信仰、爱情和美德的考验，如果害怕外来威胁就说明他们的幸福是脆弱的（第四卷，326 ~ 337 行）。在他们进行长篇辩论时，夏娃总是振振有词，总是占上风。亚当提醒她应当听话、顺从，可夏娃还是坚持要分开干活。这和以前那个对丈夫俯首帖耳的夏娃判若两人。最后，亚当只好让步了。

此时，夏娃表现出强烈的独立倾向，以及想和丈夫平起平坐的愿望。她不再事事服从他和依赖他。撒旦后来之所以能说服她吃禁果，

也和她不满意自己的二等公民地位有关。地位是上帝规定的，在第四卷中，夏娃表示要绝对服从亚当时，就提到这是上帝的指示（第四卷，第 636 行）。当撒旦对夏娃说禁止吃知识树的果子是为了“保持你的下等地位和愚昧无知”时，她动摇了。她也想不通，为什么上帝要禁止人类变聪明和获得知识。以前她从没想过要和丈夫一样有知识，现在她不仅想超越作为女人所受到的限制，甚至想超越上帝为人类所规定的限制。她觉得这种禁止不利于“内心的自由”（第四卷，第 759 ~ 762 行）。如果我们把史诗中的上帝当做社会的象征，那么史诗中夏娃勇吃禁果的情节就可以象征女性对男尊女卑的社会的挑战。

夏娃这一转变即反映出清教徒思想的内在矛盾，也反映出英国历史上对妇女地位看法的变化。清教徒虽然强调妻子服从丈夫，但也强调妇女在精神上和尊严上是和男人平等的，还强调夫妇互爱互助。但是妻子服从丈夫就很难达到精神平等，也无法感到互爱的自由。在第四、五卷中，我们看到亚当常表示对妻子的爱，可夏娃似乎只有被爱的份儿，她更多表现的是对丈夫的尊敬和服从。清教徒这种对妇女态度的内在矛盾，产生了要求女人和男人平等的呼声。1652 年，英国出现了一本名为《妇女的光荣》的著作，提出妇女在许多方面优于男人。不过，最终瓦解妇女的从属地位的是 1660 年以后个人主义思潮的兴起。本文前面提到斯通的那本历史书叙述了在那时的英国，人们增长了对个性的兴趣，强烈要求个人自治，并开始尊重个人对于财产的权利，以及在出于社会凝聚力需要的限制下发挥个人意志自由的权

利。所有这些都导致人们认识到"从属地位"的不道德。弥尔顿正是在这个阶段完成《失乐园》的，所以，夏娃的变化很可能反映了当时人们的妇女观的变化。

变化后的夏娃进一步受到撒旦的诱惑。撒旦变成蛇的样子去接近夏娃。她很惊讶蛇会说人话。撒旦谎称，他吃了禁果所以变聪明了，会说人话。夏娃看他吃了禁果并没死，就也大胆吃了一个。她开始很兴奋，自己的知识水平和上帝一样了。这种对知识的渴求，也正符合当时英国社会上一些人开始重视妇女受教育的史实，很多人注意到妇女的低下地位和受教育程度低有极大关系。夏娃之所以兴奋自己的知识猛增，也是深知自己的地位将因此得到提高。兴奋之余，她开始考虑是否把吃禁果的事告诉亚当。如果不告诉亚当，她和他的关系就平等了，而且有时她更优越了，因为她吃了知识树的果子，变得比亚当更聪明和有知识了。她知道女人比男人优越的想法是不允许的，可她还是禁不住为这想法高兴了一阵儿。转念一想，如果上帝知道了，惩罚她死，那亚当就要娶另一个女人——上帝就会再造一个女人给亚当做配偶。那是她不能接受的。对夏娃来说，失去亚当的爱远比死更可怕，于是她决定告诉亚当，希望他和她有难同当，有福共享。因为她太爱他了，她说："如果有了他，所有的死我都能承受；如果没了他，生不如死。"（第九卷，第 831 ~ 832 行）这说明她在感情上不能承受与亚当分开，也做不到完全不依赖亚当而独立地存在于世上。不过，她并没放弃要和亚当平等的理想，她在说服亚当吃禁果时，还强调了

“平等”。她说：“你吃了之后，我们的命运就平等了，就像平等的爱情。”（第九卷，第 882 ～ 883 行）之前，她从没提过“平等的爱情”。可见她现在意识到平等在爱情中的重要性，但她没想到有时爱情会影响到女性争取平等。

亚当得知她吃了禁果，大惊失色，知道她上当受骗了。但是出于对夏娃的爱，他决定要和夏娃祸福共享，所以他同意吃禁果，并幻想他们不至于受到惩罚。夏娃深为感动，她相信死亡和对死亡的恐惧都不能将他们两人分开。她没想到吃禁果一事还考验了亚当对她的爱情，否则她无从知道亚当爱她到宁愿和她生死与共的地步。她不禁大喜过望，认为他们吃禁果以后视野开阔了，他们的生活会更丰富，他们因此会有新的希望和新的快乐（第九卷，第 968 ～ 986 行）。

可夏娃的这一美好幻想马上就破灭了。禁果开始在他们身上发生作用。他们都失去了纯真，满脑子肉欲。接着，他们又开始为自己的裸体感到羞耻。周围的一切都变脏、变丑了。以前他们只看到美，只有善良的感情，只知道好的事物，现在他们也看到、接触丑陋与邪恶。他们的内心世界也变了，充满愤怒和仇恨。他们互相变得不信任，疑神疑鬼，意见不合，以前的平静心情被搅得动荡不安。亚当开始埋怨夏娃给他们带来的不幸，而夏娃反唇相讥，埋怨当初亚当没有强迫她和他一起干活，而是同意分开。于是他们开始争吵不休。

这一描写给人的感觉似乎夏娃追求独立平等，反而误入歧途，好像反而证明了女人的智慧和理性不如男人——夏娃刚一开始不服从丈

夫，就马上受坏人引诱而犯错误了。所以有些女权主义学者指责弥尔顿把人类的原罪（或堕落）——吃禁果，写成是夏娃主张独立的愚蠢行为的结果。也有学者解释史诗的含义说，夏娃想变聪明的愿望是好的，但她不能通过反上帝的途径来达到这一目的。另一种解释是，她想自由和获得内在美德的愿望是对的，但是她的愿望被撒旦利用了，反而使她离开了得以聪明和自由的源泉——上帝。

这些分析都不符合史诗接下来的描写。接下来的描写并没显示出夏娃感到自己追求独立和平等是愚蠢行为，她也没有向上帝忏悔的意思。在厄运面前，夏娃比亚当显得更坚强，更有主见，而且最后是她扭转了二人反目的局势。

在亚当和夏娃二人发生争吵后，他们都对吃禁果的举动感到追悔莫及，心中充满痛苦和耻辱。夏娃首先自责给亚当带来不幸。亚当命令她离开他的视野，也就是叫她滚蛋。她并没服从他，而是伏在亚当的脚下，请求他原谅。她希望在他们死之前的短暂时刻，二人能重新修好。

有趣的是，夏娃违背了上帝的规定并没表示后悔，也没在上帝面前自责，可是她不能忍受亚当不原谅她和不再爱她。她在请求亚当原谅时告诉他："上天证明我心中对你的爱和尊重是真诚的。"（第十卷，第 915 ~ 916 行）对夏娃来说，吃禁果带来的最坏后果是造成亚当的不幸和悲哀（第十卷，第 936 行）。夏娃好像又回到了从前，把丈夫当做自己的全部世界，并且又恢复了屈从于丈夫的地位。可是，她并

没像以前那样对亚当使用尊称。

早先的夏娃对待亚当像对待上帝，现在她对待亚当更像是对待一个生死恋人。夏娃并没完全回到过去，这从她对上帝的态度也可以看出来。她对上帝的态度和她决定吃禁果时的态度相似，她在请求亚当原谅之后，提议二人在上帝赐死前就一起自杀。这不是成心和上帝对抗吗？不过上帝并没赐他们死罪，只把他们逐出乐园。夏娃听到这一消息时，对上帝不满道："预想不到的打击，比死还糟！"（第十一卷，第 268 行）虽然夏娃仍有反抗上帝（也就是不公平社会）之意，但受到打击的她首先想到的是不能失去亚当。为了挽回亚当的爱，她宁愿放弃追求平等的地位。自怜自悯的亚当在夏娃的爱的影响下恢复了正常状态，也恢复了对夏娃的爱。

在吃禁果的整个情节里我们看到，亚当对夏娃的爱影响到他犯下吃禁果的大错，而夏娃对亚当的爱则影响到她成为和丈夫完全平等的独立的人。这说明女人对男人的感情依恋，恰好成为女人获得独立自主，以及和男人完全平等地位的障碍。当一个女人爱一个男人到忘我的地步，也就是像夏娃一样把爱看得比自己的生命还重要，那这个女人就容易丧失自我，使自己变得从属于所爱的男人。

夏娃争取平等和独立后因吃禁果受到惩罚，可以象征女性争取独立的道路不可能一帆风顺，总会受到挫折和阻力。这也正符合英国历史上的真实情况。在英国历史上，妇女最初争取平等的行动也曾受到打击。妇女在英国内战时期（1642—1651）起了很大作用。在推翻皇

权后，她们要求有和男人一样的参政权利，拒绝妻子由丈夫代表的观念。她们的行动曾一度颠覆了要求妇女在家里从属于男人的原则（见斯通著作，第 339 ～ 340 页）。但是这种呼声不久就减弱了。因为只要妇女被限制在家里，只生活在二人世界，她们的幸福就取决于男人的情爱。夏娃在受打击后，也意识到亚当的爱是她唯一的幸福来源。没有了亚当，她独自一人要独立、平等有什么用？所以，在史诗的结尾，夏娃对亚当说："你对于我，是天下的一切。"（第十二卷，第 1608 行）

《失乐园》中的夏娃争取男女平等失败的例子给了我们如下启发：如果女性只生活在二人世界，爱一个男人到忘我的地步，或把所爱的男人看得比自己的生命还重要，那这个女人就容易变得从属于所爱的男人，因而难以实现和男人在地位上完全平等。

12 平凡女性的爱情

本文品读的是福楼拜的《包法利夫人》及德莱塞的《嘉莉妹妹》，参考的是《包法利夫人》的英文译本和《嘉莉妹妹》的英文原著。长段引文出自安徽文艺出版社出版的由肖淑蕙翻译的《嘉莉妹妹》中文译本。

居斯塔夫·福楼拜（1821—1880），法国著名小说家，长篇代表作有《包法利夫人》（1858）和《情感教育》（1869），短篇杰作有《一颗简单的心》等。《包法利夫人》被许多著名作家评为最伟大的小说之一，涉及浪漫爱情、社会环境、妇女地位、艺术文化、语言缺失等诸多主题。

西奥多·德莱塞（1871—1945），美国著名小说家，主要作品有长篇小说《嘉莉妹妹》（1900）、《珍妮姑娘》（1911）和《欲望三部曲》（1912—1945）。《嘉莉妹妹》被称为最伟大的美国都市小说，涉及美国梦、物质主义、精神危机等主题。

“有一半涉世未深的纯洁心灵是被非人为的影响力带坏的。城市里喧闹的人声和热闹的生活，加上鳞次栉比的楼房建筑，在令人惊愕的同时，又令人怦然心动，教给人们模棱两可的生活意义。”

《包法利夫人》和《嘉莉妹妹》两部小说都塑造了某种富有典型意义的普通女性形象。小说诞生一百多年后，在当今世界上，我们仍可看到千千万万个包法利夫人和嘉莉妹妹。

爱玛·包法利和嘉莉最初都是来自农村的纯洁女孩儿。她们都出身于普通家庭，也都没受过太多教育。她们在社会上的地位都属于无足轻重的一类，但她们都渴望改变自己的生活。这种渴望也是可以理解的，她们只是追求千千万万女性所追求的梦想。感情饥渴的爱玛希望得到书里描绘的那种贵妇人的浪漫爱情，物质贫困的嘉莉向往上流社会的生活享受和高雅气氛，特别是高档的衣服和首饰。爱玛的梦想

破灭后自杀身亡，嘉莉的梦想终于实现了，可她一点儿也没感到幸福。

两部小说都告诉我们，由于女主人公自身的局限，她们的梦想都带有肤浅、虚假的性质。由于她们自身的局限性，她们特别容易受男人的欺骗。小说表现出，女性产生虚假的爱情幻想并进而走上歧途，和她们周围的男人以及她们的生活环境有很大关系。

我们先看看爱玛的爱情幻想是如何破灭的。爱玛的父亲是个殷实的庄稼汉，后来破产了。爱玛年纪轻轻就嫁给刚死了妻子的包法利医生。她原以为和城里人结婚会改变她在乡下的无聊生活。可婚后她发现丈夫枯燥无味得要死，小镇生活也平凡单调得要命。而她向往的是书中描写的那种贵妇人的浪漫爱情和生活。后来，她有机会参加了一位侯爵的舞会。见识了上流社会的生活后，她想改变自己生活的愿望变得更强烈了。她先后爱上两个对自己感兴趣的男人，每次她都激动万分，以为自己找到了真正的浪漫爱情。她先是爱得如醉如狂，但后来都以彻底失望告终。她最后得出结论：婚外情和婚姻一样毫无趣味。她认为小说里写的都是谎言，生活中没有任何值得追求的东西。她还欠下服装商人大笔债款而陷入绝境，最后她撇下年幼的女儿自杀了。实际上，她寻死主要是由于自己的梦想破灭，在一刹那她都忘了自己欠债的事儿了。

爱玛本是个美丽、可爱的年轻女性，聪明能干，热情奔放，富于想象力，可是却落得悲惨下场，原因之一是爱玛自身的局限性，比如她对文学的爱好属于较低的层次，并且还很容易受这些庸俗文学作品

的影响。书中写道："这些平淡无奇的作品，风格庸俗，音调轻浮，却使她隐隐约约地看到了感情世界富有魅力的幻景。"有人把包法利夫人和唐吉诃德作了类比。后者看了大量胡编乱造的骑士小说后就真的做起骑士来，爱玛则是受到罗曼小说的影响而想模仿书中人物去经历浪漫爱情。作者在小说中还这样总结爱玛："在她奔放的热情中，却有讲究实际的精神，她爱教堂是为了教堂的鲜花，爱音乐是为了浪漫的歌词，爱文学是为了文学热情的刺激。"这说明她缺乏对艺术、宗教的领悟，没有得到音乐和文学的真谛，只停留在欣赏一些表面的东西。爱玛也读一些浪漫主义时期的名著，可她对浪漫文学的理解很浮浅。"她多么盼望在瑞士山间别墅的阳台上凭栏远眺，或者把自己的忧郁关在苏格兰的村庄里！她多么盼望丈夫身穿青绒燕尾服，脚踏软皮长筒靴，头戴尖顶帽，手戴长筒手套呵。"（第七章）从这些描述可以看出，她的梦想中没有浪漫主义者那种高尚的心灵渴望。也就是说，她渴望的并非有意义的东西，而只是皮毛一类的模仿。正像作者分析的："在她的渴望里，她误以为奢华享受就是心灵愉快，雅致的习俗就是美好的感情。"她追求的爱情也带有虚假性质，只是一种通俗罗曼小说反复弹奏的陈词滥调。她激情澎湃地吐露的情话甚至都让她的情人感觉和别的女人的情话那么相同，那么千篇一律。

爱玛之所以有悲惨下场的第二个原因是，她对于生活存在着不切实际的幻想。在她结婚前，"爱情仿佛是一只玫瑰色的大鸟，只在充满诗意的万里长空的灿烂光辉中飞翔"，而实际婚姻生活毫无浪漫玫

瑰色和灿烂光辉，这自然让她失望。在偶然参加了侯爵的舞会后，她就成天关注杂志和书中描述的巴黎上流社会的生活。“而且无论什么东西，如果离她越近，她越懒得去想。她周围的一切，沉闷的田野、愚蠢的小市民、生活的庸俗，在她看来，是世界上的异常现象，是她不幸陷入的特殊环境，而在这之外，展现的却是一望无际、辽阔无边、充满着幸福、洋溢着热情的世界。”这一段描写生动地说明爱玛的大脑是如何脱离自己的实际生活。她整天沉浸在自己的主观想象里，因此生出不切实际的梦想。那么梦想的破灭也就不可避免了。

研究福楼拜的一些评论家曾把许多女店员、女工羡慕电影明星的生活和爱玛·包法利羡慕贵妇人的生活作类比。德莱塞笔下的嘉莉妹妹恰恰是由女工变成了戏剧明星。她好像实现了众多女店员、女工的梦想，也实现了爱玛的梦想之一——住在大城市，享受豪华的生活，可她在实现梦想后一点儿也没觉得幸福。这是怎么回事儿呢？

嘉莉不像爱玛那么有想象力，也没有那么充沛的感情。她更像个普普通通、讲求实际的女孩儿。她被称为是千千万万想逃避单调、狭隘的生活，想穿漂亮衣服和大开眼界的女孩儿中的一个。嘉利在18岁时从乡下来到大城市芝加哥，因为大城市“像磁铁一样吸引着她”。作者形容她聪明、美丽，但对书本不感兴趣，只渴望种种物质享受。没过多久，她就对在城市打工的艰辛生活感到难以忍受了。她经受不住推销员的引诱，成了这个花花公子的情人，过上了舒适的生活。开始她觉得很幸福，可由于她和推销员的结合并不是由于

真正的爱情，只是为了物质生活的改善，很快她就开始对自己的现状——住的是公寓而不是豪宅，感到不满和不快了。后来，一个富有的酒店经理迷上了她。她也被他吸引，禁不住爱上了他。实际上，她爱的主要是他的华丽衣着和事业上的成功。

嘉莉对爱情的幻想，实际上就是通过有钱的男人来实现自己的物质欲望，因此她的爱很难长久。嘉莉随酒店经理出走时还对他挺有爱意的，所以后来嫁给了他。可是因为他的新生意没起色，经济状况不怎么好，她很快就感到生活乏味了。特别在她和一个有钱的太太去百老汇看戏，置身于贵妇人的高雅华丽服装和五光十色的饰物当中时，她就更对自己的境况不满了。最后她丈夫每况愈下，还成了赌徒。嘉莉为生活所迫到戏院求职，几次碰壁后终于谋到个职位。她开始很兴奋，可马上为自己在舞台上微不足道的地位感到沮丧。但是，她渐渐地走向成功。她走红以后离开了丈夫。当她终于得到了当初梦寐以求的荣华富贵时，并没感到快活，而只感到寂寞孤独。作者告诉我们："这时嘉莉已经达到了那初看上去像是人生的目的，或者至少是部分地达到了，如人们所能获取的最初欲望的满足。她可以四处炫耀她的服饰、马车、家具和银行存款。她也有世俗所谓的朋友，那些含笑拜倒在她的功名之下的人。这些都是她过去曾经梦寐以求的东西。有掌声，也有名声。这些在过去遥不可即、至关重要的东西，现在却变得微不足道、无足轻重了。"这时，她好像已经对什么都提不起兴趣了。那是因为她苦苦追求的，只不过是一种不能使心灵满足的虚幻的东

西，而她的心灵已在这种追求中被折磨得疲惫不堪。

德莱塞也多次指出嘉莉自己本身的局限性。当嘉莉和推销员同居后，作者评论道：“嘉莉在家时并没有受到多少家教，没有树立起良好的生活原则。如果那样的话，她现在一定要饱受良心的责备而痛苦不堪了。”实际上，嘉莉最初也对自己的行为有不好的感觉。“她从镜子里看到一个比以前漂亮的嘉莉，但是从她脑中的那面镜子里，她看到了一个比以前丑恶的嘉莉，那面镜子代表了她自己的看法和世俗的见解。她在这两个影像之间摇摆不定，不知道该相信哪个好。‘唉，你堕落了！’那声音说。”但是她并没感到“痛苦不堪”，而是很快就心安理得地接受推销员为她安排的一切了。

作者还指出，嘉莉的想象力总是局限在一个狭窄的圈子里，总是盘旋在关乎金钱、外表、衣服和娱乐的那一点上。嘉莉曾碰到一个叫艾美斯的年轻人。艾美斯鄙视豪华享受，指责富人挥霍金钱，嘉莉喜欢的某本流行小说也遭到他的批判。他曾向嘉莉暗示，她应当看更高水平的书和追求更高层次的美。可惜嘉莉没有听从他的劝告，她追求的只是一些表面的物质美，比如美丽的衣服和高雅的环境。

两部小说都表现出，肤浅的女人因为自身局限，特别容易上庸俗、卑鄙的男人的当。爱玛·包法利和嘉莉虽然经历不一样，但她们交往的男人颇为相似。与爱玛偷情的两个男人和与嘉莉同居的两个男人都是同样类型的：一见漂亮的女性就决心把她搞到手。里昂明知爱玛是有夫之妇还要去追她，情场老手罗道夫对爱玛更是耍尽

手腕、百般诱惑，推销员杜洛埃也是情场老手，而那位酒店经理赫斯渥和嘉莉亲密交往多时却从不提及自己有妻子，以至嘉莉误以为他是单身。这些男人对女人的兴趣主要是出于情欲。德莱塞形容杜洛埃："他对嘉莉的需求正如他对丰盛早餐的需求一样。"杜洛埃对嘉莉的内心孤独和变化毫无察觉。赫斯渥后来对嘉莉也漠不关心，只把她当做伺候自己的女仆。爱玛的情人也只把她当做玩物，当她陷入绝境向他们乞求帮助时，他们马上溜之大吉。

这两部小说都揭示出，女性走上歧途和男人的诱惑有很大关系。爱玛第一次爱上里昂时，并没有越轨行为，还是相当克制自己的，她主要是在罗道夫的诱惑下才变得越来越大胆和肆无忌惮。嘉莉也是受男人诱惑而误入歧途的，推销员第一次给她钱让她买衣服时，她虽然在商店衣柜前流连不舍，但她还是痛下决心把钱还给他，可推销员坚持带她去买衣服，一步步引她进入他设计好的圈套。

两部小说也都强调了环境对女主人公的影响。在福楼拜的小说里，感情充沛、想象力丰富的爱玛和周围那种枯燥、机械的环境形成鲜明对照。作者把爱玛的出轨表现得很有几分让读者同情。爱玛的丈夫是个俗不可耐的人，虽然他对爱玛百依百顺，爱护备至，可他毫不关心她的情绪，对她的内心世界和感情变化毫无所知，也从不和她进行任何感情上的交流。感情饥渴的爱玛有一次对牧师说："我在想那些女人，她们有足够的面包，可是没有……"她想说爱情或情感之类，可那牧师接道："没有冬天用的木柴？"

这一描写生动地体现了爱玛周围的人们是如何忽视感情，也就是精神上的食粮。作者详细地描写了爱玛所住的小镇上的生活，那是一个单调无聊、缺乏诗意、感情枯竭的世界。爱玛的浪漫幻想虽不切实际，倒也不失为对那种环境的一种反抗。

嘉莉妹妹生活的环境则是工业化的大都市。作者特别强调繁华都市生活对乡下姑娘的巨大影响力。在小说一开始，嘉莉刚登上前往芝加哥的火车，作者就发出了警告："社会具有巨大的影响力，能像最老于世故的人才可能想到的甜言蜜语一样乱人情怀。都市的万点灯火比起情人脉脉含情的迷人眼神来，那魅力是不差分毫的。可以说，有一半涉世未深的纯洁心灵是被非人为的影响力带坏的。城市里喧闹的人声和热闹的生活，加上鳞次栉比的楼房建筑，在令人惊愕的同时，又令人怦然心动，教给人们模棱两可的生活意义。这种时候，如果没有人在她们身边轻声告诫和解说，又有什么谎言和谬误不会灌入这些不加提防的耳朵里去呢？头脑简单的年轻人看不清生活中的那些虚假外表，而为它们的美所倾倒，就像音乐一样，它们先令人陶醉松弛，继而令人意志薄弱，最后诱人走上歧路。"从乡下到芝加哥来寻梦的嘉莉正是那种涉世未深、头脑简单的年轻人，她在华丽的衣着和优雅的环境里看到了生活意义，很快她就变得意志薄弱，并因此走上歧途，成为花花公子们的玩物。

高档商店林立的纽约百老汇大街让嘉莉受到的刺激更大。"从剧院里出来后，还是这条百老汇大街给她上了更为深刻的一课。她来时

看到的场面现在更为壮观，达到了高潮。她可从未见过如此华丽挥霍的盛况。这更加坚定了她对自己的处境的看法。她等于没有生活过，根本谈不上享受过生活，除非她自己的生活中也能出现这种情景。她每走过一家高雅的店铺，都能看到女人们花钱如流水。鲜花、糖果和珠宝看来是那些贵妇人的主要兴趣所在。而她呢，她甚至没有足够的零用钱让自己每个月都能这样出来玩几次。”

这是德莱塞一百多年前对嘉莉的心态的描述。这描述道出了从那时一直到现在，多少社会中下层普通女性的心声啊！更何况，现在还有电影、电视剧淋漓尽致地表现有钱人的奢侈生活，更让许多人产生“没有过豪华享受就等于没有生活过”的思想了。当嘉莉终于实现了目标，过上豪华生活时，她并没感到自己是在“享受生活”。她只感到寂寞、孤独。

《包法利夫人》和《嘉莉妹妹》两部小说在刚出版时，都曾分别受到当时法国和美国批评界的攻击。因为这两部小说中的女主人公都不是贤德淑女，而是有道德缺陷的女人。法国一些评论家批评《包法利夫人》一书缺乏正人君子和积极的价值，没有表现真善美。美国评论界则称《嘉莉妹妹》为“没有一点儿阳光”的“腐败之作”。

像爱玛和嘉莉这样的肤浅美女，从没在以前的文学作品中作为主要描写对象，以前文学中的女性人物，或者是提供模范的好女人，或者是提供教训的坏女人。

《包法利夫人》发表三十多年后，在19世纪的90年代，其伟

大现实主义杰作的地位终于被确立了。人们认识到爱玛·包法利代表了真实的人类经验。有评论家指出，人们最初被这书吓着了，因为那书里的角色可能就是他们自己。

19 世纪末、20 世纪初的美国著名小说家亨利·詹姆斯说：世上存在无数潜在的包法利夫人：有无数的虚荣、无知的年轻女人，过着平庸、丑恶和愚昧的生活，她们情绪不稳定，并且对豪华的享受、男人的赞美、悦人的感觉和自认为漂亮女人应享受的权利有高度天然的鉴赏能力。

当代美国评论家们也指出，爱玛在今天的副本，就是那千百万如饥似渴地去看，那些描写不可能实现的爱情，以及豪华宫廷生活的电影以逃避现实的人。所以这部小说不仅仅是讲女性的带有普遍性的幻想，而且可以说是反映了人类某种普遍性的幻想。

《嘉莉妹妹》后来也被美国评论界确立为有划时代意义的作品，因为这部小说塑造了美国文学中第一个真实的现代女主人公，而且人们认为这本书中的人物都特别真实。美国作家辛克莱·李维斯在接受诺贝尔文学奖的讲演中，称《嘉莉妹妹》为伟大杰作。

这本小说到现在也还没过时。我们现在读这本小说时，会感到书中描写的一百多年前的生活离我们现在的生活并不遥远。虽然那时没有种种高科技带来的享受，但书中人物的追求和梦想与我们这个时代没什么区别，比如小说中的下面这段话，对今天的人们应该仍有巨大的启迪意义：

当你置身于豪华的住宅、精美的马车和金碧辉煌的店铺、饭馆和各种娱乐场所之中，当你嗅到了花香、绸香和酒香，当你领略了生活奢侈的人发出的心满意足的笑声和似寒矛般闪闪发亮的目空一切的眼光，当你感到像利剑一样刺人的笑容以及那炫耀显赫地位的趾高气扬的步伐时，你就会明白什么是有权有势的人的气派。你也用不着争辩，说这并不是伟人的境界。因为只要世界注重它，人心视它为必须达到的一种理想的境界，那么，对这种人来说，这就将永远是伟人的境界。而且，这种境界造就的气氛也将给人的心灵带来无法挽回的后果。这就像是一种化学试剂。在这里过上一天，就像点上了一滴化学试剂，将会影响和改变人的观点、目的和欲望的颜色，使之就此染上这一色彩。这样的一天对于没有经验的心灵就像鸦片对于没有烟瘾的肉体一般。一种欲望由此而生，倘若要得到满足，将永无止境，最终导致梦想和死亡。唉，尚未实现的梦想啊，咬啮着人心，迷惑着人心，那些痴心梦想在召唤和引导着，召唤和引导着，直到死亡和毁灭来化解它们的力量，把我们浑浑噩噩地送回大自然的怀抱。（第三十章）

从德莱塞的时代——19 世纪末期到现在，人们对于有钱、有权、

有势的人们的注重并没减弱，而且变本加厉了，人们视生活奢侈为理想的境界也更普遍了，所以《嘉莉妹妹》所写的不仅仅是女性的梦想，也代表一种人类的普遍梦想。德莱塞上面这段话清楚地表明，只要这种物质主义盛行的社会环境不变，人们就还会产生同样的追求和梦想。而人类的物质欲望永远不可能满足，结果必然是走向毁灭。不仅是精神上的毁灭，甚至还可能是整个大自然的毁灭。

在今天的中国，那些受通俗爱情小说和好莱坞爱情电影影响而不断想入非非的女性，都能在包法利夫人的身上看到自己的影子；那些因崇尚高档生活而爱上富商从而被金屋藏娇的年轻女子，都能从嘉莉妹妹的身上看到自己的未来。

13 才女的理想爱情

本文品读的是明清才子、佳人小说。最有代表性也最有名的才子佳人小说是《玉娇梨》《平山冷燕》《凤凰池》和《好逑传》。

才子、佳人小说强调夫妻之间应该才学相当，有共同兴趣，以及互敬互重，这种知己加诗友或文友的美好关系，凸显出当时知识女性最美好的愿望。

有才的女性希望嫁什么样的男人？才女心目中的理想爱情是什么样的？明清才子佳人小说对这类问题提供了有趣的答案。这些小说在婚姻、爱情方面所表述的某些理念不仅不过时，甚至比当下的流行观念还更超前。比如现在男人喜欢大谈什么“红颜知己”。事实上，才子佳人小说在男女互为知己方面表达了比“红颜知己”更先进的观念。

明末清初，也就是17、18世纪，中国出现了大量才子佳人小说。美国一位学者海斯尼在其博士论文《美丽的、有才的和勇敢的：17世纪中国学者—美女罗曼小说》（Beautiful，Talented and Brave: Seventeenth Century Chinese Scholar-Beauty Romances）中总结了才子佳人小说的情节模式：学者遇到美女，堕入爱河，克服困难，通过官方考试，娶了美女，从此过上幸福生活。

才子、佳人译成英文后变成“scholar”和“beauty”，其意与原词含义并不完全相同。英文的“scholar”（学者）指所有做学问的人，而中文的“才子”则一般指有才华又风雅的年轻文人。“scholar”一般都有较高学位，而才子不一定有学位，而且不少才子在中举或金榜题名前就已才名远播了。英文的“beauty”（美人）也是泛指所有貌美女子，而“佳人”的“佳”字并不单指美貌，还包含才、德、雅等各方面。无才无德、举止粗俗的美女绝不能称为佳人。明清才子佳人小说格外强调佳人的才华，小说中的女主人公都被描写成超级才女，甚至顶级才女。

才子、佳人小说虽然是讲英俊才子和美丽才女之间的爱情故事，但并非罗曼小说一族。海斯尼视其为罗曼小说，自然难得其真味。他认为才子佳人小说中的浪漫爱情都缺乏爱的感性方面的描述，而只着重智慧和道德方面的考虑，作者主要编造复杂的戏剧性情节，而牺牲了更美好的爱与求爱的心理描写。有的美国学者称才子佳人小说是“反浪漫”或表现“贞洁爱”，因为小说中很少表现感情，更没有性描写。才子佳人小说还被指责是美化现实和盲目相信士大夫和官僚的权威，等等，因为故事中的才子佳人大多是开明的士大夫子女，而皇帝则都是促成才子佳人终成眷属的英明君主。

作为通俗类型化小说的才子、佳人小说，并不以反映现实或表现浪漫感情为目的。这些小说大多是为迎合当时读者，特别是中、上层青年男女知识分子的心理或幻想而编造出来的故事。小说的主要目的

是娱乐，所以都以曲折的情节为主，人物塑造和心理描写都比较欠缺。

以现代人的眼光来看，才子、佳人小说比较有意思之处，是反映出当时一些知识女性的理想和幻想。比如：女性在才智上和男性平分秋色或高出一头；女性择偶首先看对方是否有才而不是以貌取人（更可贵的是男性也是如此）；女性自择婚配而不是由父母包办；夫妇关系建立在互相理解、互相欣赏的知己关系基础上；夫妻之间没有基本的性区别，等等。那个时代的才女们的婚姻理想，实际上也能给现代人不少启发。

最有代表性也最有名的才子、佳人小说是《玉娇梨》、《平山冷燕》、《凤凰池》和《好逑传》。

《玉娇梨》中的才子是苏友白，佳人有两位：白红玉和卢梦梨。红玉极富诗名，她决意要嫁一个诗才与自己相当的才子。红玉和友白互看了对方的诗后未见面就立即爱上对方，可见这一对佳人才子都是以才取人而非以貌取人。另一个追求红玉的男人弄虚作假，把诗上的署名掉换，致使红玉产生误会。追求红玉的假才子还屡屡抄袭苏友白的诗，骗取了红玉父亲的赏识和许婚。后来红玉通过丫鬟的帮助得知真相，决定要嫁友白。她叫友白去找她的舅姥爷做媒。在去找舅姥爷家的途中，友白碰到女扮男装的卢梦梨，二人成为密友。梦梨鼓励友白去应试。后梦梨又得以与红玉见面，原来二人还是表姐妹。这姐妹俩因互相欣赏对方的才学而变得亲密无间、难舍难分。又经过一番曲折，姐妹俩都嫁给了苏友白。故事结尾说，他

们三人相敬相爱，十分和美。

《平山冷燕》中是二才子分别娶二佳人。二佳人山黛和冷绛雪被誉为“天才”和“仙才”。二才子平如衡和燕白颔则被称为天下奇才。才子和佳人也是因为偶然看了对方的诗后，即起爱慕之心、相思之情。经过一番误会、分离、冒险、曲折，才子、佳人终于克服了小人或恶人制造的障碍，通过皇帝的帮助而成亲。两对才子佳人的婚事好事多磨的原因之一，也是有假才子抄袭真才子的事件发生。看来文人抄袭的风气在中国自古就司空见惯，不足为奇。

《凤凰池》中也有二才子二佳人。才子云剑遭奸人陷害落难，改名换姓以卖画为生。后与总兵女儿文若霞通过交换题扇诗而相爱定情。云剑去求功名后，不料总兵平叛被陷，家人受到牵连。若霞女扮男装出逃，投奔巡按做了幕僚。巡按爱其才学人品，将女儿湘兰许配给“他”。若霞告知湘兰实情，二位佳人成了密友。其间，另一才子水伊人见到云剑诗后也生思慕、结交之心，到处寻找云剑。因有人弄虚作假，冒云剑名行事，使伊人产生误会。后二才子终于相见，成为如胶似漆的密友。又经过种种曲折巧合，云剑终娶若霞。若霞又做媒让伊人娶了湘兰。

《好逑传》的故事与上述三个故事不同。此故事很早就被译成英文、法文、德文等在欧洲流传，甚至还曾受到歌德的赞赏。在这个故事里，才子铁中玉和佳人水冰心并未交换诗作。冰心只在言谈中展现了她的学问之深广，铁中玉也只在故事末尾展现了一下诗才、文才。

故事更强调的是二人的侠义和人品，中玉是见义勇为的侠客，冰心是才胆胜过须眉的侠女。冰心以其智慧多次粉碎大官儿子—— 一个恶少娶她的阴谋。地方官又强迫冰心嫁那恶少，铁中玉碰巧发现，救了冰心。恶少报复中玉，给他下了毒。冰心不顾外人诽谤，把中玉接至家中疗养。二人互相欣赏、爱慕但不愿结婚，因为他们原是出于无私才救了对方，他们想向外人表明他们是英雄之间的友情。用铁中玉的话说是："若已成义侠，而再议婚姻，不几此义侠而俱失乎？"后来虽然他们在父母之命下结婚，但二人不同床。铁中玉后来向皇帝解释道："若花烛而即结二性之欢，则养病之嫌，终身莫辨矣。故臣与水冰心至今犹分居而寝，非好为名高，盖欲钳众人之口，而待陛下之新命，以为人伦光耳。"他们守身如玉之举终于粉碎了小人、恶人的谣言诽谤，不仅保住自己的操守名节，还捍卫了当时社会上重视的礼义名教。正所谓："两番花烛，而犹不肯失身，欲以保全名节，以表名教，以美风化。"最后在皇帝的干涉下，二人才二次结婚成为真正夫妻。这故事确实表现出所谓的"贞洁爱"。

才子、佳人小说的主题之一似乎就是和"女子无才便是德"唱反调。这几部小说都大力赞赏才女之才，实际上起到了提倡女子大力发展其诗才、文才甚至治国之才的作用。

在这四部作品中，佳人的才智都超过才子。《玉娇梨》中的红玉为父亲写的菊花诗惊倒了他父亲的文友，他们评论说世上没有诗人能比得上她。头号才子苏友白看了她的诗也赞叹不已："天下竟有这

般高才女子，可不令世上男人羞死。”另一佳人卢梦梨的诗才也和红玉不相上下。《平山冷燕》中的佳人山黛诗才更是了得，十岁就赢得“弘文才女”美名。皇帝赐她一把玉尺，给她衡量天下诗人才能的权力。六位名臣和她比诗文，都败在她手下，故有“十龄才女压群英”之说。另一佳人冷绛雪的诗才也不亚于山黛，因此得以和山黛成为亲如姐妹的朋友。两位最有名的才子燕白颔和平如衡在和二位佳人比试后，也承认佳人的超级才能。《凤凰池》中的佳人文若霞不仅有诗才，还有治国之才。她在做巡按助理时，巡按遇疑难之事必要她“划策定计”。她“每发一言，巡按无不信服”。《好逑传》中的水冰心则是在智慧上超群出众，被誉为“神人”，因为她总有神机妙算。她还被称为有“大才大智”，以及“有才有胆，赛过须眉男子”。在宽宏大度上，她也胜过男人，她甚至感化了那个唯利是图的地方官。

小说中的佳人们都以有才为荣，甚至视才为命。比如冷绛雪，书中形容她“见了书史笔墨便如性命”。山黛也说：“才人以才为命。”

与明清以前话本戏曲中的佳人不同，这些超级才女都有几分女权主义思想，总想和男人一比高下，或像男人那样施展才能和抱负。小说描写山黛衣着朴素，不喜欢首饰和打扮，十岁时举止就像一个成熟男人而不像一个女孩。她的才能被皇帝发现之前，她总是惋惜自己是女子而没机会施展才华。冷绛雪也颇有男人的志向和抱负。她十二岁就贸然进京想获取功名，她告诉父亲她一定会衣锦还乡。文若霞则被称为佳人中之“才子”、“君子”、“智士”和“英雄”。

她还女扮男装，出外和男人共事，担当起治理国家的重任。水冰心也不甘心做闺阁女子，她听说铁中玉是英雄豪杰时感叹自己不是男人，无法和铁交往。后来，她成功地使铁中玉感到她是一个和他一样的“大豪杰”，而“不似个女子”。她和铁中玉的关系首先是英雄惜英雄的友谊，而不是什么男女恋情。这些描写都显示出才女们如何想与男人平起平坐，以及如何想取消两性之间的差别。

在选择配偶时，这些才女也特别强调才。冷绛雪是乡下人，当父亲问她想嫁城里人还是乡下人时，她回答说：“人家总不论，城里乡间也不拘，只要他有才学，与孩儿或诗或文对做。若做得过我，我便嫁他；假若做不过孩儿，便是举人进士、国戚皇亲，却也休想。”她认为，如果一个男人有才，即使长得不美，也会有一定的魅力——“任是丑陋，定有一种风流”。山黛认为“文字相知，最为难得”，甚至断定有美才者，必有深情。白红玉也认为有才的男子，“纵然丑陋，必有一种清奇之处”。她曾为苏友白的外貌所吸引，但误以为他是个劣等诗人，决定不能嫁给他。因为如果他诗才低劣，她将无法和他交流。

可见，才女最想嫁的男人不是有权或有钱的男人，也不是什么帅哥，而是在文才上和她相配又相知的男人。才华出众的佳人们眼光如此之高，按说应当是难觅佳婿了。不过小说中这些超级才女比起当今的众多才女，比如女博士之类，可要幸运多了。她们都遇到了才学与自己相当的才子。更幸运的是，这些才子在求偶时，也看重女方的才

学而不是外貌。

苏友白就宣称，一个女子如果有貌无才就算不得佳人。《凤凰池》中的才子水伊人批评有些男人把浓妆艳抹、卖弄风情的女人当做佳人，歪曲了佳人的真正含义，他强调佳人必须有和才子一样的文才。平如衡则把有貌无才的女子比做一朵花，当花儿枯萎后就无美可言了。如果一个女子有文才，当她老了以后，她的文才依然使她本人具有雅致美。

平如衡论及女性美确实很有见地。他的原话是："吾兄只知论美，不知千古之美，又千古之才美也。女子眉目秀媚固云美矣，若无才情发其精神，便不过是花耳、柳耳、莺耳、燕耳、珠耳、玉耳，纵为人宠爱，不过一时；至于花谢柳枯，莺衰燕老，珠黄玉碎，当斯时也，则其美安在哉？必也美而又有文人之才，则虽犹花柳，而花则名花，柳则异柳；而眉目顾盼之间，别有一种幽俏思致，默默动人。虽至莺燕过时、珠玉毁败，而诗书之气、风雅之姿固自在也。"好一个"幽俏思致"、"风雅之姿"，不知有多少现代男人能在和才女接触时体会出这一点来。

小说中的才子们不仅重视女方是否有才，而且也不在意女方的才是否超过自己。在超级才女面前，才子并没产生自卑感，也没有结婚后是否会受制于妻子的顾虑。他们对超级才女都很佩服尊重，赞赏有加。那些才子在看了才女的诗后往往自感惭愧，比如平如衡见了冷绛雪的诗后说："真让人愧死。"云剑也称，若霞的高才

胜自己十倍。《好逑传》中描写铁中玉对冰心十分敬服，虚心向她请教，还说冰心胜过他的老师。这种态度在当代知识男性中恐怕也很鲜见吧。

才子对佳人的态度，和故事里的反面人物，也就是那些无才无德、垂涎佳人的恶人，形成鲜明对照。那些低俗男人都视佳人为“尤物”，也就是只把佳人当做性对象。才子们则大不相同，他们虽然也很欣赏佳人的美貌，但他们更赏识的是佳人的才学，而且他们首先视佳人为知己而不是性对象，如铁中玉所说：“水小姐与我铁中玉，可谓知己之出类拔萃者。”

特别要注意的是，才子并没把佳人当成能理解、体贴自己，并能为自己分忧解难的所谓“红颜知己”。“红颜知己”实际上体现了以男性为中心的思想。才子佳人小说反复强调，才子和佳人如何在看了对方的诗后感到对方与自己“才调相同”，也就是才情、学养、情调、志趣等方面相同。才子、佳人的知己关系主要建立在“才调相同”的基础上，是一种互相理解、互相欣赏的平等关系。

实际上，小说中描写的才子与佳人的知己关系，佳人与佳人之间，以及才子与才子之间的知己关系并没有任何区别。这样的描写有某种深刻的含义。

《玉娇梨》中的二位佳人白红玉和卢梦梨就是知己关系。作者形容她们一见如故。在交换了诗作之后，“只因这两首诗就你敬我爱，又添上许多亲热”。她们互相“十分爱慕”，“百般敬重”，乃至“如影

随形，不能相舍”，红玉甚至告诉梦梨，如果梦梨是男人，她肯定会嫁给“他”。为了彼此永远不分开，她们嫁给了同一个男人。这在现代人看来，简直是不可思议。这故事说明，佳人对同性知己和异性知己的态度和感受是一样的。她们脑中似乎并不存在性别差异的概念。

《凤凰池》中的两个佳人若霞和湘兰真的举行了结婚仪式。前面提到若霞女扮男装做巡按助理时，巡按把自己的女儿湘兰许配给了她。两个女子表面上假装夫妇，私底下是知己好友。若霞对湘兰说，如果湘兰找不到真正才子为丈夫，她情愿陪她一辈子。可见，这二女子之间的友情和男女之间的夫妻情一样能达到亲情地步。

在《平山冷燕》中，二佳人之间的关系被形容为“如胶似漆，坐卧相随，你敬我爱”，感情亲密程度也和夫妻无异。才女似乎最重视的是那种彼此才学相当，又亲密无间、互为知己的人际关系，如果不能得一知己丈夫，则有知己女友亦可满足。

小说中的才子之间也都有亲密知己关系，其关系也被形容为“如胶似漆”之类。《平山冷燕》中的平如衡和燕白颔相遇之后就再没分开，一直朝夕共处，出双入对。《凤凰池》中有很长篇幅描写伊人见了云剑诗后，视云剑为难得知己，不辞辛苦，千里迢迢寻找云剑。

从这些对于同性知己关系的描述可以看出，才子佳人小说中表现的知己之间的关系没有性区别。这暗示异性夫妻之间的知己关系也应和同性知己关系一样，是一种完全互相对等的关系。

这四部才子佳人小说中，只有《好逑传》没有关于同性知己的描

述，在其他三部小说中，才子和佳人在结婚前都没机会在一起，而在他们终结良缘之际故事也就结束了，只在故事结尾处形容他们“才美相宜，彼此相敬，百种风流，千般恩爱”之类。只有《好逑传》中的才子、佳人在婚前曾有机会接触。他们多次互救，并曾同住一个屋檐下，但他们一直是以类似同性朋友的关系相处。小说形容他们在一起时，像密友一样说了“千言万语”、“相亲相爱”，但丝毫没涉及私情。这一对才子、佳人即使结婚后，有一段时间还是“夫妇为名，朋友为实，朝花夕月，乐此终生”。作者评论道：“虽不曾亲共枕衾，而一种亲爱悦慕之情，比亲共枕衾而更密。”也就是说，虽然他们没有发生性关系，但他们互相之间的尊重和情谊赛过那些有性关系的夫妇。性关系在才子佳人小说中似乎被排挤到无足轻重的地位。小说主要强调理想的夫妻关系应当建立在互相平等的亲密友情的基础上。

才子、佳人小说如此强调夫妻之间应该才学相当，有共同兴趣，以及互敬互重，这种知己加诗友或文友的美好关系，凸显出当时知识女性最美好的愿望。在那个时代，女性的社会圈子很窄，而男文人则有很多社会往来。中国古诗中有大量“赠友人”的诗，都体现出男性诗友之间那种互为知己、知遇、知音的亲密感情。男性诗友之间的交流远胜过他们和自己妻子的交流。

在大男子主义盛行的时代，大多数男人也不希望自己的妻子和自己才学相当，甚或更胜一筹。再则，大多数男人，即使是有才的男人，就像小说中的反面人物一样，遇到有才有貌的佳人，首先被吸引的是

其貌而不是其才。正如《平山冷燕》中的劣等才子宋信所说："闺阁之才也论不得：他娥眉皓齿，杏脸桃腮，人望之先已销魂。"这话生动地说明，俗男子见到有才又有貌的女子首先引起的是性冲动，而不是产生想与之进行学术、思想交流的愿望。

这些才子、佳人小说反映出知识女性希望自己的才学、才干被知识男性认可、赏识，并得以和知识男性在平等基础上互相交流的强烈愿望。小说也反映出才女不希望才子在选择配偶时首先以貌取人，即便是美貌才女也不希望才子首先看中的是自己的外貌。小说中描写的才子与佳人的知己关系，佳人与佳人之间，以及才子与才子之间的知己关系没有任何区别，正反映出知识女性希望知识男性配偶能像对待同性知己一样对待她们，从而使得夫妻之间能像同性知己一样产生一种较深刻而久远的关系。

才女们心目中的理想婚姻就是：男女双方的知识水平相当、才情志趣相同，并且以互为知己、互相平等的亲密关系为基础。这在今天也还有重要参考价值。

14 英雄与“好色”

本文讨论的中国作品有古典小说《水浒》《三国演义》《儿女英雄传》等。与之对比的西方作品有古希腊、罗马和中世纪欧洲的英雄史诗。本文也涉及当代中国小说《废都》以及 19 世纪的一些欧洲小说。

如果“好色”指的是不正当的异性诱惑，那么英雄确实该有不好色的坚强意志，但我们不能把男女之情和英雄本色对立。英雄和爱情都可以属于崇高伟大的范畴。

“英雄不好色，好色非英雄”是中国的传统观念。“好色”在古代一般指喜好女色，即对女性感兴趣，以及对女性动爱慕之心或留恋之情。此处之“英雄”自然也指的是男性英雄。

中国著名古典文学中的男性英雄，大都不好女色。英雄本色和男女之情是对立的。其结果是贬低了男女之情的地位，其影响是使男女之情的描写庸俗化。而西方古典文学中的男性英雄，却颇有好色者。西方也没有把英雄本色和男女之情对立的概念。在西方文学里，特别是文艺复兴之后的文学里，我们常可以看到作者有意把男女情人英雄化和把男女之情伟大化的描写。

先看看中国古典文学。四大名著中有三部都宣扬“英雄不好色”。在专门描写英雄好汉的小说《水浒》中，那一百单八将大多都与女色无缘。与女色有缘的几个主要英雄，则都有拒绝女色的“光荣”业绩。头号英雄宋江被形容为“是个好汉，只爱学使枪棒，不以女色为念”。此处描写给人的印象，好像“好汉”和对女性的兴趣是对立的。正因宋江对女色无兴趣，冷落了他的妻子婆惜，致使后者发生婚外情。不过书中只谴责婆惜，好像宋江没任何责任。

打虎英雄武松初遇潘金莲时，但见其“脸如二月桃花，暗藏风情月意”，可是武松对此毫不动心。潘金莲对他百般勾引，武松“不凭么理会”。另一重要英雄石秀对于“暗里教君骨髓枯”的巧云也不理会其“风话”，并且后来还替杨雄杀了巧云的情人。那潘金莲和巧云都是有夫之妇，而且其夫分别是武松和石秀的近亲、好友。作为英雄好汉的武松和石秀，对兄长、朋友之妻不动丝毫念头倒也在情理之中。最经得起考验的要数浪子燕青了。李师师并非他人之妻，只是名妓，且与燕青才艺相当，情趣相投。在燕青眼中，李师师色胜“桂宫仙姐”，然而他毫不动情。李师师用话“潮惹”燕青，他确是“好汉胸襟”，不敢承惹。李师师一再用言语来调他，他遂心生一计，拜李师师为姐姐。作者在此处评论道：“因此上单显燕青，心如铁石，端的是好男子。”好像凡是对女性动情者就算不上好男子或好汉了。燕青出言更甚，他说：“大丈夫处世，若为酒色而忘其本，此与禽兽何异？”他竟视李师师对她的情为“酒色”一类。他还认为，若为此情

忘了大丈夫处世之本，就和动物没什么区别了。可见男女之情的地位在他眼里是何等的低。

其他古典名著如《西游记》和《三国演义》也都类同。正面英雄好汉都不近女色，非英雄特别是反面人物则都是好色之徒。比如机智勇敢的孙悟空对女色毫无兴趣，而又馋又懒的猪八戒则十分好色。《三国演义》里的正面英雄好汉都无任何恋情。刘备虽然有恋女色的不良记录，但他视结拜兄弟为手足，妻子为衣服。此等英雄对女性的情感可见一斑。在他眼里，女性和男女之情的地位也都低到不能再低。

《三国演义》中“贼臣”董卓及其义子吕布都被称为好色之徒。其实，董、吕二人对貂蝉的痴情倒有几分动人之处。貂蝉不过是假意勾引，董、吕二人皆为之大动其情。李儒劝董卓为了江山大业，以蝉赐布。貂蝉假称“宁死不屈”，董卓竟为其言所感，作出宁要美人、不要心腹猛将的决定。吕布则见貂蝉挥泪，便感“心碎”。貂蝉假意跳池自杀，吕布便抱住她道：“我今生不能以汝为妻，非英雄也。”此处吕布表现得很有几分情场英雄的气概。不过作者对这等言行毫无赞词。董、吕二人在书中都是作为“死于妇人之手”的反面例子来写的。吕布先是以英雄形象出现，后终因爱美人落得悲惨下场，提供了典型的“英雄难过美人关”的例子。在中国的历史故事中，美人对英雄而言，常成为应警惕的祸水，而非该用情的对象。中国历史上最有名的四大美人中，有两个（西施、貂蝉）都是因成功地当了瓦解英雄意志的工具而闻名。

西方古典文学中的男性英雄颇有好色者。荷马的《伊利亚特》是古希腊最著名的英雄史诗。史诗描写的特洛伊战争，起因就是因为女色。特洛伊人的王子帕里斯诱走了希腊阿凯亚族的首领之一墨涅拉奥斯的美貌妻子海伦。墨涅拉奥斯的哥哥阿加门侬王便率领阿凯亚军队前去讨伐特洛伊人。史诗并没表现“女人是祸水”的概念，反而表现出海伦的倾城倾国之美如何使特洛伊人感到值得为她而战。阿凯亚人的主要英雄也是好色者，史诗开篇，即写两位高级将领阿加门侬和阿喀琉斯因女色而发生争执。在此前的一次战争中，阿加门侬曾俘获了奉祀太阳神阿波罗的僧侣的女儿。僧侣请求用赎金赎回女儿，遭到拒绝，阿加门侬宣称他爱那位年轻姑娘胜过爱自己的妻子。阿波罗因此降下瘟疫，使阿凯亚人的军队惨败。阿喀琉斯召集众将领，促使阿加门侬归还了僧侣的女儿。阿加门侬只能忍痛割爱，但强行夺走阿喀琉斯心爱的漂亮女俘作为补偿。阿喀琉斯一气之下，退出战斗。在那个时代，漂亮女俘是战利品，而丧失战利品是一种屈辱。史诗还表现出，两位英雄失去心爱女俘后的痛苦感情。

无论如何，从中国传统观念来看，这些主要将领不顾自己国家的存亡，为了女人争执不休并退出战场，和“英雄好汉”的称号实在挂不上钩。可阿喀琉斯被塑造成史诗中的头号英雄，他勇猛善战，武艺高强，为朋友甘愿两肋插刀。阿喀琉斯日后成为西方古代英雄的代表人物之一。英雄对女性的兴趣在史诗中只是作为人的自然本性来表现，并没提供任何诸如“儿女情长，英雄气短”或“英雄难过美人关”之

类的教训。

荷马的另一部英雄史诗《奥德赛》歌颂忠于妻子和自己的王国的俄底修斯，描写他如何在海上漂流十年，战胜千难万险，最后终于回到自己的妻子身边，重新成为一国之主。他在海上流浪期间，曾受神女诱惑，沉湎于女色，乐而忘本。虽然他最终战胜了诱惑，但与武松、石秀一类中国古典英雄拒绝女性诱惑的铁石心肠和坚定意志不能相比。和中国古代某些英雄视妻子为衣服绝不相同的是，在这部史诗中，英雄俄底修斯对自己妻子始终如一的感情和深切的怀念，不仅是贯穿全诗的主要内容，也成为俄底修斯作为英雄的重要品质之一。

古罗马文学与希腊文学稍有不同，强调为忠于责任而压抑个性，最著名的英雄史诗是维尼尔的《伊尼德》。主要英雄伊尼西斯为了国家民族大业背叛了他对迦太基女王狄多的情感，致使狄多自杀。伊尼西斯似乎挺符合中国古代那种“处世不为女色而忘其本”的大丈夫形象，但史诗强调伊尼西斯之所以那样做，是神的意志而不是他个人的选择。后来，他在地下碰到狄多的阴魂时痛哭流涕，求狄多原谅，并说当初离开她是违背他本人意愿的。可见，他并没有中国古代英雄那种为了大丈夫责任，就对女性毫不动情的“好汉胸襟”。

中古时期欧洲的一些英雄史诗，如英国的《贝尔武夫》和法国的《罗兰之歌》中虽然英雄没有恋情，但也没有拒绝女色的描写。德国的英雄史诗《尼伯龙根之歌》则有专章描写主要英雄齐格弗里德向美女克林希德求婚和他们结婚的经过。在稍后的中世纪，骑士文学盛

行于欧洲，主要内容就是骑士英雄的恋情以及征战和冒险，骑士对女性的衷情和献身成了英雄本色的一个组成部分。骑士文学中比较著名的英雄传奇有：英国关于亚瑟王的传奇，其中亚瑟王和美丽妻子之间的爱情是主要内容之一；法国的英雄传奇《朗斯洛》，描写骑士朗斯洛为寻找自己的恋人不惜牺牲一切，甘冒生命危险；德国的《特里斯坦》，以骑士特里斯坦和爱尔兰公主伊索尔德之间的生死恋作为主要情节。

如果说，在中国文化传统中，涉及英雄和美人关系的故事的主题常常是“英雄难过美人关”，在西方文化传统中，英雄和美人的关系则常常是“英雄救美人”。“英雄救美”是西方通俗小说和电影中反复出现的主题，这一主题可能正是源于骑士文学。到了近代，“英雄救美”和提倡男性为女性服务遭到西方女权主义者的批评，被认为是视女性为弱者的表现。

对比西方古典英雄和中国古典英雄，可看出前者更多人情味，但在拒绝不正当的异性诱惑时则比后者意志薄弱，而中国古典英雄对待女性相对显得冷酷。实际上，中国历史上的英雄也颇有对女性动情者，如项羽痛别虞姬，陆游爱恋唐婉，但这些都没在古典文学中得到详细描述和渲染，反倒是“英雄不好色”这一点得到大肆渲染。直到中国近代的英雄侠义小说，才提倡情侠并举，也就是把男女之情和英雄气概等同。比如清代末期的《儿女英雄传》，作者在开篇就指出：“侠烈英雄本色，温柔儿女家风。两般若说不相同，除是痴人说梦。儿女

无非天性，英雄不外人情。最怜儿女最英雄，才是人中龙凤。”不过，这类小说中并没多少男女之情的描写，主要是宣扬忠义、侠义之类，多以英雄侠女的壮举、业绩为主，穿插着“才子佳人”小说一类的男女离合故事，而且常有多个美女嫁一个男性英雄的结局。

比起《三国演义》和《水浒》中塑造的英雄形象，那些英雄侠义小说中的人物形象都太薄弱了，所以其影响远不如前者长久和深远。在很长一段时间内，“英雄不好色”的传统观念影响到中国男性对爱情的大胆追求和对女性的情感表达，仿佛对女性动情就减少了英雄好汉气概，对女性示爱就有“好色”嫌疑，而“好色”一词到了近当代，更演变成和“流里流气”的意思等同。

把男女之情和英雄气概对立的另一负面影响，是贬低爱情的价值和导致把爱情庸俗化。英雄属于崇高伟大的范畴，把男女之情排除在这一范畴之外，结果是人们缺乏使男女之情升华和伟大化的意识。

因为缺乏使男女之情伟大化的意识，在中国文学作品和影视作品里，很少有使人感情升华的伟大爱情的描写。相反，那些大胆描写男欢女爱的作品则往往把男女之情庸俗化，也就是色情化，以及把情人“流氓”化。比如《金瓶梅》这部古典小说，原是一部很有价值的、严肃的现实主义文学作品，但里面关于男女之情的描写庸俗不堪，以至这本名著流落成为当今三级片（色情影视片）的脚本。在当代小说和影视作品中，我们也常看到作者故意把对女性有情有义的男人表现得像个“痞子”，或有点儿流里流气，好像“好色”者就得是非英雄

或反英雄形象。

在“性”开放的今天，缺乏使男女之情伟大化意识的男人，则倾向于自我流氓化。情人自我流氓化，实际上是“英雄不好色”的另一诠注，也就是说，只有流氓才好女色。贾平凹的《废都》就非常生动地表现出，一些当代文化名人是如何把爱情庸俗化和把自己流氓化的。小说主人公庄之蝶是有名的小说家，还是所谓的“文坛骄子、青年偶像”。他最初并不是个喜欢玩弄女人或对女人只有肉欲，把女人当做泄欲对象的流氓式人物。相反，他被称为“善于写女人”，很懂女人的作家。他也并非不懂爱情，他曾替别人写过大量情书，他还被刻画成一个感情细腻、颇解风情的多情文人，可是他最后变成了一个流氓式的人物。庄之蝶受着精神和性两方面的压抑。他和妻子的性生活有问题，致使他常常性无能。之后他与唐宛儿一见钟情，或者说互相产生了性吸引。唐使庄恢复了性能力，二者似乎爱得如胶似漆，但关系始终停留在肉体层次上，没有任何情感和精神上的升华和超越。因与唐宛儿偷情得趣，庄之蝶变得一发不可收拾了，他先和小保姆柳月乱来，后又和落难女子阿灿交欢，甚至连文友汪某的妻子都敢勾引。他好像见一个爱一个，实际上又没有什么真爱，连“滥情”都谈不上，只是“滥性”而已。这一不断自我流氓化的过程，最终导致他走向毁灭。

在西方文学特别是文艺复兴之后的文学作品里，我们常可以看到作者有意把男女情人英雄化。比如莎翁的《罗密欧与朱丽叶》本是根

据原有故事改编的，在原故事中，男女主人公仅仅是令人可怜可叹的悲惨人物。在莎翁的剧本中，男女主人公在殉情时表现得像真正的勇士，丝毫不令人感到可怜，而是引起赞叹。再有霍桑的小说《红字》中的女主人公海丝特有一个不幸的婚姻，后来她和一个神甫偷偷相爱，当她的恋情被发现后，她被强迫带上表示“通奸”的红色 A 字示众。作者并没把海丝特描写成一个令人怜悯的悲情女子，恰恰相反，海丝特为了爱情忍受奇耻大辱时表现出大无畏的英雄气概，使她的形象俨然成了一个不亚于圣女贞德的女英雄。在司汤达的小说《红与黑》中，男主人公于连原本是一个出于政治野心而大胆勾引女性的卑鄙情人，在小说结尾处却因真爱而升华到英雄的地位。于连第一次勾引市长夫人时想的是：如果我以后发了财，有人耻笑我当家庭教师低贱，我就让大家了解，是爱情使我接受这位置的。于是，他在深夜闯进德·瑞那夫人的房间，这行为其实和流氓所为无异。他最开始热烈追侯爵小姐玛特尔，也不是出于爱，而是考虑到她家的显赫地位能帮他飞黄腾达。他还使用假装给别人写情书等手段来赚取她的爱。当玛特尔终于委身于他时，他的虚荣心得到极大满足。在德·瑞那夫人被迫写信揭露于连而后者用枪把她打伤之后，德·瑞那夫人和于连之间的爱反而升华，达到顶峰。他们每次在监狱中相会时都充满激情和狂喜。于连因为感受到最大的幸福——“爱”，其他一切包括财富、地位等在他心里都变得无足轻重了。他拒绝向有势力的人求助，也不许别人替他向显贵求情。他死时充满勇气，像英雄一样奔赴刑场。在此我们

看到，爱情如何使一个卑鄙的、像小流氓一样的人升华成了英雄。

综上所述，我们可以得出这样的结论：如果“好色”指的是不正当的异性诱惑，那么英雄确实该有不好色的坚强意志，但我们不能把男女之情和英雄本色对立。英雄和爱情都可以属于崇高伟大的范畴，或者说，战场上的英雄和情场上的英雄同样伟大。我们应当警惕把男女之情庸俗化，而应当有把男女之情升华或伟大化的意志。

15 情种的类型

本文涉及的中国文学作品是从古代到19世纪期间的传统文学作品，主要是古代的话本、传奇和明清小说等。与之对比的西方文学是欧洲从古代到19世纪期间的古典文学作品，有古罗马史诗、文艺复兴时期的戏剧和18—19世纪的小说。

中国古典文学中的女情种，从相思成疾的霍小玉，到思情而死的杜丽娘，再到有不尽缠绵之意的林黛玉都有一脉相承之处，她们始终都只爱一个人，而且是全身心地去爱。她们都单纯是为情而情、为爱而爱，并与情共生死。

情种者，不是指一般的有情人，而是指那些用情极深，为所爱之人不惜牺牲自己，或视情如命，为情献身者。中国古典文学中不乏令人印象深刻的女情种，但特别出名的男情种寥寥无几。相反，倒是那些功成名就之后就抛弃情人或者陷害妻子的无情郎更出名。西方古典文学中颇有不少引人注目的男情种，而女情种不及中国的那么纯情和痴情，其形象比中国的要复杂得多。

在中国古典文学中，我们可以毫不费力地举出一连串女情种的名字，比如为梁山伯殉情的祝英台，为申生殉情的娇娘，怒沉百宝箱后跳江自杀的杜十娘，相思成疾、为失去爱人痛哭而死的霍小玉，为情

人不惜脱胎换骨、忍受巨大折磨的白娘子，因为刻骨铭心之爱而魂灵离开躯体、伴随心上人一同进京的张倩女，与情人私奔被捉后活活打死的女奴崔秀秀，为忠于爱情而血溅桃花扇的李香君，还有对梦中情人一往情深，寻梦不得而病死的杜丽娘，等等。

《醒世恒言》中有个话本叫《闹樊楼多情周胜仙》。女主人公周胜仙与开酒店的范二郎相爱，遭到势利的父亲反对，她一气致死。被掩埋后，她因为沾了盗墓者的阳气生还，又来找范二郎，结果被后者当鬼打死。可她对二郎的爱心未变，还要托梦给二郎表情意，并救二郎出狱。可见这女子有多痴情了。

最痴情的情种可能要属林黛玉了。黛玉先天就“郁结着一股缠绵不尽之意”。她视贾宝玉为知己，对宝玉爱入骨髓，其他男性在她眼里都是“臭男人”。为了爱，她“泪自长流”，“弄了一身病”。宝玉赠旧帕两幅，就令黛玉“神魂驰荡”。宝玉的丫鬟拒黛玉于门外，黛玉就作《葬花词》之绝唱。闻听宝玉定亲，黛玉马上绝食。她死前挣扎着焚帕、焚稿之举，更显出痴情到极处。

中国古典文学中描写男女青年双双殉情或先后为情而死的故事数不胜数，可那些殉情的男情种形象都很单薄，况且大部分又都死而复生终结良缘。只有梁山伯算是比较有名气的为情而死的男情种。另一个稍有名气的男情种是《孔雀东南飞》中的焦仲卿，他的妻子被婆婆逼走自杀后，他也自杀殉情，不过这个故事的重点不在表现爱情，所以也没着力塑造焦仲卿的情种形象。

在中国文化传统中，反倒是那些负心郎更出名。“痴情女子负心郎”的故事是中国古典文学及民间文学的爱情故事中最常见的一种。霍小玉的情人李益，杜十娘的情人李甲，《王魁传》里的王魁，《金玉奴棒打薄情郎》中的莫稽，《莺莺传》里的张生等都是出名的负心郎，但负心郎中“名气”最大的还是陈世美。陈世美已经成了负心郎的代名词，没有任何一个中国男情种的知名度可以和他相比。

实际上，中国古代文学中也有颇让人感动的男情种。《世说新语》中讲述了魏晋时期一个叫荀粲的名士对妻子如何深情的故事。冬天他妻子生病发热，他就站到院子里先把自己冻凉，再去用自己的身体给妻子降温。他妻子病逝后不久，他也因哀痛成疾不久于人世，可见其痴情程度。可他的事迹当时并没受到世人称赞，而是受到讥讽，因此也没得到广泛流传。后人也没把他的故事编成戏文，致使该男情种至今仍默默无闻。

事迹得以流传、稍有名气的男情种是南朝宋代《幽明录》中讲述的买粉儿故事中的男主人公。那富家子弟爱上了一个贫贱的卖胡粉的女郎，为了接近她，每天去买胡粉，买了一百多次后，终于感动了女郎同意和他约会。二人第一次欢会，他就由于过分激动而死。他父母不知儿子为何而死，清理儿子的房间时，发现其箱中有一百多包胡粉，放得整整齐齐。可见那男子追求卖胡粉女郎并非只出于性欲而拿买胡粉当做借口，珍重收藏的胡粉体现出他对那女子的深情厚意。不过，这男情种第一次欢会就激动而死，使其形象颇有几分可怜相。

中国古典文学中最痴情的男情种当然非贾宝玉莫属了。宝玉也为黛玉弄了一身病。他睡梦里也不忘林妹妹。黛玉死后，他就出家当了和尚。可是比起黛玉的痴情，宝玉就显得用情不那么专一。作者对宝玉的痴情也不像对黛玉的那样作彻底的正面肯定和歌颂，比如作者称宝玉的痴情为“意淫”，还说宝玉“生成有一种下流痴病”，对黛玉的痴情就绝无“淫”及“下流”这样的字眼，而是表现得非常有美感。

可见在中国文化传统中，女性对男性痴情被认可和赞美，男性对女性痴情就好像有损英雄好汉或正人君子的形象。中国文化传统提倡大丈夫为国捐躯，以及为朋友两肋插刀，而为女情人作牺牲或捐躯似乎与英雄形象联系不起来。因此，男性对女性痴情很少在文学作品中得到渲染，就连专门要反传统的曹雪芹在大肆渲染宝玉对女性的痴情时，也不得不注意点儿策略，采用措辞迂回的手法。当然宝玉的形象有丰富内涵，非一个情种能概括。

在西方古典文学中，特别是在文艺复兴之后的文学作品中，则能见到不少高大、光辉的男情种形象。莎翁笔下的罗密欧就很突出。在该剧中，修道士策划用一种能使人假死的药帮助朱丽叶逃婚，然后她和罗密欧一起私奔。此计划的失败完全是由于罗密欧得知朱丽叶的“死”讯后立即决定自杀，他正好死在朱丽叶醒来之前。中国古代爱情作品中颇多起死回生一类的描写，以表明爱情如何能创造奇迹。而罗密欧的举动则显示出，他对朱丽叶的爱的力量强大到把假死药能带来的奇迹都破坏了的程度。他自杀时的情景，被表现的就像是舍生忘

死、义无反顾的英雄奔赴战场。该男情种的形象非常英勇、豪迈，丝毫不让人觉得可怜。

中国的男情种也能做到舍生忘死，但其形象常被塑造得可怜兮兮的。除了上面提到的买粉儿故事中的男主人公外，还可举出明传奇《心坚金石传》中的李彦直为例。李的情人丽蓉被强选为歌伎，用船送往京城。他追着船跑了千里路，变得不成人样儿，最后气绝而死。那情景被描写得实在惨不忍睹。

莎翁笔下另一位豪迈的男情种是与埃及女王恋爱的安东尼。历史上的安东尼曾为了爱情而忽视将军职守。为了所爱的女人，他不惜丢失罗马帝国的半壁江山。在当时一些历史学家和宗教道学家的眼里，安东尼是一个提供经验教训的反面典型，可是人文主义戏剧家莎翁把他塑造成一位有伟大胸怀的情场英雄。他的爱甚至使性格多面的埃及女王都产生了某种升华和超越。

中国的帝王将相中也有一位爱美人胜过爱江山的历史名人，那就是宠爱杨贵妃的唐明皇李隆基。在早先的大部分民间文学或戏曲中，李隆基都是被讥讽的对象。到了清朝洪昇的剧本《长生殿》中，李隆基才被塑造成一个大情种，但是他那形象离一个情场英雄还差得很远。洪昇虽然赞扬了李、杨的爱情，但还是没忘把李当做因色误国的反面典型，并安排李、杨在剧终前表示忏悔。

在西方文学里，不能与心上人结合就决定自杀的男情种还有歌德笔下的维特——《少年维特之烦恼》中的男主人公。但他不是因为女

方已死而要与她同葬，而是为了女方的幸福，宁愿牺牲自己的生命。维特爱上有夫之妇络特。后者也爱维特，但也爱自己的丈夫，处于两难的痛苦之中。最后维特决定自杀。他在给络特的诀别信中说：“我要去死！——这并非绝望；这是信念，我确信自己苦已受够，是该为你而牺牲自己的时候了。……我们三人中的确有一个必须离开，而我，就自愿做这一个人！”他还说，能为她作牺牲让他感到幸福。可见他并非为自己的情欲不能满足而死，而是为了情人的幸福而死。另一个为心上人作牺牲的男情种是狄更斯的小说《双城记》中的卡尔登。他为了所爱慕的女子露西的幸福，混入狱中，替换出和他面容相似的露西的丈夫达奈。想到他爱的女人正和她所爱的丈夫逃离了危险，他从容不迫地走上断头台。维特和卡尔登的死都令人感到震撼，而没感到丝毫的可怜。卡尔登不愧是为情献身的伟大英雄，令人可钦可佩。

中国的男情种中也有做出惊心动魄之举的，比如《聊斋志异》故事之一《阿宝》中的男情种孙子楚。他向美女阿宝求婚。阿宝戏弄他，说如果他切断自己的手指就允婚。他果真用斧断指。可他那为情不惧疼痛的英勇行为，并没令人感到他是一个为情作牺牲的英雄，反令人感到有点儿恐怖。和西方男情种的英雄形象比起来，中国文学故事中的男情种形象总是令人感到有几分可怜。这可能是因为中国传统中不视男情种为英雄好汉，所以对男情种都避免正面歌颂，因而对男情种的描写都好像是他们因为爱得过分而有点儿犯傻。

法国文学中有一位特别感人的伟大男情种，那就是艾德芒·罗斯

丹的名剧《西哈诺·德·贝热拉克》中的主人公。西哈诺确有其人，是17世纪的法国作家。他集诗人、哲学家及勇士于一身，是个才华横溢、勇猛过人又狂放不羁的人物，可是他其貌不扬，有一个特大的鼻子。剧中描写他爱上了他的表妹美女萝辛，而后者爱上了西哈诺手下的军官柯里斯田。柯氏虽俊美，但缺乏文才和口才。萝辛第一次与柯氏约会就对他的口才、诗才感到失望，认为那是和貌丑同等的缺陷。西哈诺不忍看到她失望，夜晚来到她窗前代替柯氏（柯氏站在前面）与她对诗。萝辛以为柯氏的诗才终于得到正常发挥，喜不自禁。萝辛和柯氏结婚后第二天，军队就开往前线打仗。在前线，西哈诺代柯氏给萝辛写情书，每天冒着生命危险，穿过敌人防线给萝辛送信。萝辛读信后感动至深，亲临前线看望柯氏。萝辛表示，即使现在柯氏变得丑陋，她也仍然爱他。柯氏意识到，萝辛实际上爱的是信的作者西哈诺，可还没来得及告诉萝辛实情就中弹身亡了。萝辛怀揣他的最后一封信，在修道院守寡了十四年，而西哈诺每周六都去陪她。后他因得罪权贵遭暗算，死前他要求读萝辛怀中之信。他并未打开信，就在黑暗中默诵了一遍。萝辛方知他就是信的作者，她感叹自己第二次失去了最爱她的人。西哈诺对萝辛的爱情已升华到超越私欲的那种崇高、伟大的境界。此剧多次被拍成电影，中文版的影名为《大鼻子情圣》。

中国古典文学中有没有类似的情圣，即情人中的圣人呢？《醒世恒言》中所收录的明代短篇小说《卖油郎独占花魁》曾不断地被改编

成戏剧，一直流传至今。故事中的男主人公秦重不在意心上人美娘是否喜欢他，而自始至终诚心诚意爱她，一个劲儿关心体贴她，其痴情程度好像与西哈诺的情况有点儿相似。但秦重并没为所爱之人作什么牺牲，只是稍微受了点儿屈辱而已。况且他最初只是想抱着美人睡觉，最终又如愿与美娘结合，并且还人财两得，以至有点儿令人怀疑他追求美娘的目的。所以他的形象在故事开头的点评里，被当做会“帮衬”（风月场中善于讨女人喜欢）的典型，而不是情种的典型。

西方文学中颇多男性为女性作牺牲的描写，这和西方文化传统中提倡男性为女性服务和冒险有关，早在古罗马时期，诗人奥维德就著有《爱的艺术》一书，提倡男性对女性赞美、为女性服务和有情人为爱而死。中古时期盛行的骑士文学也宣扬骑士如何忠于情妇，为其冒险、牺牲，等等。

西方文学中当然也不乏女情种。比如古罗马诗人维吉尔的《伊尼德》中的迦太基女王狄多，她的爱人伊尼西斯弃她而去后，她毅然自杀。这让人想起中国那些“痴情女和负心郎”中的痴情女，如霍小玉和杜十娘。实际上，狄多并非完全为情而死。在她死前的长篇独白中，我们可以看出，她之所以选择死，不只是因为失去情人的爱，而更多的是因为对情人的恨。她认为自己有恩于他，为他作了很多牺牲。然而他弃她而去，使她失去了尊严——她会遭到以前许多向她求过婚的人的嘲笑。她有一种很强烈的失败感，要用死来惩罚她的情人。她死前的最后一句话是：“让冷酷的特洛伊人在远海上饮下这怒火，让我

的死的不祥之兆永远伴随他。”“特洛伊人”指的就是伊尼西斯。可见，狄多的情爱中掺杂着很强的自我意识，她并非单纯为情而死，也因为自我的失败。她也没有霍、杜苦苦等待心上人的那种痴情，所以她的死也不像霍小玉和杜十娘的死显得那么惨烈，而是颇显出几分壮美。霍、杜都更像是负心男人的“牺牲品”，并不像狄多那样有强烈的自我意识。

西方文学中另一个著名女情人是小说《呼啸山庄》里的凯瑟琳。她因为不能和心上人在一起也相思成疾，郁郁而死，而且在她死后，她的灵魂还搅得呼啸山庄和她的情人不得安宁。这也很像中国的那些女情种。霍小玉死后，魂灵也搅得李益一生不安，疑神疑鬼，三次休妻。《牡丹亭》里的杜丽娘死后，魂魄继续追寻她的情人。可是凯瑟琳并没像中国的女情种那样对所爱之人那么纯情、专一和执著，她对希斯克利夫的爱充满矛盾，她虽然把他作为自己感情的中心，可有时又看不起他的贫贱出身和不良习性。和中国女情种的痴情不同，她的情带有一种折磨别人也折磨自己的性质。所以，她后来心力交瘁而死也不完全是因为情，也是因为难以化解的自我矛盾。

托尔斯泰笔下的安娜·卡列尼娜也堪称情种。她为了爱不惜抛家离子，忍受社会上的嘲笑和蔑视。在她感到渥伦斯基对她的感情淡薄之后，她也和中国那些被负心郎抛弃的女情种一样立即自杀身亡。可安娜对渥伦斯基的爱也不是那么单纯，书里写到她对儿子的爱——她对儿子的爱绝不少于她对情人的爱。后来，她和情人之间的感情出现

问题，一个主要原因也是因为她不愿意离婚，怕从此再见不到儿子。所以安娜并不是“负心郎”的牺牲品，她也有自我矛盾、自我折磨的成分。安娜是个自我意识很强的女性，在她和渥伦斯基的相爱过程中，她总是不断要求对方满足自己的感情需要。这一点似乎有点儿像林黛玉。黛玉总是要贾宝玉来哄她，安慰她，给她赔不是，向她表心意。不过，黛玉对宝玉用情之专、之深、之痴，远非安娜可比。

英国小说家哈代笔下的苔丝，为了自己的爱人杀死亚雷，被当作杀人犯处死，也不愧是为情献身的情种了。可她到底还是和亚雷同居过一段，不能和中国那些纯情、刚烈的女情种相比。例如《桃花扇》里的李香君，本是歌伎，和侯方域恋爱后，便始终坚守自己的爱情。虽然后来她不知侯方域的下落，可是在有权势的人来逼婚的情况下，她宁死不屈，因而有血溅定情诗扇之举。再有《琼奴传》中的王琼奴和情人离散后，一度流落街头。一个吴姓官儿要娶她，她以死相拒。和这些中国女情种相比，苔丝就显得不那么痴情和坚贞了。

再看法国小说《红与黑》中的德·瑞那夫人。她在被情人于连枪击之后，声称死在自己情人手中是她的幸福，最后她对于连的爱甚至超过了对上帝的爱。于连死后第三天，她的生命也戛然而止，其情也够上“痴”了吧。可德·瑞那夫人先前并没爱于连到那份儿上。她甚至动摇过，以至写了那封毁掉于连前途的揭发信。如果她像中国女情种那么痴情和坚贞，她就宁死也不会写那封信了。

西方古典文学中的著名女情种，大多处于三角关系中。比如《红

字》中的女主人公，为爱情忍受奇耻大辱的海丝特也是有夫之妇。这些女情种的恋情中都包括自我选择、自我解放的因素。似乎只有为罗密欧殉情的朱丽叶是和中国女情种差不多的纯情小姑娘。而中国古典文学中的女情种，从相思成疾的霍小玉，到思情而死的杜丽娘，再到有不尽缠绵之意的林黛玉都有一脉相承之处，她们始终都只爱一个人，而且是全身心地去爱。她们都单纯是为情而情、为爱而爱，并与情共生死。这和中国古代女性的社会地位低下以及中国长期实行一夫多妻制有关，这些因素使中国古代女性的一生幸福都取决于丈夫的爱，所以她们也把自己的全部感情投放在一个自己所爱的男人身上。这些古典文学中的女情人形象也反映出，中国传统文化中男人对理想女情人的标准和要求。

在今天中国大陆及港台的小说、电影以及电视剧中塑造的那些“纯情小女生”身上，还能看到这种传统女情种的影子。这实际上暗暗迎合了那些受传统文化影响的中国男人的心理。

16 中国三角恋 VS 西方三角恋

本文讨论的中国文学主要是唐代的话本、传奇，以及明清时期的小说，如《太平广记》《聊斋》《红楼梦》等。所对比的西方文学包括古希腊文学、中世纪文学和 19 世纪的长篇小说。

从对比中、西方二女一男和二男一女的三角恋爱故事中，我们也可看出中国长期实行的一夫多妻制对中国文化、文学以及男女关系的影响是多么深远。

三角恋是涉及三人的男女关系，或二女一男，或二男一女。中国古典文学中多有二女一男型，西方古典文学中则多有二男一女型，这体现出两大文化传统之不同。

中国古代男人除了可以有多个妻妾外，还常有和妓女的婚外恋，而女子未出嫁前很少有机会与男性接触，更不要说和多个男人了，所以三角恋爱故事中很少有二男一女型。中国传统的二女争一男的故事一直延续至今日，小说、电影、电视剧中有大量关于有妇之夫的婚外情的描写，最著名又最近的例子是张洁获茅盾文学奖的长篇小说《无字》，可见这一文化传统的影响之深远。这也不奇怪。中国的一夫多

妻制长达两千多年，一直延续到 20 世纪中叶才结束，当然会有很强的后续影响。

相反，西方古典文学中很少见二女争一男的描写，更多的是属于“二男一女型”的、有夫之妇的婚外情。从最早的荷马史诗中的海伦，到中世纪骑士爱情文学中的贵妇人，到 18—19 世纪小说中那些著名女恋人如海丝特、凯瑟琳、德·瑞那夫人、查泰莱夫人、包法利夫人和安娜·卡列尼娜，无不是有夫之妇。

中国古典文学中的二女一男型故事大体可分两类：一类是互斗型：或是妒妻迫害小妾或女性第三者，或是妻妾争宠互斗；另一类是二美兼得型，即二美共爱一男，最后三人共结良缘。西方文学中虽然二女一男型的故事不多，但也有类似的描写。我们可以作一下对比，看看有什么差别。

中国古典文学中的“互斗型”故事常常表现出同情丈夫和谴责妻子。这类故事一般归入“妒妻”故事的类别。较早写妒妻故事的有南朝（5—6 世纪）《幽明录》中的故事“钜鹿庞阿”。石姓女子爱上有妇之夫庞阿，庞妻极妒，每见石女来会庞阿，就派人将她绑起来送回她家。后来才知石女并没离开家，只是她的魂离家去与庞阿相聚。庞妻死后，石女才终于得嫁庞阿。这个故事明显同情女性第三者，在今天看来都可算很开放的观点了。不过那时代男子可以纳妾，如果庞妻不嫉妒，庞阿娶石女不成问题。所以，实际上这故事是站在丈夫立场来谴责妻子的。

这类故事还有很多。唐人的《李福女奴》讲述丈夫怎么可怜，因为妻子生性嫉妒，他不敢公开与自己喜欢的女奴接触。《太平广记》卷二百七十二专门搜集了古代著名的妒妇的故事。有的妒妇十分残忍，甚至用酷刑给小妾毁容。但是有的所谓妒妇其实是坚决反对丈夫纳妾的女权主义者。比如名相房玄龄的夫人，连皇帝赐妾给她丈夫，她都敢以死相拒。还有一些故事写丈夫因为妻子性妒不敢和妾婢随意，趁妻子不在时猛享艳福以至劳累过度而死。好像这些丈夫之所以丧命也是怪妻子嫉妒之过。

按照中国描写妒妇的文学的传统，古希腊著名悲剧《美狄亚》中的女主人公美狄亚就该被塑造成为最有名的"妒妇"了。美狄亚遭丈夫伊阿宋背叛和遗弃之后，不仅害死了伊阿宋的新婚妻子，还杀死了自己和伊阿宋所生的两个儿子。可是，美狄亚的形象不仅不像"妒妇"，还特别令人同情。

创作于公元前 4 世纪的悲剧《美狄亚》是根据希腊神话中的一段故事而写的。美狄亚是异邦公主。在神后的安排下，她爱上了来寻找金羊毛的伊阿宋，并不惜牺牲一切搭救后者，帮他获取金羊毛。后来他们回到希腊后，伊阿宋为了权势又要和某国国王的女儿结婚。国王还要将美狄亚驱逐出境。在极度气愤和绝望之下，为了最大限度地报复自己的丈夫，让他终生受精神折磨，美狄亚先设计害死了国王和他的女儿，然后又杀死了自己和丈夫所生的两个孩子。在剧中，美狄亚被描绘成一个美丽、勇敢、富有激情的女性。她对丈夫曾怀有极深的

感情，并曾为丈夫赴汤蹈火，甚至为此牺牲了自己的胞弟。她丈夫也曾发誓永不背叛她。所以，美狄亚对丈夫的背叛有多愤怒就可想而知了。全剧主要是从美狄亚的角度展开的。她的愤怒被表现为代表所有遭受男人遗弃的妇女的愤怒。伊阿宋认为美狄亚的愤怒是女性的愚蠢，他说如果美狄亚驯服的话就不会被放逐了。美狄亚则为当时所有的女性叫屈，她认为女性是最不幸的族类：女性结婚后就沦为丈夫的奴隶，每当有离婚的事发生，人们就认为是妻子的错。虽然美狄亚的杀子行为令人感到恐怖和残忍（美狄亚认为，她的孩子们在另一个世界会活得更好），可整个剧的效果让她的丈夫受到最大的谴责。

中国古典文学中堪与美狄亚媲美的形象是《红楼梦》中的王熙凤。她也被描写成为一个美丽、聪明、能干的女中豪杰。她害死第三者尤二姐的行为也和美狄亚的报复行为一样让人产生复杂、矛盾的感情，也就是既谴责又同情的感情。不同的是，美狄亚的愤怒主要是冲着自己的丈夫而不是女性第三者。在剧中，美狄亚大骂自己的丈夫卑鄙、下流、忘恩负义，等等，但没怎么对国王的女儿说谴责的话。她害死国王的女儿和自己的孩子也是为了让自己的丈夫最大限度地受精神折磨。

西方古典文学中遭背叛的女人主要惩罚自己的男人而非女性第三者的例子还可举出法国拉辛的名剧《安德络玛克》。当爱尔米奥娜得知与自己有婚约的庇吕斯要娶安德络玛克后，她嫉妒万分，让追求自己的俄瑞斯特去杀死庇吕斯。她虽然曾拒绝过救安德络玛克的孩子，

但从没想害死后者。而处于中国一夫多妻文化中的王熙凤只想到去报复女性第三者尤二姐，对自己丈夫贾琏并没怎么谴责或进行惩罚。

明清的很多小说都有妻妾争宠互斗的描写。最著名的是 17 世纪的小说《金瓶梅》。西门庆有一妻五妾，这些女性之间互相嫉妒、争斗甚至残害，简直到了登峰造极的地步。18 世纪的小说《醒世姻缘传》也描写了一个互斗的家庭。在讲述前世姻缘的二十回里，男主人公晁源纵妾虐妻，妻子愤而自杀。在今世姻缘的部分，妻、妾轮流虐待丈夫。这些描写都暴露了一夫多妻的弊病和那类家庭中残酷的斗争。

“妻妾争宠”的题材一直延续到今日，最著名的就是曾被改编成电影《大红灯笼高高挂》的小说《妻妾成群》。“妻妾争宠”题材俨然成为中国的国粹了。一些描写二女争爱一男的当代故事也被视为“妻妾争宠”的翻版。在揭示中国一夫多妻文化流弊的作品中，比较深刻的是张洁的《无字》。小说中，那个生活在当代的男主人公对待真诚爱他的女性第三者就像对待小妾，而那女性第三者即使和男主人公结婚后，也还有做“妾”感。

中国古典文学中“二美兼得”的故事则体现了男性的理想。所以此类故事大多存在于那些幻想式的才子、佳人小说里。比如明朝成书的《玉娇梨》（又名《双美奇缘》），即讲述苏友白经过种种曲折，终娶红玉和梦梨两个才貌双全的女子为妻，而那两个女子也互相欣赏、互为朋友。这不正是一夫多妻时代的男人（可能也包括女人）认为最理想的家庭模式吗?

清朝著名戏曲家李渔的小说《十二楼》中的《合影楼》里的男主人公珍生也有同样的艳福。他先与邻家小姐玉娟由隔墙互窥池中之影而引发热恋。他们的恋情遭到玉娟之父的坚决反对。经过一番曲折，珍生最后不仅娶得玉娟，还娶了同样才貌出众、暗恋他的锦云，真可谓锦上添花，喜上加喜。

“二美兼得”的故事在《聊斋志异》中略有不同。比如在《阿秀》中，男主人公刘子固先得以和假阿秀相亲相爱，后假阿秀又撮合他与真阿秀相遇结婚。那假阿秀实际上是狐狸精变的。刘子固先是恋上了真阿秀，可还没等有机会和她亲近，她就搬走了。暗恋刘的狐狸精刻意模仿真阿秀来满足刘子固。刘和真阿秀结婚后，假阿秀还常在真阿秀不在时前来会晤刘。她自认不如真阿秀美，也绝无和真阿秀争宠之意，但她又真诚地爱刘子固。假阿秀实际上是故事的主角，是男人最欣赏的识大体的贤女子。真假阿秀模式很符合现代一些男人的理想：有一个自己喜欢的妻子，再有一个不破坏自己婚姻的爱自己的情人作补充。其后的纪实小说《浮生六记》中，为丈夫和妓女撮合的贤妻陈芸也颇受一些现代男人的赏识。这都可以说是一夫多妻制的流弊。

“二美兼得”的故事到后来还发展为“众美归一”。在英雄侠义小说《野叟曝言》里，英雄奇才文素臣相继娶得四个爱妾。稍后的《岭南逸史》也是写英雄和多个女子的纠葛，最后众美归一人。这可能都代表了当时男人的追求。这种传统的影响一直延续到金庸的武侠小说，早有批评家指出金庸小说里常有众美女围绕一个男性英雄的爱情模

式。当代文学作品中也常有众女追一男的描写，比如《废都》中，就有好几个美女争着做同一个文化名人的情人。

《红楼梦》里也有一男和众美的格局，那就是生活在大观园中的贾宝玉和众多小姐、丫鬟等美女，贾宝玉也幻想能永远和这些姐妹住在一起。这实际上也体现出中国的文化特色。不过，《红楼梦》中没有什么众美归一的描写，众美女都遭遇悲惨下场。宝玉之所以爱这些女孩，还有更高的象征意义。对他来说，女孩是和沾了社会、政治臭气的肮脏男人对立的纯洁象征。宝玉与众多女性的关系，也体现出男女关系的种种不同层面和层次。

在西方古典文学中也有一男与众美的故事，那就是以唐璜的传说为题材的作品。唐璜是西班牙传说中的人物。他英俊潇洒，善于勾引女性，一生和多个女性发生关系，也曾做过不少贵妇人的情夫，但他不能和任何女性产生永久爱情。在拜伦的诗里，唐璜是一位善良的浪漫人物；而在莫里哀的剧本里，唐璜是个荒淫无耻的浪荡子。西方心理学有“唐璜情结”一说，指那些不断换女人的男人的不正常心理。唐璜的故事和中国那些众美归一的故事截然不同，唐璜有时会成为贵妇人甚至女沙皇的猎物和被玩弄的对象。

中国古典文学中的二女一男型故事在《红楼梦》中有非凡的突破。书中关于宝玉、黛玉和宝钗三角关系的描写曾引发无数争论。红学中有著名的“钗黛合一”论，也就是认为作者有二美合一或二美兼得的想法。在这方面，书中在“太虚幻境”一章确实有些暗示。比如在金

陵十二钗正册里，宝钗和黛玉在同一页上，而且钗黛合一的说法最初就来自和作者关系密切的脂砚斋的批语。可是，我们看到书中明确写出宝玉和黛玉之间的铭心刻骨之爱，而宝玉和宝钗之间的感情远没达到那种难舍难分的地步。相反，书中还明确指出，宝玉因为宝钗和他讲仕途经济，就和她生分了。宝玉和黛玉的恋爱也超出了才子佳人的老套，传统佳人往往是还未见才子就先为其诗才倾倒。宝玉并非才子，诗才还远逊黛玉，常受到黛玉奚落，书中主要描写宝、黛如何两情相悦，志趣相投。所以，宝、钗、黛三角关系最重要的作用之一，就是通过宝玉与黛玉以及宝玉与宝钗的不同性质关系，凸显出宝玉和黛玉之间爱情的最高境界，即心灵上的高度契合和感情上的生死相依。

有人解释说，作者想通过这一三角关系暗示娶妻当如宝钗那样贤惠、识大体，娶妾要像黛玉那样风流婉转、情意缠绵。这其实正说明解释者自己深受中国一夫多妻文化传统的影响。小说中分明有“木石前盟”与“金玉良缘”的对立，也就是自然相爱和政治、经济联姻的对立。宝玉多次摔玉，很清楚地表明他反对“金玉良缘”，也说明他毫无“兼得”之意。宝玉对宝钗虽颇多赞美之辞，可从没有想过将来要与宝钗“同鸳帐”，就像他曾向黛玉表示的那样。所以，小说中的三角关系的重要作用之一，就是表现两种婚姻观的对立。“太虚幻境”中那些二美合一的暗示，很可能正是作者想表明他所描写的二女一男故事和二美兼得的传统故事大相径庭。宝玉在游太虚幻境时就不能理解那些册子，因为宝玉有完全不同的爱情追求。

黛玉和宝钗之间的关系也非庸俗的妻妾争宠类型。她们都从未争着讨好宝玉，也从未挑拨过对方和宝玉的关系。黛玉开始常吃宝钗的醋，那是因为宝钗有“金玉良缘”之说的“金”，又有母亲、哥哥能给她主婚。黛玉是孤儿，寄人篱下，所以老有危机感。她因为“不放心”，整天折磨宝玉，但并没对宝钗采取任何行动。宝钗虽然也对宝玉流露过感情，但从未有要和黛玉争宝玉之意。虽然书中有宝钗无意偷听到小红私情就转嫁危机于黛玉的描写，但那不涉及也无损于黛玉和宝玉的关系。后来宝钗还主动和黛玉结金兰之好，二人情同姐妹。可见《红楼梦》中这一三角关系的安排，除了表现作者爱情观、婚姻观及其他方面的象征意义之外，还突破了以往的二女一男型爱情故事中“妻妾争宠”和“二美兼得”的传统。

西方 19 世纪小说中一些二女一男型故事和《红楼梦》中的很相似，也是表现爱情观、婚姻观的不同。法国小说《红与黑》可算是一例。小说中，德·瑞那夫人和侯爵小姐玛特尔都疯狂地爱于连，不过德·瑞那夫人本身又处于二男一女的三角之中。于连真心爱的是德·瑞那夫人，对玛特尔并无真爱，追她是出于政治野心。于连和两个女人的关系分别构成带有象征性的对比。正当于连在玛特尔的帮助下在仕途上一帆风顺、扶摇直上的时候，德·瑞那夫人给侯爵的信彻底破坏了他的前程。他一气之下枪击德·瑞那夫人，被投入监狱面临死刑。德·瑞那夫人到狱中看他，告诉他被逼写信的详情。他发现德·瑞那夫人是他的终生至爱。临死前那些天，他沉浸在疯狂的爱情中，感到自己享

受着至高无上的幸福。一开始，在于连身上，爱情是让位于政治野心的。他为了发迹，使用各种卑劣手段欺骗女性的感情。在小说结尾，爱情终于战胜了政治野心。于连的人格得到了升华。他宁死也不愿与贵族势力妥协，最后像真正的英雄一样走上刑场。《红与黑》中的三角关系与《红楼梦》中的宝、黛、钗三角关系颇有相似之处。把追求真挚爱情和谋求功名利禄对立，是两个三角恋故事的共同主题。

另一个例子是《简·爱》。简·爱在做家庭教师时，爱上了主人罗切斯特。罗有一个精神病妻子，但简并不知道，不过这个二女一男的三角故事中的另一女人并非罗的妻子，而是漂亮的贵族小姐英格拉姆。罗看出英格拉姆想嫁他主要是为财产，而他真正爱的是纯洁、智慧的简。这一三角关系的安排也是为了表现作者的爱情观、婚姻观。简既不漂亮也没社会地位，但在性格、智力、才学和志趣上与罗切斯特匹配。英格拉姆外表出色，可思想、感情肤浅，智力、才学也一般。罗的选择正是批判了男人在恋爱、婚姻中以貌取人的做法。这是《简·爱》一书最不同寻常的地方。其次，罗和英如果结婚也是“金玉良缘”关系，即财产与社会地位的联姻，而罗和简则达到高度的心灵契合。他们视对方为自己的灵魂伴侣，所以他们的关系也如宝玉和黛玉的关系一样属于“木石前盟”类。为了表示简毫不在意罗的财产，小说在结尾处还安排罗的房屋被火烧毁，使他彻底破产。先前因发现罗有妻子而出走的简得知消息赶来看他。那时他已变成双目失明、少了一只胳膊的残疾人，但简对他的爱丝毫没减少，坚定不移地和他结

婚。“木石前盟”式的恋爱就好像是前世注定的，不管发生了什么，两人都要在一起。

现在来看中、西文学中的“二男一女型”故事。这类故事基本有这样几种模式：一女在二男中作选择，二男争爱一女，以及有夫之妇的婚外情。

西方的“一女在二男中作选择”的故事常常是为了表现爱情观。《简·爱》中不只有二女一男的三角关系，还有二男一女的三角关系，而简还一度成了这其中的女主角。简逃出罗切斯特家流落于荒原，后被牧师圣·约翰收留。圣·约翰后来向简求婚。简把他和罗作了对比，感到他是一个自我压抑、缺乏激情的人，虽然圣·约翰外表比罗美，但是后者更性感。他对简是精神爱，视简为事业上的助手。简对他的那种爱嗤之以鼻，认为他把她当工具，而罗切斯特对她的爱则充满激情。这一三角关系的描写是为了肯定世俗爱，反对缺乏感情的精神爱。

另一位19世纪英国女作家乔治·艾略特的小说《米德尔马契》中也有一女在二男中作选择的描写。聪明、美丽的女主人公杜罗丽亚先选择爱博学多才的学者卡撒朋。她觉得他很伟大，嫁给他能使她的生活也变得有意义，可是结婚后她感到失望。卡撒朋只需要她的安慰和服务。在蜜月旅行期间，她结识了卡撒朋的表弟拉迪思劳。后者对她的浪漫爱唤醒了她的感情需要。她逐渐认识到自己秉性中感性的一面，并从内心里感到对拉迪思劳的渴望。这部小说把用脑爱与用心爱进行了对比，说明爱应当是心的渴求，而不是理智的选择。

一女在二男之中作选择的故事也见于中国古典文学。中国 17 世纪的小说集《拍案惊奇》中的《同窗友认假作真，女秀才移花接术》就是这样的故事。蜚娥是武官女儿，不仅美貌而且文武双全。她女扮男装考中秀才，与她在同一斋舍读书的魏造和杜亿成为她的好友，而这两人并不知她是女性。她想在这两个同样出色的男人中选一人做丈夫。虽然她内心里倾向杜亿，觉得更投机，但又不知将来选哪个结果好。她决定看天意，因此以箭射鸦，看谁先得箭就嫁谁。杜先拾箭，可马上被魏拿去。蜚娥以为是魏拾得箭，心里感到遗憾，但以为姻缘有定，决定嫁魏。后来经过一番曲折，她还是如愿嫁了杜亿，并为魏造和另一佳人撮合成美满婚姻。

这一三角关系主要证明“姻缘有定”。杜亿先拾得箭，所以最终还是他得娶射箭者。如果以心择爱，蜚娥一开始就会择杜亿。可因为相信姻缘说，结果费了一番周折。相信姻缘也是中国古典爱情故事的传统之一，像这种主张女孩子自己择夫的描写，在当时以父母包办婚姻为主的中国已然挺先进的了。

在中世纪以前的西方文学中，二男一女故事多半只是二男性为一女性互斗，和女性的选择无关。比如在 14 世纪乔叟的《坎特伯雷故事集》中的《骑士的故事》里，帕拉蒙和艾特撒特原本是亲如骨肉的朋友，后来为了争夺一个女人而成为死敌。不过，他们之间的打斗被称为“高尚”的打斗。西方贵族中有两个男子同爱一个女人就决斗的传统，不过乔叟对此是抱批判态度的。在故事中，他特别表现出自己

没有选择权的女性的可怜。所以，在《坎特伯雷故事集》中，还有一个《巴思妇的故事》与之抗衡。巴思妇一生有过五个丈夫，她特别强调女性在恋爱婚姻上的自主权。

在中国古典文学中的二男争爱一女的故事中，二男倒很少打斗。比如唐人小说《华州参军》写世家小姐崔氏与王生有婚约，但她爱柳生，与柳生私奔了。王父为子兴讼，经官判崔氏归王家后，王生并不嫌弃崔氏已失身柳生。这说明王生也爱崔氏。可崔氏不爱王生，再度与柳生私奔了。经官判又归王家。王生仍一如既往地爱她。两年后她去世。王生和柳生相与感叹，一起去中南山求道。王、柳也是贵族子弟，一个是将军之子，一个是名族之后。二者都颇显出宽容大度，丝毫没为女子互斗之意。当时的社会制度也不允许女子自主选择，因此酿成悲剧。

二男争爱一女的另一个有名的故事是唐传奇中的《任氏传》。任氏是狐狸精变的美女。郑六和她有了一夜情后，知她是狐狸精所变，可仍爱她。她也深受感动。郑六想租屋与任氏同住，求助于妻子的堂兄——王室子弟韦使君。韦见了任氏也爱得发狂并立刻求欢，但任氏不从，说郑六只爱她一人，而韦博爱众多美女。韦后来一直供郑、任的吃喝，与任氏保持亲密关系而从不越轨。韦好像毫无对郑的嫉妒之心。

以上这两个中国的二男一女三角故事似乎都旨在表现男性的宽容。顺便提一下，中国古典文学中有众多“妒妇”形象，可鲜有“妒夫”

形象。西方古典文学中有著名的妒夫，就是莎翁笔下的奥塞罗。他怀疑自己妻子爱上别人，竟将妻子杀死，其实他的妻子是无辜的。他之所以听信谗言而起妒心，是因为他缺乏自信的结果。

西方二男一女型故事中最常见的是有夫之妇的婚外恋。最早出现在中世纪的骑士文学里，影响较大的有传奇《特里斯坦和伊索尔德》。特里斯坦和伊索尔德的故事流传甚广，在欧洲不同国家有不同版本。伊索尔德是爱尔兰公主，被父亲许给英格兰国王马克。马克的侄子特里斯坦去爱尔兰接公主回来的路上，二人由于饮了爱情魔水发生恋情。伊索尔德和国王结婚后，还不断和特里斯坦幽会。故事把这对恋人形容成是受魔水控制而欲罢不能。实际上，“爱”本身就具有这种令人欲罢不能的魔力。

其次比较著名的还有法国12世纪诗人克雷蒂安关于亚瑟王妻子桂内维尔与骑士郎斯洛的恋爱故事。先前有关郎斯洛的传说并无此情节。据说诗人是在一位宫廷贵妇人的授意下写出该诗。那位贵妇人大力倡导“典雅爱”（courtly love）。“典雅爱”实际上是发生在骑士和贵妇人之间的富有激情的爱。骑士要有一个求爱的过程，而且在获得爱情之前，要使自己的典雅品德逐渐完善。骑士要为贵妇人服务、效力，为她们建功立业。“典雅爱”信奉者不相信夫妻之间有爱情。“典雅爱”在那时差不多就是女性婚外恋的同义词，曾遭到教会的大力批判。由此也可看出“典雅爱”在文学作品中得以流行，也是对中世纪教会的思想控制和当时皇室、贵族的无爱婚姻（大多是包办或政治的联姻）

的一种反弹。

描写有夫之妇的婚外情在18—19世纪的西方小说中达到高峰，最著名的有美国作家霍桑的《红字》、法国作家福楼拜的《包法利夫人》、俄国作家托尔斯泰的《安娜·卡列尼娜》、英国作家劳伦斯的《查泰莱夫人的情人》、美国女作家凯特·肖班的《觉醒》，等等。这些作品中的女主人公之所以有婚外情，都是因为自己的婚姻不幸福。作者对他们笔下的女主人公都明显表示出同情。

在中国古典文学里，有夫之妇的婚外情故事不多，不过我们也可看到这方面的描写。和西方文学中出轨的大多是贵妇人不同，中国文学中出轨的有夫之妇大多是市民，而且这些故事对有婚外情的女性都有谴责之意。比如潘金莲被刻画成一个恶毒的大淫妇。明代话本《喻世明言》中的《蒋兴哥重会珍珠衫》还算是有些同情女性的。故事中的女主人公王三巧和丈夫蒋兴哥本有幸福婚姻，因为蒋出外经商，王三巧独守空房，受人引诱，与孤身在外的陈商有染。蒋得知后休了王，但认为主要是自己的责任，不该把王撇下守寡。王亦悔恨自责。后几经周折，王又得到机会救蒋，之后又做了蒋的二房。王由妻变妾也算是受到处罚。不过，那时的中国十分强调妇女贞节，这故事没把王三巧写成淫妇，反把她刻画成善良、多情的女性，已是很开放了。同时期的《拍案惊奇》中有一些关于女性被逼失节，丈夫不嫌弃她们的故事，也算是出于对女性的同情。

中国古典小说中关于丈夫宽容失节妻子的描写使人联想到哈代的

小说《德伯家的苔丝》。这也是个两男一女的三角恋故事。美丽、清纯的农村姑娘苔丝先被诱逼，失身于亚雷，后与克莱尔真诚相爱。就在新婚的当天晚上，苔丝向克莱尔讲述了她和亚雷的过去。克莱尔大感失望，弃苔丝而去，致使贫困交加、走投无路的苔丝重新落入亚雷之手。

比起中国那些宽容的丈夫来，克莱尔真是太差劲了。不过，小说中的二男一女三角关系正是要说明苔丝如何成为两个男人的牺牲品，而两个男人代表了两种典型的男人（也许只是在西方典型）对女性的态度。亚雷代表兽性，把女性当做单纯性对象，他对苔丝感兴趣的只是肉欲享受。而克莱尔正相反，他对苔丝的爱是高度理想化的，他把苔丝看做纯洁天使，是女性精华的显现。所以在他得知苔丝曾失身于亚雷后，就因大失所望而抛弃了苔丝。在小说结尾处，当克莱尔认识到他的错误感到后悔时，已经太晚了。苔丝已经犯下了杀人罪，很快就被处以死刑。在这个三角关系故事中，两个男人对女性的不同态度形成了鲜明对照。

纵观中西古典文学中三角关系的描写，西方文学中对女性的同情和对男性的谴责要比中国文学多得多。中国文学中只有《红楼梦》在同情女性、谴责男性方面比西方文学有过之而无不及。从对比中、西方二女一男和二男一女的三角恋爱故事中，我们也可看出中国长期实行的一夫多妻制对中国文化、文学以及男女关系的影响是多么深远。

17 文化差异与爱情

本文解读的是知青文学（主要是小说）中的爱情话题。知青文学形成于上世纪 80 年代初，作者大多数是曾在“文革”中上山下乡的知识青年。知青小说大多描写城市青年在农村、农场的生活，代表作有阿城的《棋王》、孔捷生的《大林莽》、梁晓声的《今夜有暴风雪》、史铁生的《我的遥远的清平湾》、王小波的《黄金时代》、叶辛的《蹉跎岁月》、张承志的《金牧场》、张抗抗的《隐形伴侣》，等。

所有知识青年和农民恋爱的故事都没显示出在爱情方面，城市文化比农村文化优越。相反，农村人的爱情常常表现得比城里人更真挚、更自然和更长久。

文化差异是否像一些人所说的是“爱情难以逾越的一道鸿沟”？如果两个相爱的人有不同的文化背景，必然会影响他们之间的感情和关系吗？也就是说，文化差异一定会成为爱情的障碍吗？在这个问题上，知青文学中，城市青年和农民恋爱的故事可以给我们提供一些深刻的启示。

“知青”是指那些到农场、农村安家落户的城市学生。大批知青下乡发生于“文化大革命”时期。从1968年到1977年，上山下乡的知青多达一千七百万。自1979年起，由知青写的关于知青在农场、农村生活的小说不断涌现。知青文学中的爱情故事，很多是关于城市

知青和当地农民恋爱的。由于知青的文化背景、教育程度和农民有很大差别，不少作品涉及爱情和文化差异的关系。最早出现涉及爱情和文化差异的作品是张承志的著名短篇小说《黑骏马》。故事的叙述者是个蒙古族知青。他是公社书记的儿子，很小的时候就被送到牧区，落户在一个牧民家庭里。那家有个和他同龄的女孩，叫索米亚。他们二人先是一起玩耍，亲如兄妹，随着年龄增长，渐渐发展成恋爱关系。作者写到二人的差异：他酷爱读书，而她只知道干活，但这并没影响到二人的感情。为了和索米亚在一起，他甚至放弃了去学院深造的机会。他决心要娶她，在草原上建立最幸福的家庭。可是当索米亚被强奸怀孕后，他对她的感情变了。他尤其不能理解牧民们对强奸的态度。当他愤而举刀要去杀那强奸者时，索米亚的奶奶拦住了他，说为这事去杀人不值得。老奶奶甚至认为，索米亚怀孕也不是什么坏事，至少证明她有生育能力。这使他感觉到自己和牧民的差异：

> ……也许是几年来读书的习惯渐渐陶冶了我的另一种素质吧，也许从根子上讲我毕竟不是土生土长的牧人，我发现了自己和这里的差异。我不能容忍奶奶习惯了的那草原的习性和自然规律，尽管我爱它是爱得那样一往情深。

由于他意识到自己和牧民的差异，“一种新鲜的渴望”在他心里诞生了。

这种渴望在召唤我，驱使我去追求更纯洁、更文明、更尊重人的美好，也更富有事业魅力的人生。

从以上叙述来看，似乎这个知青认为自己读了很多书，所以文化素质比牧民高。实际上，拿他对待强奸的态度来说，不一定就比牧民更“文明”，按说他应去报告派出所或公安局，而不是诉诸武力。牧民老奶奶视强奸为丑恶行为，但对此无可奈何。如果说，在没有文明社会应有的法律观念这一点上，男知青和牧民老奶奶是一样的话，那么他对待被强奸者的态度就比牧民老奶奶差劲多了。他等待索米亚扑向他的怀抱向他诉说委屈和痛苦，他说：“我最终是会原谅她的。”对于一个被强奸的人，谈得上“原谅”吗？这说明，他认为索米亚对自己的被强奸负有责任。索米亚一直没投向他的怀抱，而是回避他。这当然和他的不正确态度有关系。后来当他看到索米亚为婴儿准备衣服时，就忍无可忍地离开了，而且一去九年不返。可见，他多么痛恨那个无辜的婴儿。而牧民老奶奶后来不遗余力地救活了那个早产的婴儿。相比之下，还是土生土长的牧民比这个读了很多书的城里人更“尊重人”，——也就是说，拥有更多人性。

表面上，叙述者抛弃恋人离开草原，是因为意识到自己和牧民之间的文化差异而生出新的渴望，实际并非如此。试想，如果强奸事件发生在别的女孩子身上，他会因为自己和牧民对待强奸态度的不同而

离开自己的恋人索米亚吗？他原先曾为了索米亚放弃去学院进修的机会，那时他对她的感情超过了他对上大学和城市生活的向往。现在因为她被强奸，特别是怀了强奸犯的孩子，他对她的感情就变了，对上大学和城市生活的向往就占了上风。他那所谓的“富有事业魅力的人生”不就是指返城上大学吗？九年之后，他大学毕业，事业有成，“从牧人变成了畜牧厅的科学工作者”。他这才想到要回去看望把自己抚养大的牧民老奶奶，以及和自己青梅竹马、一起生活多年的初恋情人。可是老奶奶已经去世了。索米亚也早已为人妻，成了一个粗壮的牧民大嫂。他感叹道：“我的草原上的百灵鸟，我的披着红霞的、眸子黑黑的姑娘，我已经永远地失去了你。”索米亚对他感情依旧，甚至要求他将来把自己的孩子送来让她抚养，就像当年她奶奶抚养他一样。他为了弥补自己对索米亚的伤害，决定暗中帮助她，巩固她对那因强奸而生的女儿所说的谎言，也就是默认自己是那女孩儿的父亲。以前他认为城里人文化素质比牧民高，文明程度也比牧民先进，他离开牧区回城里去追求“更纯洁、更尊重人的美好”，结果最后还是受到牧民的人性光辉的影响，而变得更有人情和人性。在这个故事里，牧民比城里人显得更纯洁和更尊重人。所以在结尾处，叙述者说在索米亚身上“看到了一个震撼人心的人生和人性的故事”。

在赵玄的长篇小说《红月亮》里，我们又看到相似的情节。叙述者苏亚柯是新疆某市市长的儿子。在“文化大革命”时期，他父亲被打倒了。他在一个村子里插队落户，过着孤苦伶仃、一贫如洗的生活。

一天，他饿得不行了，就去偷“阶级敌人”地主婆家的鸡。地主婆出来制止他，遭到他痛打。这时，地主婆的孙女青草儿拦住他，求他放过她奶奶。她又求奶奶把鸡送给苏亚柯，说知青大哥没家，生活困难云云，让苏亚柯羞得无地自容。自打到农村，他就到处偷鸡摸狗，早就没有羞耻之心了，但在充满同情心和宽厚大度的青草儿面前，他的羞耻感终于又恢复了。他还和青草儿交了朋友。青草儿常来苏的住处照顾他。他也常保护她，不让别人欺负她。他们之间感情越来越深，青草儿还在中秋节带苏亚柯去灯塔上看“红月亮”——月光照在沙漠上发出红光并将其反射到月亮上。那正是他儿时在梦里曾看到的情景，他们约定每年中秋去灯塔看红月亮。后来苏亚柯父亲平反了，他有机会回城市当工人，但为了青草儿，他决定放弃这个机会。可是，一天晚上，他发现另一男知青强迫青草儿和其发生了性关系。苏一气之下要杀死那知青，可青草儿拦住了他。青草儿说，那个知青是第一个和她有性关系的人，所以她认为自己已是那个知青的女人了。苏痛苦万分地离开，回城当工人去了。他既没用自己的爱抚平青草儿的心灵创伤，也没作任何努力挽回他和她之间的关系。给人的感觉，好像这次强奸事件正好给了他一个弃她回城的借口。十年之后，已成为饭馆经理的苏亚柯回到插队的村子，看望早已被那男知青抛弃的青草儿。她告诉他，这十年里，她每年中秋都去灯塔等他回来。可见，她对他的真挚感情始终未变，而他早已娶了城里的姑娘。

以上两个故事的相同情节，也就是男知青抛弃乡下恋人是因为后

者被强奸，很可能反映了知青心理层面上的一个事实：抛弃农村恋人的知青为掩饰自己的内疚而找借口。很多男知青和村姑恋爱的故事都揭示出，文化差异并不是知青抛弃村姑的原因，真正影响知青对农村恋人感情的是知青回城的强烈愿望。

在有的知青作品里，叙述者在离开与他相爱的农村姑娘时没找任何借口，好像知青为了回城抛弃恋人是天经地义的。比如在肖亦农的短篇小说《红橄榄》里，一个叫陈小明的城市男学生十七岁就到黄河边的一个村庄插队落户。村里一个叫水女子的可爱女孩老来照顾他，帮他洗衣、做饭，还时常逗他开心。他称她为他的天使，并感到她像春风般温暖。她叫他“我的亲亲、肝肝”，还常扑到他的怀里。他也曾对她有亲热举动。总之，他俩的关系超越了一般朋友。六年后，他有机会回城工作时，并没感到和那女孩儿难舍难分。她也没挽留他，只是要他永远记得她。于是，他带着她对他的一片深情离开了村庄，好像那情是可以随身携带的礼物。至于水女子当时的心情就不得而知了，故事里的男知青在离开时，对爱他的女子没作任何交代。作者对读者也没任何交代，好像指望读者都理解这一点：城里长大的男知青怎么能娶一个农村姑娘？况且那男知青能回城，哪能再继续和农村姑娘保持恋爱关系？

叶辛的长篇小说《爱的变奏》倒是写了农村女子对男知青恋人的再三挽留。男知青矫南来自上海，在贵州山村插队，先和一个女知青结了婚。女知青回城后就和他离婚了。村里一个寡妇爱上了他，他们

很快同居了，他准备要和她结婚。可就在那时政策变了，他可以回上海了。他在决定离开她时意识到他确实爱她，虽然离开她让他痛苦万分，可他回上海的决心还是毫不动摇，甚至那女人告诉他怀了他的孩子都不能让他改变。女人苦苦哀求，还提出让她在城镇工作的父亲帮他在镇上找工作。他不知如何告诉她小城镇和大上海之间的天壤之别。他看出她对他的感情极深，也看到她在经受痛苦不堪的折磨，他自己也经受着巨大折磨，可他回城的愿望似乎比“爱”更强烈。所以，他最终还是选择抛弃恋人回城。

这些男知青在农村“落难”时得到村里姑娘的关心帮助，互相产生了感情，那时文化背景的不同并没成为爱情的障碍。可一旦有机会回城，男知青就毫不犹豫地和农村恋人一刀两断。这很像古代传奇里的一些落难公子，他们在落难时受到妓女的关心帮助，互相山盟海誓、永结同心。可公子中了状元之后，就抛弃恋人和显贵攀亲去了。这类痴情女和负心郎的故事在知青文学里又得到重现。村姑们也都被描写成痴情女，多少年后对抛弃她们的男知青的感情还没变，而负心郎在知青小说里则都没怎么受到谴责。

在有些知青小说里，作者直接描写了知青对文化差异的感受。例如在刘军的长篇小说《噩恋》中，北京男知青罗南相信自己爱上了村里的美人菱朵。可是当他感到二人之间的文化差异时，他又疑惑自己的爱是不是真爱。菱朵在县城念完了高中，罗南连初中都没念完，是所谓的“老初二”，可县城中学的教学水平比北京的重点中学差远了，

而且罗南的父亲又是大知识分子，罗南从小饱读诗书，这使得菱朵的文化水平根本没法和他比。罗南感到自己对菱朵的感情很深，也常有想拥抱和吻她的冲动，但是当菱朵问他是否想娶他时，他犹豫了。他觉得和她之间缺少共同语言，有一次他给她讲了一个寓言故事，她却听不懂。她也试图背诗，可总也记不住，她得出结论说乡下姑娘的脑子笨，就配纺织或做针线活儿，不过她并没觉得文化水平上的差距会成为爱情的障碍。她还是真心诚意地爱罗南，并期盼他会娶她。罗南就不同了，他在农民中有种自我优越感，也就是感到农民在文化上比自己低下，他可怜那些在山沟里长大的农民，认为他们不知道外国的事，也不知道西方文学和哲学，所以生活很简单，没什么追求。他后来被提升到公社当干部，就很少回村，而菱朵最后嫁了父亲要她嫁的男人。

从这个故事我们可以看出，文化差异并没成为菱朵爱罗南的障碍，而成为罗南爱菱朵的障碍的并不是文化差异，而是文化歧视。小说在开始就提到，很少有男知青娶农村女青年。如果有的话，那些男知青也被认为是贬低了自己。可见城里人是如何歧视农村人的。

韩少功的短篇小说《远方的树》也涉及文化差异和爱情的关系。远方的树是一棵杨梅树，象征农村姑娘豆子对知青田家驹的爱。田家驹的父亲是知识分子，他本人擅长绘画。豆子是村里的妇女干部，长得很美，也上过几年学。田家驹先是被她吸引，要为她作画。她特地去换了一身新的花衣服，反而让田觉得她对色彩的品位太差，在心里

讽刺了她一番。他还认为，这是乡下姑娘的通病。可见在他的心目中，农村人对美的品位不是仅仅和城里人不同，而是属于低下的一类。后来他们二人因为常在一起干活，常互相交流而渐渐有了感情。豆子的父亲让田住到他们家，豆子便常常在生活上照顾田，还省出钱来为他买烟和颜料。田一方面很在乎豆子的感情，另一方面又嫌她端汤送水影响了他的绘画灵感。他也从不向她解释，好像觉得她不可能理解。豆子家有棵杨梅树，田在她家期间最爱吃的食物就是那树上的杨梅。所以后来当田回城上了艺术学院后，豆子每年都把最大最好的杨梅做成果酱给田留着。可十年里田从来没回来过。豆子在田离村后，嫁了在村小学当老师的另一个男知青。那男知青好像并没把文化差异当回事。田在十年后回村时回忆和豆子相处的日子，感到失去了某些美好的东西。可他也不后悔，因为他现在在事业上成功了。好像对他来说，农村姑娘的爱情是他事业上的障碍。或者说，对事业的追求成为他的爱情生活的障碍。这个故事再一次说明，影响爱情的不是文化差异，而是文化歧视。

在涉及爱情和文化差异的作品中，乔雪竹的短篇小说《荨麻崖》最有意思。在这篇作品中，造成爱情障碍的是自我文化歧视。小说描述军垦农场的团长爱上了一个漂亮的北京女知青，他利用职权强迫那女知青和他发生了性关系。女知青不爱团长，但为了前途、提升，特别是能被推荐上大学，而一次次忍受团长的凌辱。团长高大英俊，以前曾是战场上的英雄，但在北京来的女知青面前产生了自卑感。他觉

得自己有家乡口音，没有北京话好听，觉得自己出身农民，文化程度比知青低，举止也比较“土”，视北京女知青为“仙女”。他极力想模仿大城市人的举止，可是他又总感到自己和城市姑娘属于不同世界的人。他把自己的历史、家史等等都告诉女知青们，可她们从不向他讲述自己以前在城里的生活，好像他根本不可能理解。这让他气愤，更让他气愤的是，他为所爱的那个漂亮女知青做了那么多，却始终不能感化她，获得她的真爱。他没意识到他的自卑感实际上已造成了心灵的扭曲，使他根本不可能真正去爱一个城市女性。在这篇小说里，还有另一对文化背景不同的男女：农场里的一个普通军人和一个姓陶的女知青，他们俩真心相爱了。陶病危时，那军人甚至想和她一起死。那军人也出身农民，口音和团长一样，但他一点儿没自卑感。他仍然保持着农民本色，也并不觉得城里人就比自己高一等。他觉得团长的举止既不像城里人，也不像农村人。团长则骂那军人笨蛋，竟相信城里的姑娘对他这个农村土包子有真感情。可是，文化差异并没成为那个军人和陶姓女知青之间爱情的障碍。这故事再一次说明，文化差异并不会影响恋人的感情，影响感情的是对别人的文化歧视或自我歧视。

王安忆的中篇小说《岗上的世纪》中也有类似的文化歧视和自我歧视的描写。一个女知青为了得到当工人的指标，主动向生产队长投怀送抱，可是那个皮肤粗黑、因不刷牙而有口臭的农民队长一看那个女知青又白又嫩的身体就变得性无能了。那队长也视那女知青为仙女，

连她的呼吸都觉得美妙无比。女知青虽然嫌他味道难闻，可还是一个劲儿挑逗他。而他试了几次都没成功，好像他的自我歧视使他产生了心理障碍。这篇小说并不旨在描写知青生活，而是表现性的超越力量。女知青后来和那队长变成了难解难分的一对性伴侣。他们疯狂做爱的时候，感觉好像是到了极乐世界。最后当女知青一想到他们的行为可能要影响她回城时，就断然和他分手了。这位女知青开始歧视没有卫生习惯的农民，可后来性爱的力量战胜了这种文化歧视。

与以上那些小说描写大相径庭的是懿玲的中篇小说《十三阶》。这个故事中的女知青和上述那些歧视农民的男、女知青截然相反。她一点儿没觉得自己的文化比农民的优越，反而极力想摈弃自己的城市文化而去和农民文化融合。

《十三阶》的叙述者即女主人公出身医生家庭，在省城长大，十三岁时来到山西的一个山区村庄插队。她刚来时把羊粪当黑枣，遭到村民的嘲笑。村民们也笑话她每天早上刷牙和用纸擦屁股。她为了被村民接受，极力模仿农民。她放弃了刷牙，大便后用土疙瘩擦屁股，光着身子睡觉，白天穿裤子时不穿内裤。她与农民融合，并不像有的极左知青那样是为了想当先进典型之类。她纯粹是出于对农民的感情，因为那些村民待她像自己的家人。她还很快学会了地方话。不过，不管她怎么模仿农民，村里人还是把她当城里人，老问她城里人的生活。她对医药方面的知识也被村里人发现而得到利用。她常从周围景物中感受到某种诗意，这也显示出她和农民的文化不同。但她从不歧

视农民，所以她的不同文化背景并没成为她爱农民的障碍。这故事中最感人的情节，就是她对村里一个叫社斗的男青年的爱。社斗像大哥哥一样经常关心、照顾她。她常和他斗嘴吵架，之后又给他讲外国童话故事逗他开心。社斗哥对那些童话故事一无所知。这也显出他们的不同文化背景，但她并没因为社斗哥连那些童话都不知道就觉得他可怜。有一次她卖了自己的毛衣给社斗买烟，她还效法村里姑娘向情人表心意的风俗，给社斗绣了一副鞋垫，但社斗总是不领她的情，老把她当小孩子，社斗觉得她这个城里人不应到穷山沟来受苦。可是她对社斗的感情越来越深，当她听说社斗参军的消息时，她难过得心都要碎了。最后，她决定放弃当医生的理想，在村里一直等社斗哥复员回来。故事到此结束。这故事再一次证明，文化差异并不会成为爱情的障碍。

所有知青和农民恋爱的故事也都没显示出在爱情方面，城市文化比农村文化优越。相反，农村人的爱情常常表现得比城里人更真挚、更自然和更长久。比如《黑骏马》中的索米亚和《红月亮》中的青草儿，虽然被恋人遗弃，许多年后还一直把对恋人的爱珍藏在自己心里。在叶辛的中篇小说《两个感情冒险者的命运》里，一个叫金珠的村里女子的丈夫一直在外工作，并已有了同居女伴。金珠和一个上海男知青相爱。她怀孕后，受到本家族人的毒打，要她讲出孩子的父亲是谁。那男知青眼看她受折磨但不敢承担责任，怕影响自己的前途。虽然他在农专毕业后最终和金珠结婚，但他对她的爱和她对他的爱比起来差

远了。在《噩恋》中，北京男知青罗南离村后二十年都没回去过一次，可是当年和他相爱的菱朵仍然惦记着他，叫自己的儿子到省城给他送去她亲自做的鞋和亲手剥的核桃仁。在《远方的树》里，因为男知青田家驹最爱吃豆子家树上的杨梅，后来在田回城后的十年里，豆子每年都把最大最好的杨梅做成果酱给田留着，可每次等到果酱都臭了也不见田的影子。她听说田在学院里遇到麻烦，卖了棉花买了张火车票去城里看他。他不在家，她就留下一瓶果酱，叫他父亲转交。当晚她在火车站等了一夜，田也没来和她见面。回村后她收到他的道歉信，可信中没提到那瓶杨梅酱，让她很失望。后来村里修路要砍掉那棵杨梅树，豆子难过得好几天不吃不喝。

这些农村女孩儿在爱情上都表现出真诚、无私的一面，并显示出感情的深度，而她们的男知青恋人的感情相比起来就显得薄弱多了。

知青在爱情方面的文化背景当然还具有一定的时代特色。知青当年在学校里受的是禁欲和不谈爱情的教育，到“文革”时期发展到登峰造极。不少知青作品反映出知青如何在农民的影响下得到情与性方面的启蒙。

铁凝的短篇小说《麦秸垛》讲的就是村里发生的一系列爱情故事如何影响到男、女知青的爱情。作者把农民的爱情和知青的爱情进行了平行对比。故事一开始就讲到村里的爱情传奇（也就是一对情人为爱而死在麦秸垛下的故事）如何催醒了女知青杨青对一名陆姓男知青的情爱和欲求。可是她总避免和他有亲密接触。她企图以有节制的保

留态度来对他进行控制。另一名叫沈小芬的女知青也爱上了陆。她主动追求他。虽然陆心里爱杨青，但受不了沈的激情引诱，就和沈发生了一次性关系。后来陆向沈表示他不爱她，和她发生关系是误会。沈抱住他的腿，求他再和她做爱一次，因为她想怀一个他的孩子。沈的举动是受到村里一个被称为大芝妈的妇女的影响。大芝妈婚后第三天，丈夫就参军了。他提干留城工作后就向她提出离婚，要娶城里的一个护士。大芝妈在离婚时要求和丈夫再做爱一次，好怀一个他的孩子。那孩子就是后来的大芝。大芝妈后来再没结婚。困难时期，她把前夫和那护士接到家中供他们吃喝。那护士感动得流下眼泪。可见大芝妈对自己前夫有种真诚的无私爱。陆姓男知青当然没同意沈的做爱要求，后者很快就失踪了。杨和陆后来回城进工厂当了工人，二人的关系半死不活。和农民的壮烈爱情比起来，知青的爱情显得可怜而做作。农民的壮烈爱情还包括大芝的故事。大芝为了爱而不幸因事故去世，她的男朋友后来娶了一个从外地流浪来此的已怀孕的女子。大芝妈还帮助抚养那女子的孩子。和大芝妈广博的无私爱比起来，沈小芬的爱只不过在形式上有一丝儿相似而已。她更多的是一种占有欲，她认为维系男女关系最重要的就是性关系。

《麦秸垛》发表后曾有批评文章说故事不真实。因为知青的文化程度比农民高，不可能受农民文化的影响。实际在感情问题上，教育程度高的人未必就比教育程度低的人优越，很多时候还正相反。上面

提到的那些知青和农民恋爱的故事都证明了这一点。

知青和农民恋爱的故事说明，文化差异不会成为爱情的障碍，只有在文化背景方面歧视他人或自我歧视才会成为爱情的障碍，至于爱情本身的强度和真挚程度，与恋人的文化背景就更没关系了。

18 爱的能力

本文品读了李敖的《上山·上山·爱》，参考的版本是台湾李敖出版社 2001 版。李敖（1935—　），系台湾著名作家，在大陆也拥有大量读者。除大量历史研究专著外，他还著有长篇小说《北京法源寺》（1991）和《上山·上山·爱》（2001）等。《上山·上山·爱》的主要情节是大才子万劫和叶姓女孩恋爱。万因政治问题入狱后，叶在生产时因难产死亡。三十年后，万劫又遇叶的女儿，两人又发生恋爱关系。书中大量篇幅都是男主人公发表的对人文、历史、时政、艺术、哲学等等的看法。

通篇小说中，万才子显露的不是智，就是欲，几乎没什么情，甚至没表现出一点点对情人的主观感受方面的关心。可以说，他是一个典型的智多于情者。他只爱一点点是因为他爱的能力太有限。

什么样的恋人“只爱一点点”？也就是说，不愿或不能或不敢爱得更多？有人说是智者。有人说是情场高手。实际上，《上山·上山·爱》给我们提供了最好的例子。小说中的男主人公就是“只爱一点点”的倡导者和身体力行者。他至少可以代表三种“只爱一点点”的男人。这三种人就是：智多于情者、欲多于爱者和恐惧女性者。

在小说后记中，作者称自己的小说是“情爱秘笈”、“男女圣经”。“只爱一点点”正是所谓“男女圣经”的主要教义。书中的叙述者，即男主人公，称他和女主人公是第一流情人，他们之间的爱情是第一流爱情。男主人公给“一流情人”下的定义有：不为爱情痛苦，及时

断情绝情，和真幻结合。（见第 339、328、191 页）

男主人公被塑造成超级大才子。他不仅通今博古，学贯中西，上知天文地理，下知花鸟鱼虫，并且还是超凡脱俗、特立独行的大思想家。女主人公则被描绘成才子心目中完美无缺、理想至极的佳人。

这使人想起明清时期的那些乌托邦式的才子佳人小说，这些小说试图提供最理想的男女结合模式。男主人公多是当时头号才子，女主人公多是第一美人。才子也必有貌，美女也必有才。总之，才子佳人必须在才学、品貌、年龄、家世等各方面都般配。然而这还不是最高理想，才子佳人追求的最理想结合模式是“互为知己”。在这些故事中，才子佳人通常在未见面之前就对对方有所闻，或看过对方的诗文，因而产生钦慕之心和爱慕之情，并视对方为知己。经过一番曲折磨难，有情人终成眷属。故事也到此结束。

在《上山·上山·爱》这部小说中，男主人公是一位万姓才子，女主人公是一位叶姓佳人。他和她也是未见面之前就互相倾慕了。万才子见到台大一年级生叶佳人的画像就心有所动。叶更是在初一就读过万写的书，对他无比崇拜，虽知他有很多女友，但还是情愿做那些女友中的一员。

不过，万与叶的年龄不像古代才子佳人那么般配。万才子要比叶佳人大十五岁。这也是现代才子的理想吧，也就是倾向于找比自己小很多的年轻女性做伴侣。小说一开卷便强调，名画家莫迪里阿尼的情侣就比他小十四岁。

现代的万才子和古代才子很不同。他不要求佳人与他才学相当，也不在乎是否是知己。他赞成“有学问的女人是双料愚人”。这让人想起“女子无才便是德”的古训。他特别反对女人与男人争胜。这显出他有大男子主义的倾向，也显出他缺乏自信。不过，他强调女人在才华、头脑方面应有高水准。他心目中的完美女人，或“真正够水准的女人”，是“聪明，柔美，清秀，妩媚，努力，有深度，善解人意，体贴自己心爱的人”（第 337 页）。可见，他的所谓“高水准”主要是指体贴和理解男人而言。

叶佳人正是万才子心目中最理想的美女，从头到脚都令他满意。他最称赞的是她的清纯，把她比做圣女、修女。他说清纯的女人能净化他的心灵，能使他对自己的肉欲有所制约。给人的感觉似乎肉欲特别强的男人反而喜欢看起来清纯无欲的女孩。而所谓清纯也就是看起来像处女一样纯洁，没有“邪”念。万才子在与叶佳人发生关系之前，称她为“纯洁的小处女”（第 126 页）。当他把她变成非处女后，他在与她做爱时仍想象她是一个“小处女”（第 300 页）。这令人想到一些中国文学作品或电影中提到的那些癖好纯洁新妓的变态色鬼。不过万才子绝非嫖娼者之流，虽然他赞赏陪丈夫和妓女同饮的芸娘（第 336 页），但他自己从不去色情场所，他喜欢的是“白嫩嫩的小女生”（第 166 页）。纯洁的处女只是他心目中最完美佳人的特点之一。他认为，最理想的女人只能是年轻女性。他声称不喜欢看女人的秋天（第 194 页），把那些上了年纪还装扮入时的名女人形容为“老妖精”（第 334

页）。这可以看出，他并不想只和一个女人厮守终生。希望情人也是自己的灵魂伴侣的女性，以及想和心上人白头偕老的女性，绝对不会找这种男人。

古代的才子佳人小说也不怎么描写佳人的“秋天”。佳人的形象只固定在“终成眷属”前的妙龄阶段。这部当代才子佳人小说更妙，佳人的形象只固定在刚满二十岁的那几天。三十五岁的万才子和二十岁的叶佳人，从相识到离别只有六天。十年后万从监狱出来时，叶已去世。二十年后，六十五岁的万才子又遇到二十岁的陈璧君，也就是叶佳人的女儿。陈和叶长得几乎一模一样，就是说，也是万才子最理想的佳人，而且她也爱上了万才子，并且她也像她母亲一样在二十岁生日时主动向万献身。这万才子的艳福，真是要让天下男子都羡慕死了。

古代才子佳人在终成眷属之前，互相连手都没摸过一下儿。现代才子佳人可没这么傻，万才子和叶佳人初次见面的当天就同床共枕了。小说主要叙述万才子和叶佳人那六天的“情史”（作者语）。在这六天里，他们基本待在万的住所里，除了谈话就是做爱。谈话的内容主要是有才华有头脑的叶佳人向万才子提问，好使后者有机会对各种问题发表高论，或展现他的丰富知识。其次是万才子讲黄色笑话，用语言进行性挑逗。叶佳人有时也和他逗逗乐子，引他开怀。再有就是无聊的扯皮了。叶佳人没有任何自己的独特思想，只是万才子的应声虫，就连她的语言也和万才子如出一辙。这充分体现了不和男人争胜

的美德。

至于二人做爱的场面，既未体现自然而然的真情流露，也没体现出浪漫爱的激情。每次都是才子主动进攻，佳人被动应付，佳人甚至还常常眼泪汪汪地哀求抵抗，这更激发了才子“强暴”、“蹂躏”和“摧残”小女生或“女神”的愿望（第272、375等页）。才子要求佳人为他献身，慰劳他，迫使她进行全套的性服务，做只为他一个人服务的妓女（第271、304、306页），还让她扮演不同的女人供他享用，以满足他和各种各样女人做爱的欲望，甚至包括“奸尸”（第318～319页）。完美佳人的“努力”、“善解人意”和“体贴”都主要表现在满足才子的性幻想上。万才子给“一流情人”下的定义中的“真幻结合”似乎也主要表现在做爱上。

至于定义中的“不为爱情痛苦，及时断情绝情”，从小说的情节看，似乎是知道自己即将被捕的万才子给叶佳人打的预防针，其实不然。万才子的许多相关论述及“只爱一点点”的诗（第342页）都说明，“不为爱情痛苦，及时断情绝情”是与“只爱一点点”的最高宗旨有密切关系的。他认为，只有做到“只爱一点点”的人，才能做到“不为爱情痛苦，及时断情绝情”。其他的有关论述，如反对多愁善感（第18页），不迷信爱情（第268页），提倡唯美的“奇情”（即有克制的、豁达的情，第278页）等，也都是从“只爱一点点”的基本教义出发的。

最典型的、只爱一点点的男人至少应当包括以下三种类型：智多于情者、欲多于爱者和恐惧女性者。这三种类型在万才子身上都有充

分体现。

先看智多于情者。很多智慧超人、博学多才的大思想家、科学家、政治家等都在感情上有缺陷，万才子也不例外。万才子的大脑有如一部电脑，里面储存了古今中外的名言名著。他的“小情人”（作者语）每次问他问题，都像按了电脑的某个按键，才子便滔滔不绝地引经据典，长篇大论地议论起来，哪儿还有谈情说爱的余地？万大才子因为才学盖世，自视甚高，和女性相处时处处流露出自大狂、自恋狂。小情人只有崇拜的份儿，哪里还谈得上什么爱不爱的？通篇小说中，万才子显露的不是智，就是欲，几乎没什么情，他甚至没表现出一点点对情人的主观感受方面的关心。可以说，他是一个典型的智多于情者。他只爱一点点是因为他爱的能力太有限。

欲多于爱者，只见肉体不见情，也感受不到情。万才子也很典型。他第一眼见到叶，就马上想摸她的裸臂和咬她的小脚。小女生首先不是他感兴趣的人，而只是引起他欲望的肉身。他还有一番“肉欲在先，灵情在后”的理论，而他的“灵情”，照他的解释，也并非爱或情，只不过是对欲的自我控制（第 96、123 页）。他对青春肉体极尽赞美之词，把肉体欢乐看做最高享受，过神仙日子。他对自己的生殖器万分崇拜，大肆渲染，甚至说他的小情人就是“为它而生的，为它而死的”。试想，如此自恋、自私的性欲狂还能有真爱吗？这样的人当然只提倡短暂爱，也就是及时行乐般的爱。

至于恐惧女性，据心理学家研究，在男性中普遍存在。有的书称

为“憎女情结”。此情结源于男婴儿对母亲的依赖和怕被母亲遗弃的焦虑。后天环境的不同，会使男性的此一情结有从严重到微乎其微的不同表现。在感情上受过重创的男性，比如曾经失恋，感情上受过女性伤害的男性，就可能会有严重表现。表现之一就是只爱一点点，不敢爱太多，怕再受伤害。表现之二就是对女性有性虐待甚至想强暴的心理。表现之三是希望女性臣服，特别要表现男性的强大，对女性有强烈的征服欲。

小说没交代万才子是否受过女性伤害，但他在对女性的态度上，表现出明显的“憎女”特征。“只爱一点点”是他反复宣传的理论，性虐待心理前面也提到过，比如那种想“强暴”、“蹂躏”和“摧残”小女生的愿望。下面这一段万才子对叶佳人说的，关于做爱时如何达到“人生最高境界”的话，典型地表现出他的虐待心理和征服欲：“……尤其当那种时候，我眼睛看到你的挣扎，耳朵听到你的叫声和哀求，它们带给我有点轻微虐待狂的享受、满足和快乐，绝对是人生最高境界的，无与伦比的，身心合一的。”（第 266 页）和女性做爱对他来说是征服过程，不只得到肉体享受，也得到心理满足。

实际上，万才子后来说的一段关于对待女人应取法奸雄的话，曲折地透露出他也曾受过女性的伤害：

> 奸雄有另一大特色，就是永不为女人烦恼，永远享受女人的快乐。他们从女人身上，只得其利，不受其害，女人对

他们只是玩物和助兴而已。当然他们可能不解风情，不懂爱情，但他们比起那些既解风情又懂爱情的多愁善感者，比起那些被女人整得死去活来的人间情种，似乎略高一筹。……男女之间，真该是男人强大，稳定，占上风的，奸雄在这一点的成功，不可淹没，也值得学习。（第 442 页）

这是多么典型的“憎女”宣言。不曾被女人整得死去活来的人又怎么会得出以上这些结论？这已经不是“只爱一点点”了，而是拒绝爱了。

《上山·上山·爱》的有趣之处，就在于充分展现了在感情方面有缺陷的男人的性心理。而那完美佳人（高水准性玩偶）呢，不过代表了这类男人对女人的性幻想。读罢全书，我们看到所谓的“情爱秘笈”，正是有心理障碍、有感情缺陷的男人对待爱情与性的态度。

19 “作女”

本文品读的是张抗抗的《作女》(华艺出版社2002年版)。张抗抗(1950—),当代中国著名作家,主要作品有小说《分界线》、《北极光》、《隐形伴侣》等。《作女》(2002)主要讲述女主人公卓尔不断换工作的经历,以及她与不同男人发生的各种类型的关系。

对卓尔恋爱史和夏娃婚史的描写，实际上深刻地反映出在商业社会里，因为一些女人的爱情幻想与金钱物质、名人地位等因素挂钩，所以她们在爱情婚姻上的追求是永不满足和永无止境的。

张抗抗的小说《作女》极富想象力。如果我们不把这本小说当做现实主义小说而是当做象征主义小说来读，我们会发现小说生动地反映出在物欲、肉欲横流的商业社会中，不甘心堕落但又自感失落的一些女性的不平衡心态，以及她们对爱情抱有的那种带有时代特色的幻想。

小说一开始就解释了什么是“作女”。在京城以及东北、上海、苏杭一带的方言中，都有“作”这个字，读平声，如“作坊”的“作”。作女“意指那些不安分守己，自不量力，任性而天生爱折腾的女人”（第 72 页）。小说塑造了一个名叫“卓尔”的作女典型，那名字自然

让人联想到“卓尔不群”这个词。通过这个人物，小说叙述者意在向人们展示：作女并非只是爱瞎折腾，而是有独特个性、独特追求，不安分守己，不循规蹈矩，敢于向世俗传统挑战，也敢于不断向自己挑战的非凡女子。小说中的作女最让人感慨和佩服的是，她们即使相貌不漂亮、身材不性感，也能因个性魅力征服世上最棒的男人，甚至在精神上打败他们。

先看小说中的作女有什么样的独特个性和追求。作女的第一大特点是不断变换职业。作女换职业并非因为工作不称职被解雇，而是每当成功之时就自动离职，另起炉灶。作女的运气也特别好，每次离职之后，很快就能找到更时髦的职业。

卓尔大学毕业后先在一家报社做编辑，做到了总编室之时就改换到研究部工作，后又到海南记者站。之后到加拿大留学，学的是广告设计。回国后做过保险业务员、跨国医药经销公司代表，开过加油站，还倒腾过生意发了小财，但很快又把钱折腾没了。后来她在豪华女性时尚杂志《周末女人》做艺术总监，干得颇出色，可是因为参加南极旅行，丢了工作，很快又被一家珠宝公司聘用担任广告策划。小说快结束时，她成功地搞了个别开生面的大型公益广告活动。在世人看来，她正可以再接再厉，大展身手，可她又突然辞职了。

如果我们把卓尔频换职业又总是干得特别出色的故事当做写实描写，那一定会感到太夸张。如果当做象征性描写，我们就会发现，卓尔的职业轨迹正体现出中国这三十多年时髦职业的轨迹。从报界

到商海，从特区到国外，从搞研究到搞时尚，卓尔实际上是紧追流行潮流，并没体现出自己的独特创意和追求。

卓尔还不是紧追流行潮流中最成功的，和书中描写的京城作女大腕夏娃相比，那她就是“小巫见大巫”了。那夏娃不仅出身名门，还在十几岁时就被送往外国留学，精通几国语言。卓尔的职业之时髦程度也难和夏娃相比。夏娃二十几岁就担任一家跨国公司驻南美的代表，之后她放弃了十几万美元的年薪收入，回国办公司，且办过许多不同的公司，“成了败了赔了赚了，每隔几个月报上就会有让人吓一跳的消息。”（第 354 页）这也就是说，夏娃已经是社会名人了。出国闯荡一番之后回国办自己的公司，并进而成为社会名流，这不正是现今大多数人的梦想吗？

小说对作女们频频换时髦工作的描写，其实正反射出当今社会上一些人追逐商海潮流，时时感到追不上的失落心态。小说中的作女之折腾，不过是在世俗潮流中折腾，没看出任何向世俗社会挑战的意味，就连作女大腕也没啥人生目的或生活目标，不过是追求刺激或制造耸人听闻的新闻。

除了频换职业之外，作女的另一特点是不断变换发型、家具摆放方式，换用不同品牌商品，换订各种报纸杂志，不停搬家，以及变换做爱方式，甚至连每天的饭菜也不能重复。总之，作女喜欢换花样，怕腻味。小说叙述者要表现作女追求新奇，“有个性，有创造力，敢为天下先”（第 98 页）。可卓尔给人的印象像是一个喜欢无缘无故折

腾别人也折腾自己的人。她的第一次也是唯一的婚姻也因为她瞎折腾而破裂了。

卓尔的丈夫刘博是个比较文学博士。刘在大学和卓尔谈恋爱时，曾为了把生活费省下来资助卓尔而自己只喝米汤，以至饿得昏倒。可见他对卓尔所爱至深，然而卓尔对此并不珍惜。结婚后，她老在发型、饭菜、家具等许多小事儿上折腾人家，弄得二人不欢而散。

不过，卓尔的第一次婚姻失败并不说明作女在爱情方面能力不强。离婚只不过是给作女提供了征服更多男人的机会。作女要征服的可是最棒的男人。文学博士在上世纪 80 年代末那会儿还算时髦，在如今的商业社会里早就不时髦了，自然也绝不会被视为最棒的男人，也不会有众多美女追求。作女可是要在情场上压倒众多美女去拔头筹的。

小说着力描写的最棒男人是一位商业巨子、大珠宝公司老板郑达磊。郑不仅年富力强，高大雄伟，且有文化教养。他曾是书中另一女主角、才貌双全的陶桃的意中人。郑与陶已是男女朋友关系，且郑一直坚持“选择女友必须是漂亮的”（第 214 页），但他自认识卓尔后，就被后者深深吸引。陶桃虽有美貌和性感身材，又有女性的娇柔媚态，但终敌不过相貌、身材平平又缺乏主动引诱精神的作女卓尔。郑达磊爱卓尔甚至到了心醉神迷的程度。小说快结束时，郑达磊送给卓尔一枚价值达六位数的蛋型翠戒，以表爱意。卓尔并不爱郑，却毅然收下翠戒，虽然叙述者曾声称卓尔如何不爱珠宝一类的物质财富。她也没

拒绝郑达磊与她做爱，好像那翠戒是做爱的代价。之后她杳无踪影，可怜郑达磊还痴情地到处打听其下落。

卓尔对郑达磊的做法似乎表现了作女对男人不以为然的潇洒态度。不过，小说描写的作女大腕夏娃的婚史暗示了卓尔之所以会对郑有如此态度的原因。夏娃曾结过三到四次婚，“对卓尔造成最强烈刺激的事件，是她在那个第二任丈夫，一个天才画家大红大紫，一张画卖到上百万天价那一年，她居然向他提出了离婚。过了不久她好像又一次嫁了，据说是一个比她小十几岁的老外……”（第 354 页）。从这些描写可以看出，夏娃每次结婚、离婚都给卓尔造成了刺激，而且刺激一次比一次更强烈，因为夏娃每一次再婚都是带领一个让一般人难以企及的新潮流。

由此可猜测，卓尔对富甲一方的儒商郑达磊采取不屑一顾的态度，可能就因为和夏娃的追求者比起来，卓尔觉得像郑达磊这样的成功商人还不够过瘾。这小说要再续下去，卓尔可能也要被老外爱上了吧，而且还得是远比郑达磊更有财力的洋人（比如像默多克那样的跨国大亨），当然还必须是属于金发白肤的一族，才符合时髦幻想。

对卓尔恋爱史和夏娃婚史的描写，实际上深刻地反映出在商业社会里，因为一些女人的爱情幻想与金钱物质、名人地位等因素挂钩，所以她们在爱情婚姻上的追求是永不满足和永无止境的。我们看到，卓尔对每一个和她发生过关系的男人都没有感情上的留恋，她好像在不断地追求新的刺激，而这新刺激也和感情没有关系。

书中描写的作女相貌不美，又老爱瞎折腾，但从来不会被男人嫌弃，只有她们抛弃男人的份儿。作女从不有意迎合、讨好男人，可老有男人来爱她们和为她们作自我牺牲。比如，卓尔先有未来的文学博士为其挨饿，后又有饭馆老板、有妇之夫老乔全心全意为她服务。可卓尔不爱老乔，只拿他当解决性饥渴的对象，还美其名曰是和老乔“锻炼身体”。老乔也明知卓尔不爱自己，却毫无怨言，甚至在她需要钱时抵押了自己的传家宝——翡翠玉坠。

在商业社会中，似乎男人对女人的爱也常体现在物质奉献上。电影和电视剧中常有富男人为自己喜爱的女人包下整个餐厅之类的描写，送昂贵的首饰当然更是屡见不鲜了。《作女》也不例外。追求作女的男人好像也知道物质奉献的重要性：文学博士没什么钱，只能奉献自己的伙食费；老乔有点儿钱，就奉献翡翠玉坠；富商郑达磊更有钱，所以奉献的是价值达六位数的蛋形翠戒。

而那些没有能力对作女奉献物质的男人是什么处境呢？卓尔曾在森林风景区，和一个研究鸟类的有个性有魅力的男人有过欲仙欲死的一夜情。第二天当他们分手，那人问起她的电话、地址时，她却闭口不答，扬长而去。研究鸟类的科学家多半不会有什么物质身价，当然只配享有一夜情了。卓尔还有一个男友叫卢荟，他对卓尔也是温柔体贴，随叫随到地为她服务。但他们之间不存在物质赠送，所以也没有性关系。

卓尔不仅对“出色”男人有吸引力，对色狼式男人也同样有吸引

力。他的顶头上司齐经理，原本喜欢妖艳的 G 小姐，后来也被卓尔招惹得对她进行了性骚扰。奇怪的是卓尔并没觉得齐经理做了违法的事，丝毫没想到要公开起诉他，只是私下把他讽刺了一顿。卓尔还自称："哪天我要是高兴了，还指不定去骚扰谁呢。"（第 198 页）好像她都没有"性骚扰"是犯法的概念。

外貌不美但以精神魅力（比如超人的智慧和丰富的个性）征服出色男人的女人在这世界上并不鲜见，可卓尔并没表现出这类的精神魅力，却有不同类型的男人一个个都拜倒在她的石榴裙下，而且卓尔对爱她的男人都满不在乎，任意糟蹋。女人大概只有对男人抱有此种态度，才能潇洒地一个又一个地换更"棒"（也就是身份更时髦也更有钱）的男人吧。

书中提到的另一作女 B 小姐，有个开公司的男朋友，该男钱多脾气好，常给 B 小姐买昂贵名牌时装、皮鞋，可她因一件小事没遂己意，就说那男友没情调，把人家给甩了。总之，作女都不把男人的爱当回事儿，而且她们有时还会反男人之道而行之，把男人只当做泄欲的性对象。

在如今美女文化当道，不少大款拈花惹草、喜新厌旧的中国，外貌平常的作女们居然能使无数有钱男人为她们神魂颠倒，而她们随意地把他们抛弃，特别是敢于甩掉最"棒"最有钱的男人。这样的描写，确实够让自感失落的女人们解恨的，也确实够让那些爱换女人的阔男人感到心惊肉跳的。

《作女》中的人物描写颇富于女性想象力，可该书并非女权主义乌托邦小说。在女权主义乌托邦小说里，女性都有权有势，男人或是下属或在家做家务。而《作女》中有权有势有钱的主儿都是男性，那作女大腕夏娃还对女权主义很不以为然，“她发现女权主义是一个悖论，它在用作女人自我防卫或进攻武器的同时，也可能成为一件女性慢性自杀的工具……”（第 355 页）小说没说明女权主义怎么就成为慢性自杀工具，倒是一个叫 DD 的作女因为投资某公司亏损欠账而自杀。作女也不是女强人，因为“‘作’的女人多一半是失败的女人”（第 356 页），所谓失败就是没真正发财吧。书中作女都在商海里折腾，经商失败也多是因为自己和自己过不去。

小说中的作女们聚在一起所谈的，不外乎什么最新皮鞋款式、打折皮衣、美国大片、马路新闻等时髦无聊话题。小说叙述者称“作”为“创意的实现，是按自己愿望去活，是使自己的人生有声有色”（第 355 页），其实小说中作女们的愿望和社会流行愿望没什么大差别，其人生之声色也不过是俗不可耐的浪漫幻想，比如不断换男人，比如那欲仙欲死的一夜情，又比如得到宠爱自己的男人赠送的价值昂贵的珠宝首饰。

小说中的作女其实也很有让人钦佩之处，她们在经济和感情上不依赖男人，也绝不会做男人的二奶、小蜜，不会有意去取悦男人，更不会勾引男人做美容或隆胸之类的取款机。其实，社会上本有大量这种又独立、又自立、又自尊的女性。

小说让作女们得到各种有钱男人的宠爱、迷恋以及超级物质赠送，而这些女人还又对爱自己的男人不以为然。这不仅令人感到，小说的描写实际上是要反映在商业社会中一些女性所产生的惶惑、矛盾以及不平衡心态，以及这些自感失落的女人对爱情所抱的天真而又庸俗的幻想。

附录 中、英文表达爱情关系术语之异同

汉语在涉及男女性关系时，其术语常分不清合法与不法的界限；在形容种种男女之间恋爱或性关系时，其术语常分不清美好与丑恶、正当与不正当的界限。

因为中国和西方在爱情方面的观念不同，许多描写男女关系的词无法互译。本文以英文和中文互译为例，来看一看中国和西方有哪些关于男女关系方面的概念不一样。

在英文里有一些涉及男女关系的词本无贬义，译成中文则变成了贬义词。比如含义丰富的 sensual 一词，译为中文是：肉欲的、好色

的、淫荡的、感觉的和世俗的。中文里的“肉欲”、“好色”和“淫荡”都是贬义词。“肉欲”反译成英文又成 carnal desire，“淫荡”为 lascivious，在英文里也都属贬义词。可 sensual 一词并无贬义。Sensual 一词的基本意思是诉诸感官的，涉及男女关系时其意与“禁欲主义”对立。比如在文学史上，sensual love 指与精神爱和神圣爱相对立的包括性爱的世俗爱。但 sensual 并不是性爱的同义词，比如在与异性发生性关系时，sensual（感性的）体验和 sexual（性感的）体验是不同的。后者只是肉体的感受，而前者是全身心的，是感受到自己的所有感觉都和对方的融合在一起。Sensual 用来形容人时，指该人比较感性，也就是对好听的声音、香的气味和美的颜色等都比较敏感和容易受到强烈吸引；在与异性交往时，对异性的感情、表情、吸引力等也都比较敏感。莱温斯基在接受电视名主播华尔特·芭芭拉访谈时，有点儿得意地说她和柯灵顿都属于 sensual 的人。中文译为“肉欲的”就不十分贴切，而如果译成“感性的”，对中国人来说，意思也不甚明确。中国人常形容那些容易被女性的容貌打动，或容易被女性吸引的男性为“色”，其实那男性有可能就是 sensual。“色”则含有贬义，令人联想到“肉欲”，比如“色狼”就是指肉欲强到要强奸女性的男性。

英文中的“erotic”一词译成中文是“色情的”，而中文的“色情”反译成英文又是“pornography”。Pornography 与 erotic 虽然都与性欲有关，但却是含义不同的词。Pornography 一般用来形容不健康、不合法的性欲描写或表现，相当于中文的“淫秽”，比如 pornography

book 即为淫书或黄色书刊。Erotic 有“倾向于引起性欲”之意，但一般指健康的、有美感的性欲。很多西方的文学作品或艺术作品都被形容为“erotic”，比如意大利文艺复兴时期作家薄伽丘的名作《十日谈》就被形容为 erotic。由此可见，“色情”在中文中的含义和 erotic 不同。当然，在西方，对文学中的性描写的认识也是有历史发展的，比如劳伦斯的《查泰莱夫人的情人》在历史上曾被视为淫秽小说遭到禁止，现在则属于 erotic 一类，其性描写被称为对性的艺术地欢庆。

有的中国学者已指出 erotic 译成“色情”不妥，建议译为“情色”。“色情”也好，“情色”也好，在中文里都没有明显区别，上中文网站看看那不计其数的“情色”网站和“色情”网站就可知道，“情色”含义和“色情”没多大差别。中文里还有“艳情”一词，听起来好像和“性”无关，其实在中文里，该词也和色情没多大区别，比如明清时期出现的不少性小说，题目都是某某“艳史”，现在网站上兜售的《肉蒲团》一类性小说也常被列为“艳情小说”。“艳情”、“色情”、“情色”虽然都含一“情”字，可实际与情没什么关系，反而都和“淫秽”有关系。色情小说也被称为“淫书”，比如《金瓶梅》有“天下第一淫书”之称。总之，中文里找不出和 erotic 对应的词。

可以说，汉语里没有词专指 fair sex（正当的、美好的性）。和性有关的，用得最广泛的是“淫”字，比如淫荡、淫乱、淫魔、淫棍、淫妇、淫心、淫梦、意淫、手淫，等等。“淫”译成英文为“licentious”或“lascivious”，这些词在英文里是很坏的词，很少使用。在汉语中，

“淫”字也是很坏的字，比如“淫棍”相当于强奸犯，“淫妇”是罪人，“淫书”、“淫曲”等都属禁品，中国还有“万恶淫为首”的古训。只有曹雪芹在《红楼梦》里颠覆了“淫”的含义，把淫分为“皮肤淫滥”和“意淫”两种。他的“意淫”，也不是一般人所谓的性幻想，而是重在情字。清朝学者陈其元在《庸闲斋笔记》中说“淫书以《红楼梦》为最，盖描摹痴男女情性，其字面绝不露一淫字，令人目想神游，而意为之移，所谓大盗不操干矛也”。此处“而意为之移”实际上就指的是“倾向于引起性欲”。《红楼梦》中的性描写应该就属于 erotic 之类。但中文里也没词来形容，只好还用带有贬义的“淫”字。

英文中的“adultery”指已婚者与外人发生性关系，那自然不是褒义词。《红字》中的女主人公就被强迫带着代表“adultery”的 A 字示众，可见在历史上这词含有耻辱的意思在内。Adultery 被译为“通奸”，可 adultery 并不像中文的对应词“通奸”那么难听。“奸”在中文里是很坏的字，比如：强奸、奸淫、奸臣、汉奸，等等。而“adultery”一词并不会联想到一系列极恶劣的坏人坏事上去，英文里还有“adulterous love”的说法，西方很多文学名著都以此为题材，如果把此词译为“通奸爱”自然不妥。现代汉语里倒很少用“通奸”这个词，而是更多使用“婚外情”或“婚外恋”，这不仅比“通奸”顺耳得多，甚至还有点儿浪漫的味道，如果把“adulterous love”译为“婚外情”，又丧失了其历史上的贬义内涵。

现代美国人一般也不用 adultery 一词了，而是更多用 affair 一词

来指婚外性关系。“Affair”原意是“事务”，不像中国的“婚外情”、“婚外恋”听起来那么浪漫。再说，很多已婚男女的“affair”跟情、恋都毫无关系，只不过是满足一下生理需要。Affair和“婚外情”的另一区别是：如果一个结了婚的人爱上第三者，但并没和那人发生性关系，那就称不上有affair。但在中国，不管有没有发生性关系，只要已婚者爱上第三者，就算是有“婚外情”了。

现代汉语里的“一夜情”其实和casual sex（随便的性关系）的意思差不多，听起来也挺浪漫的。实际上，中国古代的“通奸”可能有不少都涉及真情，而现在的所谓“一夜情”倒大多不涉及真情。从“通奸”到“婚外情”这些术语也可看出，中国人在对待婚外性关系上如何走极端：以前用极难听的词，现在又用加以美化的词。英文中的adultery在历史上含有贬义，而现代的affair比较中性，二者都说明一种现象，并不像中文词那样给人或是特别恶心，或是比较浪漫的联想。

英文中的flirt一词，译成中文为“调情、挑逗”。“调情、挑逗”在中文里都含有贬义，通常指轻浮的或不正经的男女的行为，绝非正人君子所为。然而，flirt在英文中做动词时，可以指男女恋爱初期互开轻松玩笑的调情、逗乐，还可指眉目传情或用微妙的语言动作传情等。在一些分析爱情的心理学著作中，专门谈到flirt的技巧，认为flirt在两情相悦的男女谈恋爱时起着特别积极的作用，夫妻之间也需要经常互相flirt。当然flirt有时也指非真情或肤浅爱的挑逗，甚至指

有些女性为了某种目的而有意对男性进行性挑逗。总之，该词主要指的是男女之间常有的一种现象，其内涵是褒是贬要根据上下文判断。英文中还有 flirt 危险、flirt 死亡一类的说法，不像中文的“调情、挑逗”专指男女关系，而且一向用于轻浮男女甚至流氓。此外，flirt 在英文中还可指人，说某人是个 flirt，如果译成中文则变成“轻浮的人”，可是在英文里 flirt 可以指对异性举止轻浮的人，也可指追求爱十分大胆开放、积极主动的人。

中国人在涉及男女关系时常会用“正经”、“不正经”来形容一个人，特别是男人，这在英文中也没对应词。“正经”译成英文是“decent”，该词在英文中意为正当的、可尊敬的、体面的，等等，很少针对男女关系。中文中的“正经”则常指男人对待女性的态度像一个正人君子，比如说某人是“假正经”，就是指该人道貌岸然，实际很好色。“不正经”则指那些喜欢和女性挑逗、调情的人。如果说一个人不正经，有时甚至还含有指责该人是“流氓”的意思。

“流氓”是中文里用得极其广泛的一个词，很多行为都会被称为“臭流氓”、“流气”、“流氓行为”。“流氓”译成英文是 hoodlum，此词只指那些黑帮成员、街头恶棍、地痞之类。在中文里，涉及男女关系时，“流氓”至少包括以下六种人：1. 强迫女性与其发生性关系者（相当于英文中的 rapist，也就是强奸犯）；2. 对女性动手动脚或有猥亵言语者（相当于英文的 sexual harasser，即“性骚扰者”）；3. 玩弄女性者（相当于英文的 philanderer）；4. 对“性”特别感兴趣，爱讲黄色笑话者；

5. 喜欢追逐女性者（相当于英文的 womanizer）；6. 和很多男人睡过觉的女人（相当于英文中的 loose woman）。在英文里，前二者（属于罪犯）和后四者有本质区别。在中文里则混为一谈。

从以上的对比中我们看到，汉语在涉及男女性关系时，其术语常分不清合法与不法的界限；在形容种种男女之间恋爱或性关系时，其术语常分不清美好与丑恶，正当与不正当的界限。

英文中 adore 或 adoration，在古汉语里也没对应词，该词专指男性对女性的崇拜、爱慕和赞美，是西方爱情诗的重要内容之一，而在中国文化中则没这个概念。反过来，“红颜知己”（对男性理解、贴心的女性）的概念也不见于西方。“知己”一词，在英文中也没有对应词，该词常被译为“close friend”（亲密朋友）。

在英文中，从古至今涉及男女关系时用得最滥的 love（爱情）一词，在古汉语中没有对应词。古汉语中很少用“爱”表示男女之情，只有“情”字最接近 love 的含义。比如，汤显祖在《牡丹亭》序中说：“情不知所起，一往而深。生者可以死，死可以生。生而不可与死，死而不可复生者，皆非情之至也。”此处的情就指爱情。元朝诗人元好问的名句“问世间，情是何物，直叫生死相许”中的情也是指爱情。曹雪芹形容宝玉、黛玉二人“身居两地，情发一心”，实际上就是“爱”发一心。可“情”字很少作动词用，在描述某男爱某女时，一般用“有意于”或“有情于”之类。而“有意于”也不一定就是真“爱”，有可能是单纯性爱。古汉语中没有相当于“我爱你”的表达。古代男女

之间互相直接表述爱时无词可用，只能靠间接暗示。比如黛玉和宝玉在第二十一回互表心意时一个说："我为的是我的心。"另一个则说："我也为的是我的心。难道你就知你的心，不知我的心不成？"因为中国古代男女没有恋爱自由，中国男女爱的方式多是委婉、含蓄。现代汉语中有了"我爱你"的表述，但中国人用此表述的频率大大少于说英语者，而且这一表述在汉语中也不像在英语中那么自然，显得有点儿假。

英文中的 love 在指"爱情"时还有详细的分类。比如：spiritual love（指柏拉图式精神爱，或但丁式把女性神圣化的爱），intelligent love（智慧爱，比如在简·奥斯汀的一些小说中所描写的爱情），natural love（自然爱），sensual love（感性爱）和 worldly love（世俗爱）。后三种性质相同。此外，还有 passionate love（不受理性控制的激情爱），romantic love（浪漫爱，即感情强烈而短暂的爱，或欲望不能满足的苦苦思恋，或双方灵魂和肉体合一的爱），amorous love（含有性爱的、多情的爱），erotic love（有情的性爱），sexual love（互相只有性兴趣的爱），carnal love（单纯源于肉欲的爱），等等。

古汉语的"情"在指男女之情时，基本上是一种包含感情与性欲的世俗爱，有时也有浪漫爱的因素，但很少涉及精神、灵魂和理智。冯梦龙在编辑《情史》这本书时，把中国历代爱情故事归类为"情贞"、"情痴"、"情豪"、"情私"、"情仇"、"情爱"、"情侠"、"情感"、"情累"、"情化"等二十四种。听起来像是要把"情"分类，实际上，其

中大多数标题只是指恋爱故事的内容，比如“情爱”指男爱女，“情私”指男女私奔，“情感”指故事感人，“情侠”指侠女自择婚姻，“情累”指因情损名或损财；还有的标题指情人的特性，比如“情痴”、“情豪”；而“情贞”则涉及夫妇节义的道德观念。

在中国历史上，似乎只有曹雪芹在《红楼梦》中对“情”进行了详细分类，比如宝玉是“情不情”，黛玉是“情情”。可惜曹雪芹排的情榜和考语都已丧失。但从书中人物来看，我们可以猜测曹雪芹的分类主要是用情范围和感情程度方面的分类。比如“情不情”指对自己无情的人亦有情。宝玉正是对所有女孩儿都有情，哪怕是刘姥姥瞎编的故事里的女孩子。“情情”指对自己有情的人有情。黛玉只爱对自己有情的宝玉，对其他男人都不屑一顾。宝钗常吃冷香丸，暗示其如何压抑情。惜春信佛而无情。秦可卿的名字和册子里的诗暗示她轻视情而更多欲，但她又不同于夏金桂那种淫妇。总之，《红楼梦》中的人物，在“情”与“欲”上有从无到强、从美到丑的不同层次。可惜，曹雪芹创造的代表这些不同层次的词没流传下来。

余光中先生在对比中西古典爱情诗时指出，西方人喜欢表述对爱情的观念，而中国人则倾向于把男女之情保持在不能分析的状态，不愿把感情体验诉诸理智。从古汉语中表达男女之情的大量词汇也可看出，汉语词汇很少涉及爱情观念或抽象概念，而在表现感情的感性状态方面，其词汇要比英语词汇丰富得多。比如下列词汇在英文中几乎没有对应词，汉英成语字典的英译都词不达意，并使原词索然无味。

1. 柔情万种（infinitely affection 无限制的情）：英译根本没体现出“柔”和“万种”的意思。

2. 柔情缱绻（feel delight to each other 互相感到愉悦）：缱绻在中文里都只可意会，难以言传，英文更难表述。

3. 柔肠百转(deeply sorrowed 深感悲伤)：英译解释出原词的意思，但该词诉诸感官的性质尽失。

4. 情意缠绵(be bound up with affection 由感情束缚在一起)：没译出“缠绵”。

5. 缠绵悱恻(sentimental 感伤的)：译词没表达出原词的感情状态。

6. 情意绵绵（very much enamored 大为着迷）：译词不达原词意。

7. 情深意浓（strong affection 感情强烈）：译词没有原词感性。

8. 情思幽发（ponder upon the past 沉思以往之事）：译词与“情”无关。

9. 神魂颠倒（to be infatuated 入迷的）：译词不如原词那么形象化。

10. 神魂驰荡，销魂荡魄(go into ecstasies)：此处英译与原词对应，都指感情巅峰状态，但中文词更形象。

11. 情投意合（to agree in opinion 意见一致）：英译与男女之情毫无关系。

12. 如胶似漆（to love each other deeply 互相深爱）：译词不如原词形象。

从以上词汇的英译可看出，英文在描写感情状态方面，无法与中

文匹敌。这些英译或像说明文字，或者根本与原意不符合，更难传达出原词的感情色彩。因为西方人表达爱比较直接，很难达到缠绵悱恻的境界，所以也少有这方面的表述。中国人表达爱比较委婉曲折，故对爱的体验也更丰富细腻。所以有很多表达感情的不同层次和不同状态的词。

通过对比中、英文描写男女关系的术语，我们可看出，在男女关系方面，西方对“情”与“性”都有多层次的分类，从无性的精神爱到纯肉欲的爱，从合法到非法，从丑恶到美好；而中国人在涉及男女“性”关系时，常归为一类，用词也大都引起丑恶联想。在涉及男女关系的其他一些概念时，中国人用的词也多含贬义，或是把正当的和丑恶的混为一谈。

然而，中国人在恋爱的情感体验上有更细致的分类。这可能是因为历史上，中国人在恋爱上比西方人更少自由，更多性压抑，恋人在感情上有更多折磨，所以体验也更深，情思也更发达。现当代的西方和中国的男女们又都比古代的西方人更自由、更开放，男女双方常常还没怎么谈恋爱就直奔性主题，人们的情感体验和情思，是不是反而退化了呢？

图书在版编目（CIP）数据

爱情十九谭 / 米琴著. —长沙：湖南文艺出版社，2011.8
ISBN 978-7-5404-5029-8

Ⅰ.①爱… Ⅱ.①米… Ⅲ.①随笔—作品集—中国—当代 Ⅳ.①I267.1

中国版本图书馆CIP数据核字(2011)第125328号

上架建议：文学随笔

爱情十九谭

作　　者：米　琴
出 版 人：刘清华
责任编辑：丁丽丹　刘诗哲
监　　制：伍　志
策划编辑：苏　琦
版式设计：崔振江
封面设计：大观工作室
出版发行：湖南文艺出版社
（长沙市雨花区东二环一段508号 邮编：410014）
网　　址：www.hnwy.net
印　　刷：北京鹏润伟业印刷有限公司
经　　销：新华书店
开　　本：880×1270　1/32
字　　数：150千字
印　　张：8.75
版　　次：2011年8月第1版
印　　次：2011年8月第1次印刷
书　　号：ISBN 978-7-5404-5029-8
定　　价：34.80元
（若有质量问题，请致电质量监督电话：010-84409925）